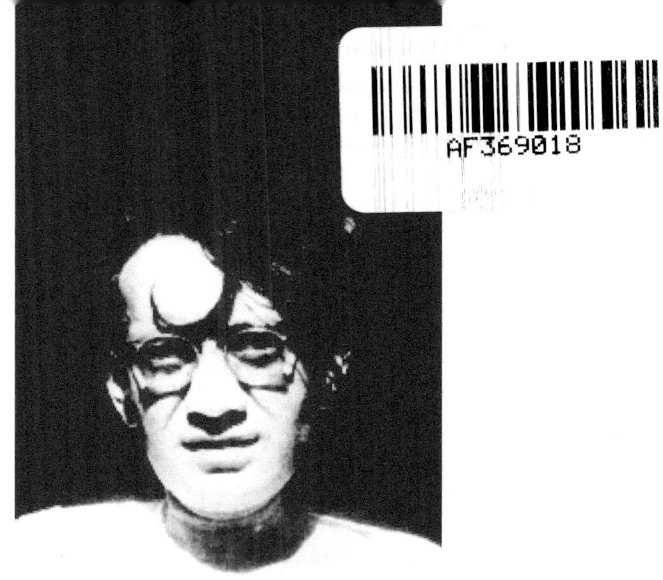

सआदत हसन मंटो

11 मई 1912— 18 जनवरी 1955

भारत-विभाजन की पृष्ठभूमि में लिखी 'टोबा टेक सिंह' लेखक मंटो की सबसे मशहूर कहानी है। 11 मई 1912 को जन्मे सआदत हसन मंटो का साहित्यिक सफ़र अंग्रेज़ी, फ्रेंच और रूसी लेखकों की रचनाओं के अनुवाद से आरम्भ हुआ। शुरू के लेखन में मंटो समाजवादी और वामपंथी सोच से प्रभावित नज़र आते हैं, लेकिन देश के बँटवारे ने उनको बहुत गहरा और अमिट घाव दिया जिसकी परछाईं उनकी अनेक कहानियों में मिलती है, जिनमें उन दिनों के पागलपन, क्रूरता और दहशत को दर्शाया गया है। कई बार उनकी लिखी कहानियों पर अश्लीलता के आरोप लगाए गए। 1947 में विभाजन के बाद, मंटो पाकिस्तान में जा बसे। लेकिन वहाँ उन्हें मुम्बई जैसा बौद्धिक वातावरण और दोस्त नहीं मिले और वह अकेलेपन और शराब के अँधेरे में डूबने लगे और 1955 में गुर्दे की बीमारी के कारण उनकी मौत हो गई।

बू और अन्य कहानियाँ

सआदत हसन मंटो

राजपाल

अनुवाद

नीलाभ

ISBN : 9789386534293

प्रथम संस्करण : 2017

हिन्दी अनुवाद © राजपाल एण्ड सन्ज़

BOO AUR ANYA KAHANIYAN (Stories)

by Saadat Hasan Manto

राजपाल एण्ड सन्ज़

1590, मदरसा रोड, कश्मीरी गेट, दिल्ली-110006

फोन : 011-23869812, 23865483, फैक्स : 011-23867791

e-mail : sales@rajpalpublishing.com

www.rajpalpublishing.com

www.facebook.com/rajpalandsons

क्रम

बू

ऐसे ही दिन थे बरसात के। खिड़की के बाहर पीपल के पत्ते ऐसे ही नहा रहे थे। सागवान के इस स्प्रिंगदार पलँग पर, जो अब खिड़की के पास थोड़ा इधर सरका दिया गया था, एक घाटन लौंडिया रणधीर के साथ लिपटी हुई थी।

खिड़की के पास बाहर पीपल के नहाये हुए पत्ते रात के दूधिया अँधेरे में झूमरों की तरह थरथरा रहे थे—और शाम के वक्त, जब दिन भर एक अंग्रेज़ी अखबार की सारी खबरें और इश्तहार पढ़ने के बाद कुछ सुस्ताने के लिए वह बालकनी में आ खड़ा हुआ था, तो उसने उस घाटन लड़की को, जो साथ वाले रस्सियों के कारखाने में काम करती थी और बारिश से बचने के लिए इमली के पेड़ के नीचे खड़ी थी, खाँस-खाँसकर अपनी तरफ़ आकर्षित कर लिया था और उसके बाद हाथ के इशारे से ऊपर बुला लिया था।

वह कई दिन से तेज़ किस्म की तनहाई से उकता गया था। जंग के कारण बम्बई की लगभग तमाम क्रिश्चियन छोकरियाँ, जो सस्ते दामों पर मिल जाया करती थीं, औरतों की अंग्रेज़ी फ़ौज में भरती हो गयी थीं। उनमें से कई एक ने फोर्ट के इलाके में डाँस स्कूल खोल लिये थे, जहाँ सिर्फ़ फ़ौजी गोरों को जाने की इजाज़त थी—रणधीर बहुत उदास हो गया था।

उसकी उदासी का एक कारण तो यह था कि क्रिश्चियन छोकरियाँ दुर्लभ हो गयी थीं। दूसरा यह कि रणधीर फ़ौजी गोरों के मुकाबले में कहीं ज़्यादा सभ्य, पढ़ा-लिखा और खूबसूरत नौजवान था। लेकिन उस पर फोर्ट के लगभग तमाम क्लबों के दरवाज़े बन्द कर दिये गये थे, क्योंकि उसकी चमड़ी सफ़ेद नहीं थी।

जंग के पहले रणधीर नागपाड़ा और ताजमहल होटल की कई मशहूर

और विख्यात क्रिश्चियन छोकरियों से शारीरिक सम्बन्ध स्थापित कर चुका था, उसे भली-भाँति पता था कि इस किस्म के सम्बन्धों के आधार पर वह क्रिश्चियन लड़कियों के बारे में गोरों के मुकाबले में कहीं ज्यादा जानकारी रखता था, जिनसे ये छोकरियाँ फ़ैशन के तौर पर रोमांस लड़ाती हैं और बाद में किसी बेवकूफ़ से शादी कर लेती हैं।

रणधीर ने बस यूँ ही हैज़ल से बदला लेने की खातिर उस घाटन लड़की को इशारे से ऊपर बुलाया था। हैज़ल उसके फ़्लैट के नीचे रहती थी। और हर रोज़ सुबह वर्दी पहनकर कटे हुए बालों पर खाकी रंग की टोपी तिरछे कोण से जमाकर बाहर निकलती थी और ऐसे बाँकपन से चलती थी, जैसे फुटपाथ पर चलने वाले सभी लोग टाट की तरह उसके कदमों में बिछे चले जायेंगे।

रणधीर सोचता था कि आखिर क्यों वह उन क्रिश्चियन छोकरियों की तरफ़ इतना ज्यादा रीझा हुआ है। इसमें कोई शक नहीं कि वे अपने जिस्म की तमाम दिखाई जा सकने वाली चीज़ों की नुमाइश करती हैं। किसी किस्म की झिझक महसूस किए बगैर अपने कारनामों का ज़िक्र कर देती हैं। अपने बीते हुए पुराने रोमांसों का हाल सुना देती हैं—यह सब ठीक है, लेकिन किसी दूसरी औरत में भी तो ये विशेषताएँ हो सकती हैं।

रणधीर ने जब घाटन लड़की को इशारे से ऊपर बुलाया तो उसे किसी तरह भी इस बात का यकीन नहीं था कि वह उसे अपने साथ सुला लेगा लेकिन थोड़ी ही देर के बाद उसने उसके भीगे हुए कपड़े देखकर यह सोचा था कि कहीं ऐसा न हो कि बेचारी को निमोनिया हो जाये। सो रणधीर ने उससे कहा था, ''ये कपड़े उतार दो, सर्दी लग जायेगी।''

वह रणधीर की इस बात का मतलब समझ गयी थी। उसकी आँखों में शर्म के लाल डोरे तैर गये थे। लेकिन बाद में जब रणधीर ने अपनी धोती निकालकर दी तो उसने कुछ देर सोचकर अपना लहँगा उतार दिया, जिस पर मैल भीगने के कारण और भी उभर आया था—लहँगा उतारकर उसने एक तरफ़ रख दिया और जल्दी से धोती अपनी रानों पर डाल ली। फिर उसने अपनी भिंची-भिंची टाँगों से ही चोली उतारने की कोशिश की, जिसके दोनों किनारों को मिलाकर उसने एक गाँठ दे रखी थी। वह गाँठ उसके तन्दुरुस्त सीने के नन्हे, लेकिन सिमटे गढ़े में छिप गयी थी।

देर तक वह अपने घिसे हुए नाखूनों की मदद से चोली की गाँठ खोलने

की कोशिश करती रही, जो भीगने के कारण बहुत ज़्यादा मज़बूत हो गयी थी। जब थक-हारकर बैठ गयी तो उसने मराठी में रणधीर से कुछ कहा, जिसका मतलब यह था—‘‘मैं क्या करूँ—नहीं निकलती।’’

रणधीर उसके पास बैठ गया और गाँठ खोलने लगा। जब नहीं खुली तो उसने चोली के दोनों सिरे दोनों हाथों से पकड़कर ऐसे ज़ोर से झटका दिया कि गाँठ सरासर फैल गयी और उसके साथ ही दो धड़कती हुई छातियाँ एकदम प्रकट हो गयीं। क्षणभर के लिए रणधीर ने सोचा कि उसके अपने हाथों ने उस घाटन लड़की के सीने पर नर्म-नर्म गुँधी हुई मिट्टी को कमाकर कुम्हार की तरह दो प्यालियों की शक्ल बना दी है।

उसकी सेहतमंद छातियों में वही गुदगुदाहट, वही धड़कन, वही गोलाई, वही गर्म-गर्म ठंडक थी, जो कुम्हार के हाथों से निकले हुए ताज़े बर्तनों में होती है।

मटमैले रंग की जवान छातियों ने, जो कुँवारी थीं, एक अजीबोगरीब किस्म की चमक पैदा कर दी थी जो चमक होते हुए भी चमक नहीं थी। उसके सीने पर ये उभार दो दीये मालूम होते थे, जो तालाब के गँदले पानी पर जल रहे थे।

बरसात के यही दिन थे। खिड़की के बाहर पीपल के पत्ते इसी तरह कँपकँपा रहे थे। उस घाटन लड़की के दोनों कपड़े, जो पानी में सराबोर हो चुके थे, एक गँदले ढेर की सूरत में फ़र्श पर पड़े थे और वह रणधीर के साथ चिपटी हुई थी। उसके नंगे बदन की गर्मी रणधीर के जिस्म में हलचल पैदा कर रही थी, जो सख्त जाड़े के दिनों में नाइयों के गलीज़ लेकिन गर्म हमामों में नहाते समय महसूस हुआ करती है।

दिनभर वह रणधीर के साथ चिपटी रही—दोनों जैसे एक-दूसरे के साथ गडमड हो गये थे। उन्होंने मुश्किल से एक-दो बातें की होंगी, क्योंकि जो कुछ भी कहना-सुनना था, साँसों, होंठों और हाथों से तय हो रहा था। रणधीर के हाथ सारी रात उसकी छातियों पर हवा के झोंकों की तरह फिरते रहे। उन हवाई झोंकों से उस घाटन लड़की के पूरे बदन में एक ऐसी सरसराहट पैदा हो जाती कि खुद रणधीर भी कँपकँपा उठता।

ऐसी कँपकँपाहट से रणधीर का सैकड़ों बार वास्ता पड़ चुका था। वह इनके मज़े भी बखूबी जानता था। कई लड़कियों के नर्म-व-नाज़ुक और सख्त

सीनों से अपना सीना मिलाकर वह ऐसी कई रातें गुज़ार चुका था। वह ऐसी लड़कियों के साथ भी रह चुका था, जो बिलकुल अल्हड़ थीं और उसके साथ लिपटकर घर की वे सारी बातें सुना दिया करती थीं, जो किसी गैर के कानों के लिए नहीं होतीं। वह ऐसी लड़कियों से भी शारीरिक सम्बन्ध स्थापित कर चुका था, जो सारी मेहनत खुद करती थीं और उसे कोई तकलीफ़ नहीं देती थीं—लेकिन यह घाटन लड़की, जो इमली के पेड़ के नीचे भीगी हुई खड़ी थी और जिसे उसने इशारे से ऊपर बुला लिया था, बिलकुल भिन्न किस्म की लड़की थी।

सारी रात रणधीर को उसके जिस्म से एक अजीब किस्म की बू आती रही। इस बू को, जो एक ही समय में खुशबू भी थी और बदबू भी—वह सारी रात पीता रहा। उसकी बंगलों से, उसकी छातियों से, उसके बालों से, उसके पेट से, जिस्म के हर हिस्से से यह जो बदबू भी थी और खुशबू भी, रणधीर के पूरे शरीर में बस गयी थी। सारी रात वह सोचता रहा था कि यह घाटन लड़की बिलकुल करीब होने पर भी हरगिज़ इतनी करीब न होती, अगर उसके जिस्म से यह बू न उड़ती—यह बू उसके मन-मस्तिष्क की हर सिलवट में रेंग रही थी। उसके तमाम नये-पुराने अनुभवों में रच गयी थी।

उस बू ने उस लड़की और रणधीर को जैसे एक-दूसरे से एकाकार कर दिया था। दोनों एक-दूसरे में समा गये थे। उन अनन्त गहराइयों में उतर गये थे, जहाँ पहुँचकर इन्सान एक खालिस इन्सानी सन्तुष्टि से महफूज़ होता है। ऐसी सन्तुष्टि, जो क्षणिक होने पर भी अनन्त थी। लगातार बदलती हुई होने पर भी दृढ़ और स्थायी थी। दोनों एक ऐसा जवाब बन गये थे, जो आसमान के नीले शून्य में उड़ते रहने पर भी दिखाई देता रहे।

उस बू को, जो उस घाटन लड़की के अंग-अंग से फूट रही थी, रणधीर बखूबी समझता था, लेकिन समझते हुए भी वह इसका विश्लेषण नहीं कर सकता था। जिस तरह कभी मिट्टी पर पानी छिड़कने से सोंधी-सोंधी बू निकलती है—लेकिन नहीं, वह बू कुछ और ही तरह की थी। उसमें लैवेंडर और इत्र की मिलावट नहीं थी, वह बिलकुल असली थी—औरत और मर्द के शारीरिक सम्बन्ध की तरह असली और पवित्र।

रणधीर को पसीने की बू से सख्त नफ़रत थी। नहाने के बाद वह हमेशा अपनी बगलों में पाउडर छिड़कता था या कोई ऐसी दवा इस्तेमाल करता था,

जिससे वह बदबू जाती रहे, लेकिन ताज्जुब है कि उसने कई बार—हाँ, कई बार, उस घाटन लड़की की बालों-भरी बगलों को चूमा और उसे बिलकुल घिन नहीं आयी, बल्कि अजीब किस्म की तुष्टि का एहसास हुआ। रणधीर को ऐसा लगता था कि वह इस बू को जानता है, पहचानता है, उसका अर्थ भी समझता है, लेकिन किसी और को नहीं समझा सकता।

बरसात के यही दिन थे। यूँ ही खिड़की के बाहर जब उसने देखा तो पीपल के पत्ते उसी तरह नहा रहे थे। हवा में सरसराहटें और फड़फड़ाहटें घुली हुई थीं। अँधेरा था, लेकिन उसमें दबी-दबी धुँधली-सी रोशनी समाई हुई थी, जैसे बारिश की बूँदों के साथ सितारों का हल्का-हल्का गुबार नीचे उतर आया हो—बरसात के यही दिन थे, जब रणधीर के उस कमरे में सागवान का सिर्फ़ एक ही पलँग था। लेकिन अब उसके साथ सटा हुआ एक और पलँग भी था और कोने में एक नयी ड्रेसिंग टेबल भी मौजूद थी। दिन यही बरसात के थे। मौसम भी बिलकुल वैसा ही था। बारिश की बूँदों के साथ सितारों की रोशनी का हल्का-हल्का गुबार उसी तरह उतर रहा था, लेकिन वातावरण में हिना के इत्र की तेज़ खुशबू बसी हुई थी।

दूसरा पलँग खाली था। उस पलँग पर रणधीर औंधे मुँह लेटा खिड़की के बाहर पीपल के झूमते हुए पत्तों पर बारिश की बूँदों का नाच देख रहा था। एक गोरी-चिट्टी लड़की अपने नंगे जिस्म को चादर में छिपाने की नाकाम कोशिश करते-करते करीब हो गयी थी। उसकी सुर्ख रेशमी सलवार दूसरे पलँग पर पड़ी थी, जिसके गहरे सुर्ख रंग के इज़ारबंद का एक फुँदना नीचे लटक रहा था। पलँग पर उसके दूसरे कपड़े भी पड़े थे। सुनहरी फूलदार जम्पर, अँगिया, जाँघिया और वह पुकार, जो उसने घाटन लड़की के बदन की बू में सूँघी थी— वह पुकार, जो दूध के प्यासे बच्चे के रोने से ज्यादा आनन्दमयी होती है—वह पुकार, जो स्वप्न के दायरे से निकलकर खामोश हो गयी थी।

रणधीर खिड़की के बाहर देख रहा था। उसके बिलकुल निकट ही पीपल के नहाये हुए पत्ते झूम रहे थे। वह उनकी मस्ती-भरी कँपकँपाहटों के उस पार कहीं बहुत दूर देखने की कोशिश कर रहा था, जहाँ गठीले बादलों में अजीबोगरीब किस्म की रोशनी घुली हुई दिखाई दे रही थी—ठीक वैसी ही जैसी उस घाटन लड़की के सीने में उसे नज़र आयी थी। ऐसी रोशनी, जो आग्रहपूर्ण गुफ़्तगू की तरह दबी लेकिन स्पष्ट थी।

रणधीर के पहलू में एक गोरी-चिट्टी लड़की—जिसका जिस्म दूध और घी में गुँधे आटे की तरह मुलायम था, लेटी थी—उसके नींद से मस्त बदन से हिना के इत्र की खुशबू आ रही थी—जो अब थकी-थकी-सी मालूम होती थी। रणधीर को यह दम तोड़ती और जुनूँ की हद तक पहुँची हुई खुशबू बहुत बुरी मालूम हुई। उसमें कुछ खटास थी—एक अजीब किस्म की खटास, जैसी बदहज़मी की डकारों में होती है—उदास, बेरंग, बेचैन।

रणधीर ने अपने पहलू में लेटी हुई लड़की की तरफ़ देखा, जिस तरह फटे हुए दूध के बेरंग पानी में सफ़ेद मुर्दा फुटकियाँ तैरने लगती हैं, उसी तरह इस लड़की के दूधिया जिस्म पर खराशें और धब्बे तैर रहे थे और वह हिना के इत्र की ऊटपटाँग खुशबू। दरअसल रणधीर के मन-मस्तिष्क में वह बू बसी हुई थी, जो उस घाटन लड़की के जिस्म से बिना किसी बाहरी कोशिश के स्वयं निकल रही थी। वह बू जो हिना के इत्र से कहीं ज्यादा हल्की-फुल्की और रस में डूबी हुई थी, जिसमें सूँघे जाने की कोशिश शामिल नहीं थी। वह खुद-ब-खुद नाक के रास्ते अन्दर घुस अपनी सही मंज़िल पर पहुँच जाती थी।

लड़की के स्याह बालों में मुकैश के कण धूल के कणों की तरह जमे हुए थे। चेहरे पर पाउडर, सुर्खी और मुकैश के इन कणों ने मिल-जुलकर एक अजीब रंग पैदा कर दिया था—बेनाम-सा उड़ा-उड़ा रंग और उसके गोरे सीने पर कच्चे रंग की अँगिया ने जगह-जगह सुख धब्बे बना दिए थे।

छातियाँ दूध की तरह सफ़ेद थीं—उनमें हल्का-हल्का नीलापन भी था। बगलों में बाल मुँडे हुए थे, जिसकी वजह से वहाँ सुरमई गुबार-सा पैदा हो गया था।

रणधीर लड़की की तरफ़ देख-देखकर कई बार सोच चुका था—क्या ऐसा नहीं लगता, जैसे मैंने अभी-अभी कीलें उखाड़कर उसे लकड़ी के बन्द बक्स से निकाला हो ?

किताबों और चीनी के बर्तनों पर हल्की-हल्की खराशें पड़ जाती हैं, ठीक उसी तरह उस लड़की के जिस्म पर भी कई निशान थे।

जब रणधीर ने उसकी तंग और चुस्त अँगिया की डोरियाँ खोली थीं तो उसकी पीठ और सामने सीने पर नर्म-नर्म गोश्त पर झुर्रियाँ-सी थीं और कमर के चारों तरफ़ कसकर बाँधी हुई डोरी का निशान। वज़नी और नुकीले नेकलेस से उसके सीने पर कई जगह खराशें पड़ गयी थीं, जैसे नाखूनों से बड़े ज़ोर से

खुजाया गया हो। बरसात के यही दिन थे, पीपल के नर्म-नर्म पत्तों पर बारिश की बूँदें गिरने से वैसी ही आवाज़ पैदा हो रही थी, जैसी रणधीर उस दिन सारी रात सुनता रहा था। मौसम बेहद सुहाना था। ठंडी-ठंडी हवा चल रही थी। उसमें हिना के इत्र की तेज़ खुशबू घुली हुई थी।

रणधीर के हाथ बहुत देर तक उस गोरी-चिट्टी लड़की के कच्चे दूध की तरह सफ़ेद सीने पर हवा के झोंकों की तरह फिरते रहे थे। उसकी अँगुलियों ने उस गोरे-गोरे बदन में कई चिंगारियाँ दौड़ती हुई महसूस की थीं। उस नाजुक बदन में कई जगहों पर सिमटी हुई कँपकँपाहटों का भी उसे पता चला था, जब उसने अपना सीना उसके सीने के साथ मिलाया तो रणधीर के जिस्म के हर रोंगटे ने उस लड़की के बदन के छिड़े हुए तारों की भी आवाज़ सुनी थी—मगर वह आवाज़ कहाँ थी ?

रणधीर ने आखिरी कोशिश के तौर पर उस लड़की के दूधिया जिस्म पर हाथ फेरा, लेकिन उसे कोई कँपकँपी महसूस न हुई—उसकी नयी नवेली पत्नी, जो एक फ़र्स्ट क्लास मजिस्ट्रेट की बेटी थी, जिसने बी.ए. तक शिक्षा पायी थी और जो अपने कॉलेज के सैकड़ों दिलों की धड़कन थी, रणधीर की किसी भी चेतना को न छू सकी। वह हिना की खुशबू में उस बू को तलाश कर रहा था, जो उन्हीं दिनों में जबकि खिड़की के बाहर पीपल के पत्ते बारिश में नहा रहे थे, उस घाटन लड़की के मैले बदन से आयी थी।

ब्लाउज़

मोमिन बहुत बेचैन था। पिछले कुछ दिनों से—उसका वजूद कच्चे फोड़े-सा बन गया था। काम करते वक़्त, बातें करते वक़्त, यहाँ तक कि सोचते वक़्त भी, उसे अजीब किस्म का दर्द महसूस होता था—ऐसा दर्द जिसको वह बयान करना चाहता भी, तो न कर सकता।

कभी-कभी, बैठे-बैठे, वह एकदम चौंक पड़ता। धुँधले-धुँधले खयालात, जो आम हालातों में बेआवाज़ बुलबुलों की तरह पैदा होकर मिट जाया करते हैं, मोमिन के दिमाग में बड़े शोर के साथ पैदा होते और शोर ही के साथ फटते। उसके दिलोदिमाग के नर्म-नाज़ुक पर्दों पर हर वक़्त, जैसे कँटीले पैरों वाली चींटियाँ-सी रेंगती रहती थीं। एक अजीब किस्म का खिंचाव उसके अंगों में पैदा हो गया था, जिसकी वजह से उसे बहुत तकलीफ़ होती थी। इसी तकलीफ़ की शिद्दत जब बढ़ जाती तो उसके जी में आता कि अपने आपको एक बड़ी-सी ओखली में डाल दे और किसी से कहे—‘‘मुझे कूटना शुरू कर दो।’’

बावर्चीखाने में, गर्म मसाला कूटते वक़्त, जब लोहे से लोहा टकराता और धमक से छत में एक गूँज-सी दौड़ जाती तो मोमिन के नंगे पैरों को यह कँपकँपी बड़ी भली लगती। पैरों से होती हुई यह कँपकँपी, उसकी तनी हुई पिंडलियों और रानों में दौड़ती हुई उसके दिल तक पहुँच जाती, जो तेज़ हवा में रखे हुए दीये की लौ-सा काँपने लगता।

मोमिन की उम्र पन्द्रह बरस की थी। शायद सोलहवाँ भी लगा हो। उसे अपनी उम्र के बारे में सही अन्दाज़ा नहीं था। वह एक सेहतमंद और तन्दुरुस्त लड़का था, जिसका बचपन तेज़ी से जवानी के मैदान की तरफ़ भाग रहा था।

इस दौड़ ने जिसमें मोमिन बिलकुल अनजान था, उसके खून की हर बूँद में सनसनी पैदा कर दी थी। वह उसका मतलब समझने की कोशिश करता, पर नाकाम रहता।

उसके जिस्म में कई तब्दीलियाँ पैदा हो रही थीं। गर्दन, जो पहले पतली थी, अब मोटी हो गयी थी। बाँहों के पुट्ठों में ऐंठन-सी पैदा हो गयी थी। कंठ निकल रहा था। छाती पर मांस की तह मोटी हो गयी थी और अब कुछ दिनों से उसकी छातियों में गोलियाँ-सी पड़ गयी थीं। जगह उभर आयी थी, जैसे किसी ने एक-एक बण्टा अन्दर दाखिल कर दिया हो। उन उभारों को हाथ लगाने पर मोमिन को बहुत दर्द महसूस होता था। कभी-कभी, काम करने के दौरान अचानक जब उसका हाथ उन गोलियों से छू जाता तो वह तड़प उठता। कमीज़ के मोटे और खुरदरे कपड़े से भी उसको तकलीफ़देह सरसराहट महसूस होती थी।

गुसलखाने में नहाते वक्त या बावर्चीखाने में, जब कोई और मौजूद न हो, मोमिन अपनी कमीज़ के बटन खोलकर उन गोलियों को गौर से देखता, हाथों से मसलता, दर्द होता, टीसें उठतीं। सारा जिस्म फलों से लदे हुए दरख्तों की तरह, जिसे ज़ोर से हिला दिया गया हो, काँप-काँप जाता, इसके बावजूद, वह दर्द पैदा करने वाले इस खेल में मशगूल रहता। कभी-कभी ज्यादा दबाने पर, वे गोलियाँ पिचक जातीं और उसके मुँह से एक लेसदार लुआब निकल आता। उसको देखकर, उसका चेहरा कान की लवों तक सुर्ख हो जाता। वह यह समझता कि उससे कोई गुनाह हो गया है।

गुनाह और सबाब के बारे में मोमिन की जानकारी बहुत थोड़ी थी। हर वह काम, जो एक इन्सान दूसरे इन्सानों के सामने न कर सकता हो, उसके खयाल के मुताबिक गुनाह था। इसीलिए जब शर्म के मारे उसका चेहरा कान की लवों तक सुर्ख हो जाता तो वह झट अपनी कमीज़ के बटन बन्द कर लेता और मन में फ़ैसला करता कि आइन्दा ऐसी फिजूल हरकत कभी न करेगा। लेकिन इस इरादे के बावजूद, दूसरे या तीसरे दिन, तनहाई में वह फिर उस खेल में मशगूल हो जाता।

मोमिन से सब घरवाले खुश थे। बड़ा मेहनती लड़का था। जब हर काम वक्त पर कर देता था तो किसी को शिकायत का मौका कैसे मिलता? डिप्टी साहब के यहाँ उसे काम करते हुए सिर्फ़ तीन महीने हुए थे, लेकिन इस

थोड़े-से अर्से में, उसने घर के हर आदमी को अपने मेहनती मिज़ाज से प्रभावित कर दिया था। छह रुपये महीने पर नौकर हुआ था, पर दूसरे महीने ही उसकी तनख्वाह में दो रुपये बढ़ा दिये गये थे। वह उस घर में बहुत खुश था, इसलिए कि यहाँ उसकी कदर की जाती थी। पर अब कुछ दिनों से वह बेकरार था। एक अजीब किस्म की आवारगी उसके दिमाग में पैदा हो गयी थी। उसका जी चाहता था कि सारा दिन, बेमतलब, बाज़ारों में घूमता फिरे या किसी सुनसान जगह पर लेटा रहे।

अब काम में उसका जी न लगता था। लेकिन इस बेदिली के होते हुए भी, वह अपने काम में कोताही नहीं बरतता था। यही वजह थी कि घर में कोई भी, उसकी इस मानसिक उथल-पुथल से वाकिफ़ न था। रज़िया थी, सो वह दिन भर बाजा बजाने, नयी-नयी फ़िल्मी धुनें सीखने और रिसालें पढ़ने में मशगूल रहती थी, उसने कभी मोमिन की निगरानी ही न की थी। शकीला अलबत्ता मोमिन से इधर-उधर के काम लेती थी और कभी-कभी उसे डाँटती भी थी; पर अब कुछ दिनों से वह भी चन्द ब्लाउज़ों के नमूने उतारने में बेतरह मशगूल थी। ये ब्लाउज़ उसकी एक सहेली के थे जिसे नयी-नयी काट के कपड़े पहनने का बेहद शौक था। शकीला उससे आठ ब्लाउज़ माँगकर लायी थी और कागज़ों पर उसके नमूने उतार रही थी। इसीलिए उसने भी कुछ दिनों से मोमिन की तरफ़ ध्यान नहीं दिया था।

डिप्टी साहब की बीबी बदमिज़ाज औरत नहीं थी। घर में दो नौकर थे। यानी मोमिन के अलावा एक बुढ़िया भी थी, जो ज़्यादातर बावर्चीखाने का काम करती थी। मोमिन कभी-कभी उसका हाथ बँटा दिया करता था। डिप्टी साहब की बीबी ने, मुमकिन है, मोमिन की मुस्तैदी में कोई कमी देखी हो, पर उसने मोमिन से इसकी चर्चा नहीं की। और वह इन्कलाब, जिसमें मोमिन का दिलदिमाग और जिस्म गुज़र रहा था, उससे तो डिप्टी साहब की बीबी बिलकुल अनजान थी। चूँकि उसका कोई लड़का नहीं था, इसलिए वह मोमिन के ज़हनी और जिस्मानी बदलावों को नहीं समझ सकती थी। और फिर मोमिन नौकर था—नौकरों के बारे में कौन सोचता है? बचपन से लेकर बुढ़ापे तक, वे तमाम मंज़िलें, पैदल तय कर जाते हैं और आसपास के आदमियों को खबर तक नहीं होती।

मोमिन का भी बिलकुल यही हाल था। वह कुछ दिनों से अनेक मोड़ मुड़ता-मुड़ता, ज़िन्दगी के ऐसे रास्ते पर आ निकला था जो ज्यादा लम्बा तो नहीं था, पर खतरों से भरा था। इस रास्ते पर उसके कदम कभी तेज़-तेज़ थे, कभी धीरे-धीरे। वह, दरअसल, जानता नहीं था कि ऐसे रास्तों पर किस तरह चलना चाहिए! उन्हें जल्दी तय कर जाना चाहिए या कुछ वक्त लेकर, आहिस्ता-आहिस्ता, इधर-उधर की चीज़ों का सहारा लेकर, तय करना चाहिए। मोमिन के नंगे पाँव के नीचे आने वाली जवानी की गोल-गोल, चिकनी बट्टियाँ फिसल रही थीं। वह अपना तवाज़न बनाए नहीं रख पा रहा था। इसीलिए बेहद बेचैन था। इसी बेचैनी की वजह से कई बार काम करते-करते चौंककर, वह अचानक किसी खूँटी को दोनों हाथों से पकड़ लेता और उसके साथ लटक जाता। फिर उसके मन में इच्छा होती कि टाँगों से पकड़कर उसे कोई इतना खींचे कि वह एक महीन तार बन जाए। ये सब बातें उसके दिमाग के किसी ऐसे कोने में पैदा होती थीं कि वह ठीक तौर पर उनका मतलब नहीं समझ सकता था।

अनजाने तौर पर वह चाहता था—कुछ हो। क्या हो? वह कुछ हो। मेज़ पर करीने से चुनी हुई प्लेटें, एकदम उछलना शुरू कर दें। केतली पर रखा हुआ ढकना, पानी के एक ही उबाल से, ऊपर को उड़ जाये। नल की जस्ती नाली पर वह दबाव डाले तो वह दोहरी हो जाये और उसमें से पानी का एक फव्वारा-सा फूट पड़े। उसे एक ऐसी ज़बरदस्त अँगड़ाई आये कि सारे जोड़ अलग-अलग हो जायें और उसमें एक ढीलापन पैदा हो जाये—कोई ऐसी बात हो जाये, जो उसने पहले कभी न देखी हो।

मोमिन बहुत बेचैन था।

रज़िया नयी फ़िल्मी धुनें सीखने में मशगूल थी और शकीला कागज़ों पर ब्लाउज़ों के नमूने उतार रही थी। जब उसने यह काम खत्म कर लिया तो वह नमूना, जो उन सबमें अच्छा था, सामने रखकर, अपने लिए ऊदी साटन का ब्लाउज़ बनाने लगी। अब रज़िया को भी, अपना बाजा और फ़िल्मी गानों की कॉपी छोड़कर, उस ओर ध्यान देना पड़ा।

शकीला हर काम बड़े ढंग और चाव से करती थी। जब सीने-पिरोने बैठती तो उसकी बैठक बड़ी इत्मीनान-भरी होती थी। अपनी छोटी बहन, रज़िया की तरह वह अफ़रा-तफ़री पसन्द नहीं करती थी। एक-एक टाँका सोच-समझकर

बड़े इत्मीनान से लगाती थी ताकि भूल की गुंजाइश न रहे। नाप-जोख भी उसकी बहुत सही थी। इसलिए कि पहले कागज़ काटकर, फिर कपड़ा काटती थी। यूँ, वक्त तो ज़्यादा खर्च होता, पर चीज़ बिलकुल फिट तैयार होती।

शकीला भरे-भरे जिस्म की सेहतमंद लड़की थी। हाथ-पाँव गुदगुदे थे। गोश्त-भरी उँगलियों के आखिर में, हर जोड़ पर एक-एक नन्हा गड्ढा था। जब मशीन चलाती थी तो ये नन्हे-नन्हे गड्ढे, हाथ की हरकत से कभी गायब हो जाते थे।

शकीला मशीन भी बड़ी इत्मीनान से चलाती थी। आहिस्ता-आहिस्ता, उसकी दो या तीन उँगलियाँ, बड़ी खूबसूरती के साथ मशीन की हत्थी घुमाती थीं। कलाई में एक हल्का-सा ज़ोर पैदा हो जाता था, गर्दन ज़रा उस तरफ़ को झुक जाती थी और बालों की एक लट, जिसे शायद अपने लिए कोई पर्याप्त जगह न मिलती थी, नीचे फिसल आती थी। शकीला अपने काम में इतनी मशगूल रहती थी कि उसे हटाने या जमाने की कोशिश ही नहीं करती थी।

जब शकीला, ऊदी साटन सामने फैलाकर, अपनी नाप का ब्लाउज़ काटने लगी तो उसे टेप की ज़रूरत महसूस हुई क्योंकि उसका अपना टेप, घिस-घिसाकर, बिलकुल टुकड़े-टुकड़े हो गया था। लोहे का गज़ मौजूद था, पर उससे कमर और छाती की नाप कैसे ली जा सकती थी, उसके अपने कई ब्लाउज़ मौजूद थे, लेकिन अब चूँकि पहले से कुछ मोटी हो गयी थी, इसीलिए सारी नाप दोबारा लेना चाहती थी।

कमीज़ उतार कर उसने मोमिन को आवाज़ दी। जब वह आया तो उसने कहा—''जाओ मोमिन, दौड़कर छह नम्बर के फ़्लैट से कपड़े का गज़ ले आओ। कहना शकीला बीबी माँगती हैं।''

मोमिन की निगाहें शकीला की सफ़ेद बनियान के साथ टकरायीं। वह कई बार शकीला बीबी को ऐसी बनियानों में देख चुका था। लेकिन आज उसे एक अजीब किस्म की झिझक महसूस हुई। उसने अपनी निगाहों का रुख दूसरी तरफ़ फेर लिया और घबराहट में कहा, ''कैसा गज़ बीबी जी?''

शकीला ने जवाब दिया—''कपड़े का गज़! एक गज़ तो यह तुम्हारे सामने पड़ा है, यह लोहे का है। एक दूसरा गज़ भी होता है, कपड़े का। जाओ, छह नम्बर में जाओ और दौड़कर उनसे वह गज़ ले आओ। कहना, शकीला बीबी माँगती हैं।''

छह नम्बर का फ़्लैट बिलकुल करीब था। मोमिन फ़ौरन ही कपड़े का गज़ लेकर आ गया। शकीला ने यह गज़ उसके हाथ से ले लिया और कहा—''यहीं ठहर जाओ, इसे अभी वापस ले जाना।'' फिर उसने अपनी बहन रज़िया से कहा, ''इन लोगों की कोई चीज़ अपने पास रख ली जाये तो वह बुढ़िया तगादे कर-कर के, परेशान कर देती है।...इधर आओ, यह गज़ लो और यहाँ से मेरी माप लो।''

रज़िया ने शकीला की कमर और सीने की माप लेनी शुरू की तो उनके बीच कई बातें हुईं। मोमिन दरवाज़े की दहलीज़ में खड़ा, तकलीफ़देह खामोशी से, ये बातें सुनता रहा।

''रज़िया, तुम खींचकर माप क्यों नहीं लेतीं? पिछली दफ़ा भी यही हुआ। तुमने माप लिया और मेरे ब्लाउज़ का सत्यानास हो गया। ऊपर के हिस्से पर अगर कपड़ा फिट न आये तो इधर-उधर बगलों में झोल पड़ जाते हैं।''

''कहाँ का लूँ, कहाँ का न लूँ!—तुम तो अजीब मुसीबत में डाल देती हो। यहाँ की माप लेनी शुरू की थी तो तुमने कहा, 'ज़रा और नीचे से लो'... ज़रा छोटा-बड़ा हो गया तो कौन-सी आफत आ जायेगी।''

''भई वाह...चीज़ के फ़िट होने में ही तो सारी खूबसूरती है। सुरैया को देखो, कैसे फिट कपड़े पहनती है। मजाल है, जो कहीं शिकन पड़े। कितने खूबसूरत मालूम होते हैं ऐसे कपड़े...अब तुम माप लो...''

यह कहकर शकीला ने साँस के ज़रिये अपना सीना फुलाना शुरू किया। जब अच्छी तरह फूल गया तो साँस रोककर, उसने घुटी-घुटी आवाज़ में कहा—''लो अब जल्दी करो।''

जब शकीला ने सीने की हवा निकाली तो मोमिन को ऐसा लगा कि उसके अन्दर रबड़ के गुब्बारे फट गये हैं। उसने घबराकर कहा—''गज़ लाइए बीबी जी...दे आऊँ।''

शकीला ने उसे झिड़क दिया—''ज़रा ठहर जाओ।''

यह कहते समय, कपड़े का गज़ उसके नंगे बाजू से लिपट गया। जब शकीला ने उतारने की कोशिश की तो मोमिन को उसकी सफ़ेद बगल में, काले-काले बालों का एक गुच्छा नज़र आया। मोमिन की अपनी बगलों में भी ऐसे ही बाल उग रहे थे, पर यह गुच्छा उसे बहुत भला मालूम हुआ। एक सनसनी-सी उसके सारे बदन में दौड़ गयी। एक अजीब-सी इच्छा उसके मन

में पैदा हुई कि ये काले-काले बाल उसकी मूँछें बन जायें—बचपन से वह भुट्टों के काले और सुनहरे बाल निकालकर, अपनी मूँछें बनाया करता था। उनको अपने ऊपरी होंठों पर जमाते समय जो सरसराहट उसे महसूस होती थी, उसी तरह की सरसराहट, इस इच्छा ने उसके ऊपरी होंठ और नाक में पैदा कर दी।

शकीला का बाजू अब नीचे झुक गया था और बगल छिप गयी थी, पर मोमिन अब भी काले-काले बालों का वह गुच्छा देख रहा था। उसकी तसव्वुर में शकीला का बाजू, देर तक वैसे ही उठा रहा और उसके काले बाल बगल में झाँकते रहे।

थोड़ी देर बाद शकीला ने मोमिन को गज़ दे दिया और कहा, ''जाओ, वापस दे आओ। कहना, बहुत-बहुत शुक्रिया अदा किया है।''

मोमिन गज़ वापस देकर, बाहर सहन में बैठ गया। उसके दिलो-दिमाग में धुँधले-धुँधले खयाल पैदा हो रहे थे। देर तक वह उनका मतलब समझने की कोशिश करता रहा। जब कुछ समझ में न आया तो उसने अचानक अपना छोटा-सा ट्रंक खोला, जिसमें ईद के लिए नये कपड़े बनवाकर रखे थे।

जब ट्रंक का ढक्कन खुला और नये लट्ठे की बू उसकी नाक तक पहुँची तो उसके मन में ख्वाहिश हुई कि नहा-धोकर और नये कपड़े पहनकर, वह सीधा शकीला के पास जाये और उसे सलाम करे—उसकी लट्ठे की सलवार किसी तरह फड़-फड़ करेगी और उसकी रूमी टोपी...रूमी टोपी का खयाल आते ही, मोमिन की निगाहों के सामने उसका फुँदना आ गया और फुँदना फ़ौरन ही उन काले बालों के गुच्छे में बदल गया जो उसने शकीला की बगल में देखा था। उसने कपड़ों के नीचे से अपनी नयी रूमी टोपी निकाली और उसके नर्म और लचकीले फुँदने पर उसने हाथ फेरना शुरू किया ही था कि अन्दर से शकीला बीबी की आवाज़ आयी—''मोमिन।''

मोमिन ने टोपी ट्रंक में रखी, ढक्कन बन्द किया और अन्दर चला गया, जहाँ शकीला नमूने के मुताबिक ऊदी साटन के कई टुकड़े काट चुकी थी। उन चमकीले और फिसल-फिसल जाने वाले टुकड़ों को एक जगह रखकर, वह मोमिन से बोली, ''मैंने तुम्हें इतनी आवाज़ें दीं। सो गये थे क्या?''

मोमिन की ज़बान लड़खड़ाने लगी, ''नहीं...नहीं, बीबी जी।''

''तो क्या कर रहे थे?''

''कुछ...कुछ भी नहीं।''

‘‘कुछ तो ज़रूर कर रहे होगे ?’’

शकीला सवाल किए जा रही थी, पर उसका ध्यान असल में ब्लाउज़ की ओर था, जिसे अब उसे कच्चा करना था।

मोमिन ने खिसियानी हँसी के साथ जवाब दिया, ‘‘ट्रंक खोलकर, अपने नये कपड़े देख रहा था।’’

शकीला खिलखिलाकर हँस पड़ी। रज़िया ने भी उसका साथ दिया।

शकीला को हँसते देखकर मोमिन को एक अजीब-सा सुकून महसूस हुआ और इस सुकून ने उसके मन में यह ख्वाहिश पैदा की कि वह कोई ऐसी बेवक़ूफ़ाना हरकत करे, जिससे शकीला बीबी को और हँसने का मौका मिले। इसलिए लड़कियों की तरह झेंपकर और लहज़े में शरमाहट पैदा करके, उसने कहा, ‘‘बड़ी बीबी जी से पैसे लेकर मैं रेशमी रूमाल भी लाऊँगा।’’

शकीला ने हँसते हुए पूछा, ‘‘क्या करोगे उस रूमाल का ?’’

मोमिन ने झेंपकर जवाब दिया, ‘‘गले में बाँध लूँगा, बीबी जी...बड़ा अच्छा लगेगा।’’

यह सुनकर शकीला और रज़िया, दोनों देर तक हँसती रहीं।

‘‘गले में बाँधोगे तो याद रखना, उसी से फाँसी दे दूँगी।’’ यह कहकर शकीला ने अपनी हँसी दबाने की कोशिश की और रज़िया से कहा, ‘‘कमबख़्त ने मुझे काम ही भुला दिया। रज़िया, मैंने इसे क्यों बुलाया था ?’’

रज़िया जवाब न देकर उस नयी फ़िल्मी धुन को गुनगुनाने लगी, जिसे वह दो दिन से सीख रही थी। इस बीच शकीला को खुद ही याद आ गया कि उसने मोमिन को क्यों बुलाया था, ‘‘देखो मोमिन, मैं तुम्हें यह बनियान उतारकर देती हूँ। दवाइयों की दुकान के पास जो एक नयी दुकान खुली है न—वही, जहाँ उस दिन तुम मेरे साथ गये थे। वहाँ जाओ और पूछकर आओ कि ऐसी छह बनियानों का वह क्या लेगा...कहना हम पूरी छह लेंगे, इसलिए कुछ रिआयत ज़रूर करे...समझ लिया न ?’’

मोमिन ने जवाब दिया, ‘‘जी हाँ।’’

‘‘अब तुम परे हट जाओ।’’

मोमिन बाहर निकलकर दरवाज़े की ओट में हो गया। कुछ लम्हों के बाद बनियान उसके पैरों के पास आ गिरी और अन्दर से शकीला की आवाज़ आयी, ‘‘कहना, हम इसी किस्म की, इसी डिज़ाइन की, बिलकुल यही चीज़ लेंगे। फ़र्क नहीं होना चाहिए।’’

मोमिन ने 'बहुत अच्छा' कहकर, बनियान उठा ली, जो पसीने के कारण कुछ गीली हो रही थी जैसे उसे किसी ने भाप पर रखकर फ़ौरन हटा लिया हो। बदन की बू भी उसमें बसी हुई थी। मीठी-मीठी गर्मी थी। ये सारी चीज़ें उसको बड़ी भली लगीं।

उस बनियान को, जो बिल्ली के बच्चे की तरह मुलायम थी, वह अपने हाथों से मसलता, बाहर चला गया। जब भाव-ताव पूछकर बाज़ार से लौटा तो शकीला उस ऊदी साटन के ब्लाउज़ की सिलाई शुरू कर चुकी थी, जो मोमिन की रूमी टोपी के फुँदने से कहीं ज़्यादा चमकीला और लचकदार था।

यह ब्लाउज़ शायद ईद के लिए तैयार किया जा रहा था, क्योंकि ईद अब बिलकुल करीब आ गयी थी। मोमिन को एक दिन में कई बार बुलाया गया। धागा लाने के लिए, इस्तरी निकालने के लिए, सूई टूट गयी तो नयी सूई लाने के लिए! शाम के करीब जब शकीला ने बाकी काम दूसरे दिन पर उठा दिया तो धागे के टुकड़े और ऊदी साटन की बेकार कतरनें उठाने के लिए भी उसे बुलाया गया।

मोमिन ने अच्छी तरह जगह साफ़ कर दी। बाकी सब चीज़ें उठाकर बाहर फेंक दीं, मगर साटन की चमकीली कतरनें अपनी जेब में रख लीं...बिलकुल बेमतलब, क्योंकि उसे मालूम न था कि वह उनका क्या करेगा?

दूसरे दिन उसने जेब से कतरनें निकालीं और अकेले में बैठकर उनके धागे अलग करने लगा। देर तक वह इस खेल में लगा रहा, यहाँ तक कि धागों के छोटे-बड़े टुकड़ों का एक गुच्छा-सा बन गया। उसको हाथ में लेकर वह दबाता रहा, मसलता रहा—लेकिन उसकी कल्पना में शकीला की वही बगल थी जिसमें उसने काले-काले बालों का एक छोटा-सा गुच्छा देखा था।

उस दिन भी उसे शकीला ने कई बार बुलाया—ऊदी साटन के ब्लाउज़ की हर शक्ल उसकी निगाहों के सामने आती रही। पहले जब उसे कच्चा किया गया था तो उस पर सफ़ेद धागे के बड़े-बड़े टाँके, जगह-जगह फैले हुए थे। फिर उस पर इस्तरी की गयी, जिससे उसकी सब सिलवटें दूर हो गयीं और चमक भी दूनी हो गयी। इसके बाद, कच्ची हालत, में ही शकीला ने उसे पहना, रज़िया को दिखाया। दूसरे कमरे में सिंगार-मेज़ के पास जाकर, आईने में खुद को हर पहलू से अच्छी तरह देखा। जब पूरी तरह इत्मीनान हो गया तो उसे उतारा। जहाँ-तहाँ तंग या खुला था, वहाँ निशान बनाए, उसकी सारी खामियाँ

दूर कीं। एक बार फिर पहनकर देखा। जब बिलकुल फ़िट हो गया तो पक्की सिलाई शुरू की।

इधर साटन का यह ब्लाउज़ सिया जा रहा था, उधर मोमिन के दिमाग में अज़ीबोगरीब खयालों के टाँके-से उधड़ रहे थे। जब उसे कमरे में बुलाया जाता और उसकी निगाहें चमकीली साटन के ब्लाउज़ पर पड़तीं तो उसका जी चाहता कि वह हाथ से छूकर उसे देखे—सिर्फ़ छूकर ही नहीं, बल्कि उसकी मुलायम और रोयेंदार सतह पर दूर तक हाथ फेरता रहे—अपने खुरदरे हाथ।

उसने उस साटन के टुकड़ों से उसकी कोमलता का अन्दाज़ा कर लिया था। धागे, जो उसने उन टुकड़ों से निकाले थे, और भी ज़्यादा मुलायम हो गये थे। जब उसने उनका गुच्छा बनाया तो दबाते वक्त उसे लगा था कि उनमें रबड़ की-सी लचक भी है। वह जब भी अन्दर ब्लाउज़ को देखता, उसका खयाल फ़ौरन उन बालों की तरफ़ दौड़ जाता, जो उसने शकीला की बगल में देखे थे। काले-काले बाल। मोमिन सोचता था, 'क्या वे भी इस साटन की ही तरह मुलायम होंगे?'

आख़िरकार ब्लाउज़ तैयार हो गया। मोमिन कमरे के फ़र्श पर गीला कपड़ा फेर रहा था कि शकीला अन्दर आयी। कमीज़ उतारकर उसने पलंग पर रखी। उसके नीचे उसी किस्म की सफ़ेद बनियान थी, जिसका नमूना लेकर मोमिन भाव पूछने गया था—उसके ऊपर शकीला ने अपने हाथ का सिला हुआ ब्लाउज़ पहना। सामने के हुक लगाए और आईने के सामने खड़ी हो गयी।

मोमिन ने फ़र्श साफ़ करते-करते, आईने की तरफ़ देखा। ब्लाउज़ में अब जान-सी पड़ गयी थी। एक-दो जगह पर वह इतना चमकता था कि मालूम होता था, साटन का रंग सफ़ेद हो गया है—शकीला की पीठ मोमिन की तरफ़ थी, जिस पर रीढ़ की हड्डी की लम्बी झिरी ब्लाउज़ फिट होने के कारण अपनी पूरी गहराई के साथ नुमायाँ थी। मोमिन से रहा न गया, इसलिए उसने कहा, ''बीबी जी, आपने दर्ज़ियों को भी मात कर दिया है।''

शकीला अपनी तारीफ़ सुनकर खुश हुई, पर वह रज़िया की राय जानने के लिए बेचैन थी, इसलिए वह सिर्फ़ 'अच्छा है न?' कहकर बाहर दौड़ गयी। मोमिन आईने की तरफ़ देखता रह गया, जिसमें ब्लाउज़ का काला और चमकीला अक्स देर तक मौजूद रहा।

रात को, जब वह फिर उस कमरे में सुराही रखने के लिए आया तो उसने

खूँटी पर लकड़ी के हैंगर में उस ब्लाउज़ को देखा। कमरे में कोई मौजूद नहीं था। चुनांचे, आगे बढ़कर उसने पहले ध्यान से उसे देखा, फिर डरते-डरते उस पर हाथ फेरा। ऐसा करते हुए उसे यूँ लगा कि कोई उसके जिस्म के मुलायम रोयें पर हौले-हौले, बिलकुल हवाई लम्ज़ की तरह हाथ फेर रहा है।

रात को जब वह सोया तो उसने कई ऊटपटाँग सपने देखे—डिप्टी साहब ने उसे पत्थर के कोयलों का एक बड़ा ढेर कूटने को कहा। जब उसने एक कोयला उठाया और उस पर हथौड़े की चोट लगाई तो वह नर्म-नर्म बालों का एक गुच्छा बन गया—ये काली खांड के महीन-महीन तार थे, जिनका गोला बना हुआ था। फिर ये गोले, काले रंग के गुब्बारे बनकर, हवा में उड़ने लगे— बहुत ऊपर जाकर ये फटने लगे।...फिर आँधी आ गयी और मोमिन की रूमी टोपी का फुँदना कहीं गायब हो गया—वह फुँदने की तलाश में निकला—देखी और अनदेखी जगहों में घूमता रहा...नये लट्टे की बू भी कहीं से आनी शुरू हुई। फिर न जाने क्या हुआ।...एक काली साटन के ब्लाउज़ पर उसका हाथ पड़ा...कुछ देर वह किसी धड़कती हुई चीज़ पर अपना हाथ फेरता रहा। फिर एकाएक हड़बड़ाकर उठ बैठा। थोड़ी देर तक वह कुछ समझ न सका कि क्या हो गया है। इसके बाद उसे डर, हैरानी और एक अनोखी टीस का एहसास हुआ। उसकी हालत उस वक्त अजीबोगरीब थी...पहले उसे एक तकलीफ़देह गर्मी-सी महसूस हुई। फिर कुछ लम्हों के बाद एक ठण्डी-सी लहर उसके जिस्म पर रेंगने लगी।

योमे-इस्तकलाल

हिन्दुस्तान के बँटवारे के वक़्त मैं बम्बई में था। रेडियो पर कायदे आज़म और पंडित नेहरू के भाषण सुने। इसके बाद जब बँटवारा हो गया तो मैंने वह हंगामा भी देखा जो बम्बई में मचा था।

इससे पहले हर रोज़ अखबारों में हिन्दू-मुस्लिम दंगों की खबरें पढ़ता रहता था। कभी पाँच हिन्दू मर जाते तो कभी पाँच मुसलमान। जो भी हो, कत्ल व खून की माप औसतन बराबर ही रहती थी।

इस सिलसिले में एक लतीफ़ा भी सुन लीजिए। अखबारवाला *'टाइम्स ऑफ़ इंडिया'* सुबह बावर्चीखाने की खिड़की से फेंक जाया करता था। एक दिन—(और वह दंगों का दिन था) अखबारवाला आया और उसने दरवाज़े पर दस्तक दी। मैं बहुत हैरान हुआ। उठकर बाहर गया तो देखा कि कोई नया आदमी है। मैंने उससे पूछा, ''वह अखबारवाला कहाँ है, जो यहाँ आया करता है ?''

उसने जवाब दिया, ''साहब, वह मर गया है—कल कामटीपुरे में उसे छुरी घोंप दी गयी—लेकिन मरने से पहले वह मुझसे कह गया कि फलाँ साहब के घर अखबार पहुँचा दिया करो और उनसे पैसे भी वसूल कर लेना।''

उस वक्त दिल पर जो गुज़री उसको मैं बयान नहीं कर सकता। उसके दूसरे दिन मैंने अपने मकान से लगी सड़क पर जिसका नाम क्लेयर रोड है, पेट्रोल पम्प के पास बर्फ़ बेचनेवाले एक हिन्दू की लाश देखी।

उसकी बर्फ़ की हथगाड़ी उसकी लाश के पास खड़ी थी। बर्फ़ की सिलों से पानी टपक रहा था। उसके खून के ऐन ऊपर। खून जम गया था और मालूम

होता था कि 'जेली' का एक लोंदा पड़ा है। वे दिन भी कुछ अजीब थे। हंगामे ही हंगामे थे। और इन हंगामों की कोख से दो मुल्कों को जन्म लेना था। आज़ाद हिन्दुस्तान और आज़ाद पाकिस्तान को। एक अफ़रा-तफ़री मची थी। सैकड़ों अमीर मुसलमान हवाई जहाज़ों से उड़कर पाकिस्तान जा रहे थे ताकि वहाँ नयी बनी इस्लामी हुकूमत का जश्न देखें। बाकी हज़ारों वहीं दुबके हुए थे। उन्हें डर था कोई आफ़त न आ जाये।

अगस्त 14 आयी और बम्बई जो यूँ भी जश्नों की दुल्हन कहलाती है नयी नवेली दुल्हन की तरह सज गयी। रोशनियों का एक सैलाब था जो 14 अगस्त की रात को बम्बई शहर में बह गया था। रंग-रंग की रोशनियाँ! मेरा खयाल है इतनी बिजली इस शहर ने कभी अपनी ज़िन्दगी में खर्च नहीं की होगी।

बी.ई.एस.टी. (बम्बई इलेक्ट्रिक सप्लाई एण्ड ट्रामवे कम्पनी) ने एक ट्रामकार खास इस जश्न के लिए चारों तरफ़ बिजली के कुमकुमों से सजाई हुई थी। कुछ इस तौर पर कि कांग्रेस के तिरंगे झण्डे बन गए थे। यह सारी रात शहर में घूमती रही।

बड़ी-बड़ी बिल्डिंगें भी रोशनियों से जगमगा रही थीं। अंग्रेज़ी दुकानों ने खास इन्तज़ाम कर रखा था। व्हाइट वेज़ और ऐवान-ए-फ़िजिज की सजधज देखने के काबिल थी।

अब आप भिण्डी बाज़ार की सुनिए। यह बम्बई का मशहूर बाज़ार है जो बम्बई की ज़बान में मियाँ भाइयों यानी मुसलमानों का इलाका है। इसमें असंख्य होटल और रेस्तराँ हैं। किसी का नाम बिस्मिल्लाह और किसी का नाम सुबहान अल्लाह। सारा *कुरान* इस बाज़ार में खत्म हो गया है। लेकिन 'नाऊज़ बिल्लाह' नाम का कोई रेस्तराँ या होटल मौजूद नहीं।

वह बाज़ार बम्बई का पाकिस्तान था। हिन्दू अपने हिन्दुस्तान की आज़ादी की खुशियाँ मना रहे थे और मुसलमान अपने आज़ाद पाकिस्तान की और मैं हैरान था कि यह सब क्या हो रहा है। भिण्डी बाज़ार में जहाँ हिन्दुओं की दुकानें थीं उन पर तिरंगे लहरा रहे थे। बाकी जहाँ देखो इस्लामी झण्डे थे।

मैं सुबह भिण्डी बाज़ार गया तो मैंने एक अजीब नज़ारा देखा। सारा बाज़ार हरी झण्डियों से अटा पड़ा था। एक रेस्तराँ के बाहर कायदे आज़म की

पेंटिंग (जो सम्भवत: किसी अनाड़ी ने बनाई थी) शोख रंगों में लटक रही थी। और दो बिजली के पंखों का रुख उसकी तरफ़ था।

जो भी हो मुझे वह नज़ारा कभी न भूलेगा। मुसलमान बहुत खुश थे कि उन्हें पाकिस्तान मिल गया है। पाकिस्तान कहाँ है, क्या है ? यह उनको कतई मालूम नहीं था। बस वे खुश थे। इसलिए कि उनको बहुत देर के बाद खुशी का एक मौका मिला था।

रामपुरी दादा रेस्तराओं में कई-कई कप चाय के पिए जा रहे थे और पासिंग शो सिगरेट भी और पाकिस्तान बनने की खुशी मना रहे थे। कालाकांडी और सलेंकि की सुपारी के पान धड़ाधड़ आ रहे थे और बाहर आने की अँगुलियों पर चूना भी।

मैं हैरान था कि यह क्या हो रहा है। लेकिन सबसे हैरत में डालने वाली बात यह थी कि 14 अगस्त को बम्बई में कोई खून नहीं हुआ। लोग आज़ादी हासिल करने की खुशी में मगन थे। यह आज़ादी क्या थी, क्योंकर हासिल हुई और आज़ाद होकर उनकी ज़िन्दगी में क्या तब्दीली होगी, इसके बारे में कोई भी नहीं जानता था।

एक तरफ़ 'पाकिस्तान ज़िन्दाबाद' के नारे गूँजते थे, दूसरी तरफ़ 'हिन्दुस्तान ज़िन्दाबाद' के। अब कुछ लतीफ़े पाकिस्तान के विषय में सुनिए जो कि हमारी नयी पैदा हुई इस्लामी हुकूमत है। पिछले साल योमे-इस्तकलाल पर एक साहब सूखा हुआ दरख्त काटकर घर ले जाने की कोशिश कर रहे थे। मैंने उनसे कहा, ''यह आप क्या कर रहे हैं। यह दरख्त काटने का आपको कोई हक नहीं।'' आपने फरमाया, ''यह पाकिस्तान है। यह माल हमारा है।'' मैं खामोश हो गया।

हमारा मुहल्ला किसी ज़माने में, उस ज़माने में बँटवारा नहीं हुआ था, बड़ी खूबसूरत जगह थी। अब यह हाल है कि वह गोल जगह जहाँ किसी ज़माने में घास के तख्ते थे, अब बिलकुल उजाड़ है। वहाँ नंगे बच्चे दिन-रात गालियाँ बकते और वाहियात खेल खेलते रहते हैं। मेरी एक बच्ची की एक बड़ी गेंद गायब हो गयी। मैंने सोचा 'कहीं घर में होगी।' लेकिन चौथे दिन कुछ बच्चों को उससे खेलते देखा। जब उनसे पूछा गया तो उन्होंने कहा, ''यह हमारी है।

एक रुपये चार आने में खरीदी थी।''

लतीफ़ा यह है कि उस गेंद की कीमत चार रुपया पन्द्रह आना थी।

पाकिस्तान में लड़ाई नहीं हो सकती, इसलिए मैंने उससे हाथ खींच लिया और अपनी बच्ची की गेंद उन्हीं के पास रहने दी, कि यह उनका हक था।

इसी जगह का एक और ज़िक्र करना चाहता हूँ। एक साहब बाहर फ़र्श की ईंटें उखाड़ रहे थे। मैंने उनसे कहा, ''भाई ऐसा न करो। यह बहुत ज्यादती है।''

आपने फरमाया, ''पाकिस्तान है। तुम कौन हो मुझे रोकने वाले।'' मैं खामोश हो गया।

मैंने एक रेडियो मरम्मत करने वाले को अपना रेडियो मरम्मत के लिए दिया। याद्दाश्त कमज़ोर होने से भूल गया कि उसके पास जाना है। एक महीने बाद याद आया। जब उसके पास गया तो उसने कहा, ''तुम इतने दिन नहीं आये। मैंने तुम्हारा रेडियो बेच दिया और अपनी उज्रत वसूल कर ली है।''

पिछले से पिछले साल योमे-इस्तकलाल से एक दिन पहले मुझे नोटिस मिला कि तुम गैर-ज़रूरी आदमी हो। वजह बताओ कि तुम्हें क्यों न तुम्हारे काबिज़ मकान से बेदखल कर दिया जाये।

अगर मैं गैरज़रूरी आदमी हूँ तो हुकूमत को भी यह विशेष हक हासिल है कि वह मुझे प्लेग का चूहा करार देकर पकड़ ले और नष्ट कर दे। लेकिन मैं अभी तक बचा हुआ हूँ।

आखिर में एक बहुत बड़ा लतीफ़ा बताना चाहता हूँ। जब पाकिस्तान बनने के ठीक बाद मैं कराची आया तो वहाँ एक हुल्लड़ मचा हुआ था। मैंने चाहा कि फ़ौरन लाहौर का रुख करूँ। चुनांचे मैं रेलवे स्टेशन गया और बुकिंग क्लर्क से कहा कि मुझे एक टिकट फ़र्स्ट क्लास का लाहौर के लिए चाहिए।

उसने जवाब दिया, ''यह टिकट आपको नहीं मिल सकता। इसलिए कि सब सीटें बुक हैं।''

मैं बम्बई के माहौल का आदी था जहाँ हर चीज़ ब्लैक मार्केट में मिल सकती है। मैंने उससे कहा, ''भई, तुम कुछ रुपये ज्यादा ले लो।''

उसने बड़ी संजीदगी और बड़ी मलामत-भरे लहज़े में मुझसे कहा, ''यह पाकिस्तान है—मैं इससे पहले ऐसा काम करता रहा हूँ मगर अब नहीं कर सकता। सीटें सब बुक हैं। आपको टिकट किसी भी कीमत पर, कभी भी नहीं मिल सकता।''

और मुझे टिकट किसी कीमत पर नहीं मिला।

डरपोक

मैदान बिलकुल साफ़ था, लेकिन जावेद को लगा कि म्यूनिसिपल कमेटी की लालटेन, जो दीवार में गड़ी है, उसको घूर रही है। उस चौड़े सहन को, जिस पर नानकशाही ईंटों का ऊँचा-नीचा फ़र्श बना हुआ था, जो दूसरी इमारतों से बिलकुल अलग-थलग था, पार करके वह उस नुक्कड़वाले मकान तक पहुँचने का बार-बार इरादा करता, पर यह लालटेन, जो नकली आँख की तरह, हर तरफ़ टकटकी बाँधे, देख रही थी, उसके इरादे को डगमगा देती और वह उस बड़ी मोरी के उस तरफ़ हट जाता, जिसको फाँदकर, वह सहन को चन्द कदमों में तय कर सकता था—सिर्फ़ चन्द कदमों में!

जावेद का घर इस जगह से काफ़ी दूर था, पर यह फ़ासला बड़ी तेज़ी से तय करके, वह वहाँ तक पहुँच गया था। उसके विचारों की गति, उसके कदमों की रफ़्तार से अधिक तेज़ थी। रास्ते में उसने बहुत-सी चीज़ों पर गौर किया। वह बेवकूफ़ नहीं था। उसे अच्छी तरह मालूम था कि वह एक वेश्या के पास जा रहा है और उसको इस बात की भी पूरी समझ थी कि वह किस वजह से उसके पास जाना चाहता है।

वह औरत चाहता था—औरत, चाहे किसी रूप में हो। औरत की ज़रूरत उसकी ज़िन्दगी में एकाएक नहीं पैदा हो गयी थी। एक ज़माने से यह ज़रूरत उसके भीतर आहिस्ता-आहिस्ता मौजूदा तेज़ी का रूप पाती रही थी और अब अचानक उसने महसूस किया था कि औरत के बिना वह एक पल ज़िन्दा नहीं रह सकता। औरत उसे ज़रूर मिलनी चाहिए—ऐसी औरत जिसकी रान पर हौले से धप मारकर, वह उसकी आवाज़ सुन सके—ऐसी औरत, जिससे वह वाहियात किस्म की बातें कर सके।

जावेद पढ़ा-लिखा होशमन्द आदमी था। हर बात की ऊँच-नीच समझता था, पर इस मामले में कुछ और सोचने-विचारने के लिए तैयार नहीं था। उसके मन में एक ऐसी इच्छा हुई थी, जो नयी न थी। इससे पहले, कई बार उसके मन में यह इच्छा पैदा हुई थी और इस ख्वाहिश को पूरा करने के लिए इन्तहाई कोशिशों के बाद, जब उसे नाकामयाबी का सामना करना पड़ा तो इस नतीजे पर पहुँचा कि उसकी ज़िन्दगी में पूरी औरत कभी नहीं आयेगी और अगर उसने उस पूरी औरत की तलाश जारी रखी तो किसी दिन वह पागल कुत्ते की तरह किसी राह चलती औरत को काट खायेगा।

काट खाने की हद तक अपने इरादे में नाकाम रहने के बाद, अब अचानक उसके मन में इस इच्छा ने करवट बदली थी। अब किसी औरत के बालों में अपनी उँगलियों से कंघी करने का खयाल उसके दिमाग से निकल चुका था। औरत की तस्वीर उसके दिमाग में मौजूद थी—उसके बाल भी थे, पर अब उसकी यह इच्छा थी कि वह उन बालों को वहशियों की तरह खींचे, नोचे, उखाड़े।

अब उसके दिमाग में से वह औरत निकल चुकी थी, जिसके होंठों पर वह अपने होंठ इस तरह रखने के लिए इच्छुक था, जैसे तितली फूलों पर बैठती है। अब वह उन होंठों को अपने गर्म होंठों से दागना चाहता था।...हौले-हौले, सरगोशियों में बातें करने का खयाल भी उसके दिमाग में नहीं था। अब वह ऊँची आवाज़ में बातें करना चाहता था—ऐसी बातें जो उसके मौजूदा इरादे की तरह नंगी हों।

अब पूरी, सालिम औरत उसके आगे नहीं थी। वह ऐसी औरत चाहता था, जो घिस-घिस कर, गिरे हुए मर्द की शक्ल इख्तियार कर गयी हो—ऐसी औरत, जो आधी औरत हो और आधी कुछ भी न हो।

एक समय था, जब जावेद 'औरत' कहते समय, अपनी आँखों में एक खास किस्म की ठंडक महसूस किया करता था—जब औरत की कल्पना उसे चाँद की ठंडी दुनिया में ले जाती थी। वह 'औरत' कहता था, बड़ी सावधानी से, मानो उसको इस बेजान लफ़्ज़ के टूटने का डर हो। एक अर्से तक वह इस दुनिया की सैर करता रहा। पर आखिरकार उसको मालूम हुआ कि औरत, जिसकी तमन्ना उसके दिल में है, उसकी ज़िन्दगी का ऐसा सपना है, जो खराब मेदे के साथ देखा जाये।

जावेद अब सपनों की दुनिया से बाहर निकल आया था। बहुत देर तक ज़ेहनी तौर से वह अपने आपको बहलाता रहा। पर अब, उसका जिस्म डरावने रूप से जाग चुका था। उसकी कल्पना की तेज़ी ने उसके जिस्मानी एहसासों की नोक-पलक कुछ इस ढंग से निकाली थी कि अब ज़िन्दगी उसके लिए सुइयों का बिस्तर बन गयी। हर खयाल एक नश्तर बन गया—औरत उसकी नज़रों में ऐसी शक्ल अख़्तियार कर गयी, जिसको वह बयान करना भी चाहे तो न कर सकता था।

जावेद कभी इन्सान था, पर अब इन्सानों से उसे नफ़रत थी, इतनी कि वह अपने आप से भी नफ़रत करने लगा था। यही वजह थी कि वह खुद को ज़लील करना चाहता था, इस तरह कि एक अर्से तक उसके खूबसूरत खयाल, जिनको वह अपने दिमाग में फूलों की तरह सजाकर रखता था, गन्दगी से लिथड़े रहें। ''मुझे नफ़ासत तलाश करने में असफलता मिली है, लेकिन गन्दगी तो मेरे चारों तरफ़ फैली हुई है। अब यह जी चाहता है कि अपनी रूह और जिस्म के हर ज़र्रे को इस गन्दगी से लिथेड़ दूँ। मेरी नाक, जो इससे पहले खुशबुओं की तलाश करती रही है, अब बदबूदार और गलीज़ चीज़ें सूँघने के लिए बेताब है। यही वजह है कि आज मैंने पुराने खयालों का चोला उतारकर, इस मुहल्ले का रुख किया है, जहाँ हर चीज़ एक भेद-भरी बू में लिपटी नज़र आती है। यह दुनिया कितने डरावने तौर पर हसीन है।''

नानकशाही ईंटों का ऊबड़-खाबड़ फ़र्श उसके सामने था। लालटेन की बीमार रोशनी में जावेद ने, जब उस फ़र्श की तरफ़ अपनी बदली हुई नज़रों से देखा तो उसे ऐसा महसूस हुआ कि बहुत-सी नंगी औरतें औंधी-सीधी लेटी हैं, जिनकी हड्डियाँ जगह-जगह उभरी हुई हैं। उसने फ़ैसला किया कि इस फ़र्श को पार करके, नुक्कड़वाले मकान की सीढ़ियों तक पहुँच जाये और कोठे पर चढ़ जाये। पर म्यूनिसिपल कमेटी की लालटेन लगातार टकटकी बाँधे, उसकी तरफ़ घूर रही थी। उसके बढ़ने वाले कदम रुक गये और वह भन्ना-सा गया। ''यह लालटेन मुझे क्यों घूर-घूर कर देख रही है। यह मेरे रास्ते में क्यों रोड़े अटकाती है ?''

वह जानता था कि यह महज़ वहम है और असलियत से इसका कोई

रिश्ता नहीं। लेकिन फिर भी उसके कदम रुक जाते थे और वह अपने दिल में तमाम भयानक इरादे लिये मोरी के उस पार खड़ा रह जाता था। वह समझता था कि उसकी ज़िन्दगी के सत्ताईस बरसों की झिझक, जो उसे विरासत में मिली थी, उस लालटेन में जमा हो गयी है। यह झिझक, जिसको पुरानी केंचुली की तरह वह अपने घर छोड़ आया था, उससे पहले वहाँ पहुँच चुकी थी, जहाँ उसे अपनी ज़िन्दगी का सबसे भद्दा खेल खेलना था। ऐसा खेल, जो उसे कीचड़ में लथपथ कर दे, उसकी रूह पर कालिख पोत दे।

एक मैली-कुचैली औरत उस मकान में रहती थी। उसके पास चार-पाँच जवान औरतें थीं जो रात के अँधेरे और दिन के उजाले में, यकसाँ भद्देपन से पेशा कराती थीं। ये औरतें गन्दी मोरी से गलाज़त निकालने वाले पम्प की तरह दिन-रात चलती रहती थीं। जावेद को इस चकले के बारे में उसके दोस्त ने बताया था, जो हुस्नो-इश्क की लाश कई बार इस कब्रिस्तान में दफ़न कर चुका था। जावेद से वह कहा करता था, ''तुम 'औरत-औरत' पुकारते हो...औरत है कहाँ?...मुझे तो अपनी ज़िन्दगी में सिर्फ़ एक औरत नज़र आयी, जो मेरी माँ थी।...पर्दे वालियाँ अलबत्ता देखी हैं पर उनके बारे में सुना भी है। लेकिन जब कभी औरत की ज़रूरत महसूस होती है तो मैंने माई जीवाँ के कोठे को अपना बेहतरीन साथी पाया है। खुदा की कसम, माई जीवाँ औरत नहीं, फरिश्ता है...खुदा उसे कयामत तक ज़िन्दा रखे।''

जावेद, माई जीवाँ और उसके यहाँ की चार-पाँच पेशा कराने वाली औरतों के बारे में बहुत कुछ सुन चुका था। उसको मालूम था कि उनमें से एक, हर वक्त गहरे रंग के शीशे वाला चश्मा पहने रहती है, इसलिए कि किसी बीमारी की वजह से उसकी आँखें खराब हो चुकी हैं। एक काली-कलूटी लौंडिया है जो हर वक्त हँसती रहती है। उसके बारे में जावेद जब सोचता तो अजीबोगरीब तस्वीर उसकी आँखों के सामने खिंच जाती।''मुझे ऐसी ही औरत चाहिए, जो हर वक्त हँसती रहे।...ऐसी औरतों को हँसते ही रहना चाहिए। जब वह हँसती होगी तो उसके काले-काले होंठ यों खुलते होंगे, जैसे बदबूदार गन्दे पानी में मैले-मैले बुलबुले बनकर फटते हैं।''

माई जीवाँ के पास एक और छोकरी भी थी, जो बाकायदा तौर पर पेशा

कराने के पहले, गलियों और बाज़ारों में भीख माँगा करती थी। अब एक बरस से वह उस मकान में थी जहाँ अट्ठारह बरसों से यही काम हो रहा था। वह अब पाउडर और सुर्खी लगाती थी। जावेद उसके बारे में सोचता—''उसके सुर्खी-लगे गाल बिलकुल दागदार सेबों की तरह होंगे...जो हर कोई खरीद सकता है।''

उन चार-पाँच औरतों में से, जावेद की नज़र किसी खास पर नहीं थी— ''मुझे कोई भी मिल जाये...। मैं चाहता हूँ कि मुझसे दाम लिये जायें और खट से एक औरत मेरी बगल में थमा दी जाये। एक सैकेण्ड की देर न होनी चाहिए। किसी किस्म की बात न हो। कोई नर्म-नाजुक बात मुँह से निकलने न पाये। कदमों की चाप सुनाई दे, दरवाज़ा खुलने की खड़खड़ाहट पैदा हो...रुपये खनखनायें और आवाज़ें भी आयें, पर मुँह बन्द रहे। अगर आवाज़ निकले तो ऐसी, जो इन्सानी आवाज़ मालूम हो। मुलाकात हो बिलकुल हैवानों की तरह। तहज़ीब के सन्दूक में ताला लग जाये। थोड़ी देर के लिए एक ऐसी दुनिया आबाद हो जाये, जिसमें सूँघने, देखने और सुनने के नाजुक एहसास, ज़ंग लगे उस्तरे की तरह कुंद हो जायें।''

जावेद बेचैन हो गया। एक उलझन-सी उसके दिमाग में पैदा हो गयी। इरादा उसके अन्दर इतनी शिद्दत पकड़ चुका था कि पहाड़ भी उसके रास्ते में होते तो वह उनसे भिड़ जाता। पर म्यूनिसिपल कमेटी की एक अन्धी लालटेन, जिसको हवा का एक झोंका बुझा सकता था, उसके रास्ते में बहुत बुरी तरह बाधक हो गयी थी।

उसकी बगल में पानवाले की दुकान खुली थी। तेज रोशनी में उसकी छोटी-सी दुकान का सामान इतना नुमायां हो रहा था कि बहुत-सी चीज़ें नज़र नहीं आती थीं। बिजली के बल्ब के इर्द-गिर्द मक्खियाँ, इस अन्दाज़ से उड़ रही थीं, जैसे उनके पर बोझिल हो रहे हैं। जावेद ने जब उनकी तरफ़ देखा तो उसकी उलझन बढ़ गयी। वह नहीं चाहता था कि उसको कोई सुस्त-रफ़्तार चीज़ नज़र आये। कुछ कर गुज़रने का इरादा, जो वह अपने घर से लेकर यहाँ आया था, उन मक्खियों के साथ बार-बार टकराया और वह उसके एहसास से इस कदर परेशान हुआ कि एक तूफ़ान-सा दिमाग में मच गया। ''मैं डरता हूँ...मैं खौफ़ खाता हूँ...इस लालटेन से मुझे डर लगता है...मेरे तमाम इरादे इसने

तबाह कर दिए हैं।...मैं डरपोक हूँ...मैं डरपोक हूँ...लानत हो मुझ पर।''

उसने कई लानतें अपने आप पर भेजीं, पर जैसा चाहिए, वैसा असर न पैदा हुआ। उसके कदम आगे न बढ़ सके। नानकशाही ईंटों का ऊबड़-खाबड़ फ़र्श, उसके सामने लेटा रहा।

गर्मियों के दिन थे। आधी रात गुज़रने पर भी, हवा ठंडी न हुई थी। बाज़ार में आमदोरफ़्त बहुत कम थी। गिनती की सिर्फ़ चन्द दुकानें खुली थीं। फ़िज़ा में खामोशी लिपटी हुई थी। हाँ, कभी-कभी किसी कोठे से, हवा के गर्म झोंके के साथ, थके हुए संगीत का एक टुकड़ा उड़-उड़ कर इधर चला आता था और गाढ़ी खामोशी में घुल जाता था।

जावेद के सामने, यानी माई जीवाँ के चकले से इधर हटकर, बड़े बाज़ार में, जो दुकानों के ऊपर कोठों की एक कतार थी, उसमें कई जगह ज़िन्दगी के आसार नज़र आ रहे थे। उसके बिलकुल सामने, खिड़की में तेज रोशनी के बल्ब के नीचे एक काली भुजंग औरत, बैठी पंखा हिला रही थी। उसके सिर के ऊपर बिजली का बल्ब जल रहा था और ऐसा दिखाई देता था कि सफ़ेद आग का एक गोला है जो पिघल-पिघल कर उस वेश्या पर गिर रहा है।

जावेद उस काली भुजंग औरत के बारे में कुछ गौर करने ही वाला था कि बाज़ार के उस सिरे से, जो उसकी आँखों से ओझल था, बड़े भद्दे नारों के रूप में कुछ आवाज़ें उठीं। थोड़ी देर के बाद तीन आदमी, झूमते-झूमते, शराब के नशे में चूर नमूदार हुए। तीनों-के-तीनों उस काली भुजंग औरत के कोठे के नीचे पहुँचकर खड़े हो गये और जावेद के कानों ने ऐसी-ऐसी वाहियात बातें सुनीं कि उसके तमाम इरादे, उसके अन्दर सिमटकर रह गये।

एक शराबी ने, जिसके कदम बहुत अधिक लड़खड़ा रहे थे, अपने मूँछों-भरे होंठों से, बड़ी भद्दी आवाज़ के साथ, एक बोसा नोच कर उस काली वेश्या की तरफ़ उछाला और ऐसा तंज कसा कि जावेद की सारी हिम्मत पस्त हो गयी। कोठे पर बिजली के बल्ब की रोशनी में, उस काली भुजंग औरत के होंठ, एक काले ठहाके में खुले और उसने शराबी के फिकरे का जवाब यूँ दिया जैसे टोकरी भर कूड़ा नीचे फेंक दिया हो। नीचे बिखरे हुए ठहाकों का फव्वारा-सा छूट पड़ा और जावेद के देखते-देखते, वे तीनों शराबी कोठे पर चढ़े। थोड़ी देर

के बाद वह जगह, जहाँ वह काली वेश्या बैठी थी, खाली हो गयी।

जावेद अपने-आप से और भी नफ़रत करने लगा—''तुम...तुम...तुम क्या हो ? मैं पूछता हूँ, आखिर तुम क्या हो ?...न तुम यह हो, न तुम वह हो...न तुम इन्सान हो, न तुम हैवान...तुम्हारी समझ-बूझ, तुम्हारी अकल और सोच, आज सब धरी-की-धरी रह गयी। तीन शराबी आते हैं। तुम्हारी तरह उनके दिल में इरादा नहीं होता, लेकिन बेधड़क उस वेश्या से वाहियात बातें करते हैं और हँसते, ठहाके लगाते, कोठे पर चढ़ जाते हैं, जैसे पतंग उड़ाने जा रहे हों...और तुम...और तुम, जो कि अच्छी तरह समझते हो कि तुम्हें क्या करना है, यों बेवकूफ़ों की तरह बीच बाज़ार में खड़े हो और एक बेजान लालटेन से खौफ़ खा रहे हो। तुम्हारा इरादा इतना साफ़ और खुला है, लेकिन फिर भी तुम्हारे कदम आगे नहीं बढ़ते...लानत हो तुम पर।''

पल भर के लिए जावेद के अन्दर, अपने से बदला लेने का भाव पैदा हुआ। उसके कदमों में हरकत हुई और मोरी फाँद कर, वह माई जीवाँ के कोठे की तरफ़ बढ़ा। वह लपककर सीढ़ियों के करीब पहुँचने ही वाला था कि ऊपर से एक आदमी उतरा। जावेद पीछे हट गया। अनायास उसने अपने आपको छिपाने की कोशिश भी की, लेकिन कोठे पर से नीचे आने वाले आदमी ने उसकी तरफ़ कोई ध्यान न दिया।

उस आदमी ने अपना मलमल का कुर्ता उतारकर कन्धे पर रख लिया था। उसकी दाहिनी कलाई में मोतिये के फूलों का, मसला हुआ हार लिपटा था। उसका बदन पसीने से सराबोर हो रहा था। जावेद के वजूद से बेखबर वह अपने तहमद को दोनों हाथ से घुटनों तक ऊँचा किए, नानकशाही ईंटों का ऊँचा-नीचा फ़र्श पार करके, मोरी के उस पार चला गया और जावेद ने सोचना शुरू किया कि उस आदमी ने उसकी तरफ़ क्यों नहीं देखा।

इस बीच उसने लालटेन की तरफ़ देखा तो वह उसे यह कहती जान पड़ी— ''तुम कभी अपने मकसद में सफल नहीं हो सकते, इसलिए कि तुम डरपोक हो। याद है तुम्हें, पिछले साल बरसात में, जब तुमने उस हिन्दू लड़की इन्दिरा से अपनी मुहब्बत ज़ाहिर करनी चाही थी तो तुम्हारे जिस्म में सकत तक नहीं रही थी। कैसे-कैसे डरावने खयाल तुम्हारे मन में पैदा हुए थे।...

याद है, तुमने हिन्दू-मुस्लिम फसाद के बारे में भी सोचा था और डर गये थे। उस लड़की को तुमने इसी डर के मारे भुला दिया और हमीदा से तुम इसलिए मुहब्बत न कर सके कि वह तुम्हारी रिश्तेदार थी और तुम्हें इस बात का डर था कि तुम्हारी मुहब्बत को गलत नज़रों से देखा जायेगा। कैसे-कैसे वहम तुम्हारे ऊपर उन दिनों छाए थे।...और फिर तुमने बिलकीस से मुहब्बत करनी चाही, पर उसको सिर्फ़ एक बार देखकर, तुम्हारे सब इरादे गायब हो गये और तुम्हारा दिल, वैसा-का-वैसा बंजर रहा।...क्या तुम्हें इस बात का एहसास नहीं कि हर बार तुमने अपनी बेलौस मुहब्बत को खुद ही शक की नज़रों से देखा है। तुम्हें इस बात का कभी पूरी तरह यकीन नहीं आया कि तुम्हारी मुहब्बत ठीक है।...तुम हमेशा डरते हो। इस वक्त भी तुम डर रहे हो। यहाँ घरेलू औरतों और लड़कियों का सवाल नहीं। हिन्दू-मुस्लिम फसाद का भी इस जगह कोई डर नहीं, लेकिन इसके बावजूद तुम कभी उस कोठे पर नहीं जा सकोगे।...मैं देखूँगी, तुम किस तरह ऊपर जाते हो।''

जावेद की रही-सही हिम्मत भी पस्त हो गयी। उसने महसूस किया कि वह सचमुच परले दर्जे का डरपोक है।...बीती हुई घटनाएँ, तेज़ हवा में रखी हुई किताब के पन्नों की तरह, उसके दिमाग में देर तक फड़फड़ाती रहीं और पहली बार उसको इस बात का एहसास बड़ी तेज़ी के साथ हुआ कि उसके वजूद की बुनियादों में एक ऐसी झिझक बैठी हुई है, जिसने उसे काबिले रहम की हद तक डरपोक बना दिया है।

सामने सीढ़ियों से किसी के उतरने की आवाज़ आयी तो जावेद अपने विचारों से चौंक पड़ा। वही, जो गहरे रंग के शीशों वाली ऐनक पहनती थी और जिसके बारे में वह कई बार अपने दोस्त से सुन चुका था, सीढ़ियों के नीचे के चबूतरे पर खड़ी थी। जावेद घबरा गया। करीब था कि वह आगे सरक जाये कि उसने बड़े भद्दे ढंग से उसे आवाज़ दी, ''अजी ठहर जाओ...मेरी जान घबराओ नहीं...आओ...आओ...'' इसके बाद उसने पुचकारते हुए कहा—''चले आओ...आ जाओ!''

यह सुनकर, जावेद को ऐसा महसूस हुआ कि अगर वह कुछ देर वहाँ ठहरा तो उसकी पीठ में दुम उग जायेगी, जो उस औरत के पुचकारने पर,

हिलना शुरू कर देगी। इस एहसास के साथ उसने चबूतरे की तरफ़ घबराई हुई नज़रों से देखा। माई जीवाँ के चकले की उस ऐनक-चढ़ी लौंडिया ने कुछ इस तरह अपने जिस्म को हरकत दी कि जावेद के तमाम इरादे, पके हुए बेरों की तरह झड़ गये। उसने फिर पुचकारा—‘‘आओ...मेरी जान, अब आ भी जाओ।’’

जावेद एकदम भागा। मोरी फाँदकर, जब वह बाज़ार में पहुँचा तो उसने एक ऐसे ठहाके की आवाज़ सुनी जो खतरनाक तौर पर डरावना था। वह काँप उठा।

जब वह अपने घर पहुँचा तो उसके खयालों के हुजूम में से सहसा एक खयाल रेंगकर आगे बढ़ा, जिसने उसको तसल्ली दी—‘‘जावेद, तुम एक बहुत बड़े पाप से बच गये। खुदा का शुक्र मनाओ।’’

सौ कैंडल पॉवर का बल्ब

कैसर पार्क के बाहर जहाँ कुछ ताँगेवाले खड़े रहते हैं, वह चौक पर बिजली के एक खम्बे के साथ खामोश खड़ा था और दिल-ही-दिल में सोच रहा था, कोई वीरानी-सी वीरानी है!

यही पार्क जो सिर्फ़ दो वर्ष पहले इतनी रौनक से भरपूर जगह थी, अब उजड़ी-उजड़ी दिखाई देती थी। जहाँ पहले औरत और मर्द सुन्दर, आकर्षक फ़ैशन के लिबासों में चलते-फिरते थे, वहाँ अब बेहद मैले-कुचैले कपड़ों में लोग इधर-उधर बेमकसद घूम रहे थे। बाज़ार में काफ़ी भीड़ थी, मगर उसमें वह रंग नहीं था जो एक मेले-ठेले का हुआ करता था। आस-पास की सीमेंट की बनी हुई बिल्डिंगें अपना रूप खो चुकी थीं, झाड़, मुँह फाड़ एक-दूसरे की तरफ़ फटी-फटी आँखों से देख रही थीं, जैसे बेवा औरतें।

वह हैरान था कि वह रंग कहाँ गया—वह सिंदूर कहाँ उड़ गया? वे सुर कहाँ गायब हो गये जो उसने कभी यहाँ देखे और सुने थे—अधिक समय की बात नहीं, वह कल ही तो (दो वर्ष भी कोई समय होता है) यहाँ आया था। कलकत्ते से जब उसे यहाँ की एक फ़र्म ने अच्छी तनख्वाह पर बुलाया था तो उसने कैसर पार्क में कितनी कोशिश की थी कि उसे किराये पर एक कमरा ही मिल जाये, मगर वह नाकाम रहा, हज़ार फरमाइशों के बावजूद।

मगर अब उसने देखा कि जिस कुँजड़े, जुलाहे, मोची की तबियत चाहती थी, फ़्लैटों और कमरों पर अपना कब्ज़ा जमा रहा था।

जहाँ किसी शानदार फ़िल्म कम्पनी का दफ़्तर होता था, वहाँ चूल्हे सुलग रहे थे। जहाँ शहर की बड़ी-बड़ी रंगीन हस्तियाँ जमा होती थीं, वहाँ धोबी मैले-कुचैले कपड़े धो रहे हैं।

दो वर्ष में इतना बड़ा इन्कलाब!

वह हैरान था, लेकिन उसको इस इन्कलाब की पृष्ठभूमि मालूम थी। अखबारों के ज़रिये और उन दोस्तों, जो शहर में मौजूद थे, से उसे सब पता लग चुका था कि यहाँ कैसा तूफ़ान आया था, मगर वह सोचता था कि यह कोई अजीबोगरीब तूफ़ान आया था जो इमारतों का रंग-रूप भी चूसकर ले गया। इन्सानों ने इन्सान कत्ल किए, औरतों की बेइज़्ज़ती की, लेकिन इमारतों की खुश्क लकड़ियों और उनकी ईंटों से भी वही सलूक किया।

उसने सुना था कि उस तूफ़ान में औरतों को नंगा किया गया था। उनकी छातियाँ काटी गयी थीं। यहाँ उसके आस-पास जो कुछ था, सब नंगा और जीवन-रहित था।

वह बिजली के खम्बे के साथ लगा अपने एक दोस्त का इन्तज़ार कर रहा था, जिसकी मदद से वह अपनी रिहाइश का बन्दोबस्त करना चाहता था। उस दोस्त ने उससे कहा था कि तुम कैसर पार्क के पास, जहाँ ताँगे खड़े रहा करते हैं, मेरा इन्तज़ार करना।

दो वर्ष हुए जब वह नौकरी के सिलसिले में यहाँ आया था तो यहाँ ताँगों का अड्डा बहुत मशहूर जगह थी। सबसे उम्दा, सबसे बाँके ताँगे यहाँ खड़े रहते थे, क्योंकि यहाँ से ऐयाशी का हर सामान मुहैया हो जाता था। अच्छे से अच्छा रेस्तराँ और होटल करीब था। बेहतरीन चाय, बेहतरीन खाना और अन्य चीज़ें भी।

शहर के जितने बड़े दलाल थे, वे यहीं से मिलते थे। इसलिए कि कैसर पार्क में बड़ी-बड़ी कम्पनियों के कारण रुपया और शराब पानी की तरह बहते थे।

उसको याद आया कि दो वर्ष पहले उसने अपने दोस्त के साथ बड़े ऐश किए थे। अच्छी-से-अच्छी लड़की हर रात उसकी बगल में होती थी। स्कॉच जंग के कारण दुर्लभ थी, मगर एक मिनट में दर्जनों बोतलें मुहैया हो जाती थीं।

ताँगे अब भी खड़े थे, मगर उन पर वे कलगियाँ, वे फुँदने व पीतल की पॉलिश किए हुए साज़ोसामान की चमक नहीं थी। यह भी शायद दूसरी चीज़ों के साथ उड़ गयी।

उसने घड़ी में वक्त देखा। पाँच बज चुके थे। फ़रवरी के दिन थे। शाम के साये छाने शुरू हो गये थे। उसने दिल-ही-दिल में अपने दोस्त की लानत-

मलामत की और दायें हाथ के वीरान होटल में मोरी के पानी से बनाई हुई चाय पीने के लिए जाने ही वाला था कि किसी ने उसको हौले से पुकारा। उसने खयाल किया कि शायद उसका दोस्त आ गया, मगर जब उसने मुड़कर देखा तो एक अजनबी था। आम शक्लोसूरत का, लट्टे की नयी सलवार में, जिसमें अब और ज़्यादा शिकनों की गुंजाइश नहीं थी, नीली पॉपलीन की कमीज़, जो लॉन्ड्री में जाने के लिए बेताब थी।

उसने पूछा—''क्यों भई, तुमने मुझे बुलाया?''

उसने हौले-से जवाब दिया— ''जी हाँ।''

उसने खयाल किया, मुहाजिर भीख माँगना चाहता है—''क्या माँगते हो?''

उसने उसी लहज़े में जवाब दिया, ''जी कुछ नहीं।'' फिर करीब आकर कहा—''कुछ चाहिए आपको?''

''क्या?''

''कोई लड़की-वड़की।'' यह कहकर वह पीछे हट गया।

उसके सीने में एक तीर-सा लगा। देखो, इस ज़माने में भी ये लोगों की जिन्सी भावनाएँ टटोलता फिरता है और फिर इन्सानियत के मुतल्लिक ऊपर-तले उसके दिमाग में बड़े साहसपूर्ण खयालात आये। इन्हीं खयालात के प्रभाव से उसने पूछा—''कहाँ है?''

उसका ढंग दलाल के लिए आशाजनक नहीं था। चन्द कदम उठाते हुए उसने कहा—''जी नहीं, आपको ज़रूरत मालूम नहीं होती।''

उसने उसको रोका, ''यह तुमने किस तरह जाना? इन्सान को हर वक्त इस चीज़ की ज़रूरत होती है जो तुम मुहैया कर सकते हो—वह सूली पर भी—जलती चिता में भी...।''

वह फिलॉसफ़र बनने ही वाला था कि रुक गया, ''देखो—अगर कहीं पास ही है तो मैं चलने के लिए तैयार हूँ। मैंने यहाँ एक दोस्त को वक्त दे रखा है।''

दलाल करीब आ गया—''पास ही, बिलकुल पास।''

''कहाँ?''

''उस सामने वाली बिल्डिंग में।''

उसने सामने वाली बिल्डिंग को देखा।

''उसमें—उस बड़ी बिल्डिंग में ?''

''जी हाँ।''

वह लरज़ गया, ''अच्छा...तो... ?''

सँभलकर उसने पूछा, ''मैं भी चलूँ ?''

''चलिए, लेकिन मैं आगे-आगे चलता हूँ।'' और दलाल ने सामने वाली बिल्डिंग की ओर चलना शुरू कर दिया।

वह सैकड़ों आत्मभेदी बातें सोचता उसके पीछे हो लिया।

चन्द गज़ों का फ़ासला था। फ़ौरन तय हो गया। दलाल और वह दोनों उस बड़ी बिल्डिंग में थे जिसकी पेशानी पर एक बोर्ड लटक रहा था—उसकी हालत सबसे खस्ता थी। जगह-जगह उखड़ी हुई ईंटों, कटे हुए पानी के नलों और कूड़े-करकट के ढेर थे।

अब शाम गहरी हो गयी थी। ड्योढ़ी में से गुज़रकर आगे बढ़े तो अँधेरा शुरू हो गया। चौड़ा-चकला सेहन तय करके वह एक तरफ़ मुड़ा, जहाँ इमारत बनते-बनते रुक गयी थी। नंगी ईंटें थीं। चूना और सीमेंट मिले हुए सख्त ढेर पड़े थे और जगह-जगह बजरी बिखरी हुई थी।

दलाल अधूरी सीढ़ियाँ चढ़ने लगा कि मुड़कर उसने कहा—''आप यहाँ ठहरिए। मैं अभी आया।''

वह रुक गया। दलाल गायब हो गया। उसने मुँह ऊपर करके सीढ़ियों के अन्त की तरफ़ देखा तो उसे तेज़ रोशनी नज़र आयी।

दो मिनट गुज़र गये तो दबे पाँव वह भी ऊपर चढ़ने लगा। आखिरी ज़ीने पर उसे दलाल की बहुत ज़ोर की कड़क सुनाई दी।

''उठती है कि नहीं ?''

कोई औरत बोली, ''कह जो दिया, मुझे सोने दो।'' उसकी आवाज़ घुटी-घुटी-सी थी।

दलाल फिर कड़का, ''मैं कहता हूँ, उठ—मेरा कहा नहीं मानेगी तो याद रख...।''

औरत की आवाज़ आयी, ''तू मुझे मार डाल, लेकिन मैं नहीं उठूँगी। ख़ुदा के लिए मेरे हाल पर रहम कर।''

दलाल ने पुचकारा, ''उठ मेरी जान ! ज़िद न कर। गुज़ारा कैसे चलेगा ?''

औरत बोली, ''गुज़ारा जाये जहन्नुम में। मैं भूखी मर जाऊँगी। ख़ुदा के

लिए मुझे तंग न कर। मुझे नींद आ गयी है।''

दलाल की आवाज़ कड़ी हो गयी, ''तो नहीं उठेगी ? हरामज़ादी, सूअर की बच्ची !''

औरत चिल्लाने लगी, ''मैं नहीं उठूँगी—नहीं उठूँगी—नहीं उठूँगी।''

दलाल की आवाज़ भिंच गयी।

''आहिस्ता बोल—कोई सुन लेगा—ले, चल उठ—तीस-चालीस रुपये मिल जायेंगे।''

औरत की आवाज़ में विनय थी, ''देख, मैं हाथ जोड़ती हूँ—मैं कितने दिनों से जाग रही हूँ—रहम कर—खुदा के लिए मुझ पर रहम कर...।''

''बस, एक-दो घंटे के लिए—फिर सो जाना—नहीं तो देख, मुझे सख्ती करनी पड़ेगी।''

थोड़ी देर के लिए खामोशी छा गयी। उसने दबे पाँव आगे बढ़कर उस कमरे में झाँका, जिसमें से बड़ी तेज़ रोशनी आ रही थी।

उसने देखा, एक छोटी-सी कोठरी है जिसके फ़र्श पर एक औरत लेटी है—कमरे में दो-तीन बर्तन हैं। बस इसके सिवाय और कुछ नहीं। दलाल उस औरत के पास बैठा उसके पाँव दबा रहा है। थोड़ी देर के बाद उसने उस औरत से कहा—''ले, उठ अब—कसम खुदा की, एक-दो घंटे में आ जायेगी—फिर सो जाना।''

वह औरत एकदम यूँ उठी जैसे आग दिखाई हुई छछून्दर उठती है और चिल्लाई ''अच्छा, उठती हूँ।''

वह एक तरफ़ हट गया। असल में वह डर गया था। दबे पाँव वह तेज़ी से नीचे उतर गया। उसने सोचा कि भाग जाये—इस शहर से ही भाग जाये। इस दुनिया से भाग जाये—मगर कहाँ ?

फिर उसने सोचा कि यह औरत कौन है ? क्यों इस पर इतना जुल्म हो रहा है ? और यह दलाल कौन है ?—इसका क्या लगता है ? और यह इस कमरे में इतना बड़ा बल्ब जलाकर जो सौ कैंडल पॉवर से किसी तरह भी कम नहीं था—क्यों रहते हैं, कब से रहते हैं ?

उसकी आँखों में इस तेज़ बल्ब की रोशनी अभी तक घुसी हुई थी। उसको कुछ दिखाई नहीं दे रहा था। मगर वह सोच रहा था कि इतनी तेज़ रोशनी में कौन सो सकता है ? इतना बड़ा बल्ब ?—क्या वह छोटा नहीं लगा सकते ?

यही पन्द्रह-बीस कैंडल पॉवर का ?

वह सोच ही रहा था कि आहट हुई। उसने देखा कि दो साये उसके पास खड़े हैं। एक ने, जो दलाल का था, उससे कहा—''देख लीजिए।''

उसने कहा, ''देख लिया है।''

''ठीक है न ?''

''ठीक है।''

''चालीस रुपये होंगे ?''

''ठीक है।''

''दे दीजिए।''

वह अब सोचने-समझने के काबिल नहीं रहा था। जेब में उसने हाथ डाला और कुछ नोट निकालकर दलाल के हवाले कर दिए।

''देख लो, कितने हैं ?''

नोटों की खड़खड़ाहट सुनाई दी।

दलाल ने कहा, ''पचास हैं।''

उसने कहा, ''पचास ही रखो।''

''साहब, सलाम।''

उसके जी में आया कि एक बहुत बड़ा पत्थर उठाकर उसको दे मारे।

दलाल बोला, ''तो ले जाइए। लेकिन देखिए, तंग न कीजिएगा और फिर एक-दो घंटे के बाद छोड़ जाइएगा।''

''बेहतर।''

उसने बड़ी बिल्डिंग से बाहर निकलना शुरू किया जिसकी पेशानी पर वह कई बार एक बहुत बड़ा बोर्ड पढ़ चुका था।

बाहर ताँगा खड़ा था। वह आगे बढ़ गया और औरत पीछे।

दलाल ने एक बार फिर सलाम किया और एक बार फिर उसके दिल में यह ख्वाहिश पैदा हुई कि वह एक बड़ा पत्थर उठाकर उसके सिर पर दे मारे।

ताँगा चल पड़ा। वह उसे पास ही एक वीरान-से होटल में ले गया। दिमाग को यथासम्भव उस परेशानी से, जो उसे पहुँच चुकी थी, निकालकर उसने उससे औरत की तरफ़ देखा, जो सिर से पैर तक उजाड़ थी—उसके पपोटे सूजे हुए थे। आँखें झुकी हुई थीं। उसका ऊपर का धड़ भी सारे का सारा झुका हुआ था, जैसे वह एक ऐसी इमारत है जो पलभर में गिर जायेगी।

वह उससे मुखातिब हुआ—‘‘ज़रा गर्दन तो ऊँची कीजिए।’’

वह ज़ोर से चौंकी, ‘‘क्या ?’’

‘‘कुछ नहीं—मैंने सिर्फ़ इतना कहा था कि कोई बात तो कीजिए।’’

उसकी आँखें सुर्ख बूटी हो रही थीं जैसे उनमें मिर्चें डाली गयी हो—वह खामोश रही।

‘‘आपका नाम ?’’

‘‘कुछ भी नहीं।’’ उसके लहज़े में तेज़ाब की-सी तेज़ी थी।

‘‘आप कहाँ की रहने वाली हैं ?’’

‘‘जहाँ की भी तुम समझ लो।’’

‘‘आप इतना रूखा क्यों बोलती हैं ?’’

औरत अब करीब-करीब जाग पड़ी और उसकी तरफ़ लाल बूटी आँखों से देखकर कहने लगी, ‘‘तुम अपना काम करो, मुझे जाना है।’’

उसने पूछा, ‘‘कहाँ ?’’

औरत ने बड़ी रूखी लापरवाही से जवाब दिया, ‘‘जहाँ से मुझे लाए हो ?’’

‘‘आप चली जाइए।’’

‘‘तुम अपना काम करो न—मुझे तंग क्यों करते हो ?’’

अपने लहज़े में दिल का सारा दर्द भरकर उसने कहा, ‘‘मैं तुम्हें तंग नहीं करता—मुझे तुमसे हमदर्दी है।’’

वह झल्ला गयी, ‘‘मुझे नहीं चाहिए कोई हमदर्दी।’’ फिर करीब-करीब चीख पड़ी, ‘‘तुम अपना काम करो और मुझे जाने दो।’’

उसने करीब आकर उसके सिर पर हाथ फेरना चाहा तो उस औरत ने ज़ोर से एक तरफ़ झटक दिया :

‘‘मैं कहती हूँ, मुझे तंग न करो। मैं कई दिनों से जाग रही हूँ—जब से आयी हूँ, जाग रही हूँ।’’

वह एड़ी से चोटी तक हमदर्द बन गया।

‘‘सो जाओ, यहीं।’’

औरत की आँखें सुर्ख हो गयीं। तेज़ लहज़े में बोली, ‘‘मैं यहाँ सोने नहीं आयी—यह मेरा घर नहीं।’’

‘‘तुम्हारा घर वह है, जहाँ से तुम आयी हो ?’’

औरत और ज़्यादा तेज़ हो गयी।

''उफ़! बकवास बन्द करो—मेरा कोई घर नहीं—तुम अपना काम करो न। मुझे छोड़ आओ और अपने रुपये ले लो उस...उस...।'' वह गाली देती-देती रह गयी।

उसने सोचा कि इस औरत से ऐसी हालत में कुछ पूछना और हमदर्दी दिखाना फ़िज़ूल है। चुनांचे उसने कहा—''चलो, मैं तुम्हें छोड़ आऊँ?''

और वह उसे उस बड़ी बिल्डिंग में छोड़ आया।

दूसरे दिन उसने कैसर पार्क के एक वीरान होटल में उस औरत की सारी दास्तान अपने दोस्त को सुनाई। दोस्त पसीज गया। उसने बहुत अफ़सोस ज़ाहिर किया और पूछा—''क्या जवान थी?''

उसने कहा, ''मुझे मालूम नहीं—मैं उसे अच्छी तरह बिलकुल न देख सका—मेरे दिमाग में तो हर वक़्त यह खयाल आता था कि मैंने वहीं से पत्थर उठाकर दलाल का सिर क्यों न कुचल दिया।''

दोस्त ने कहा, ''वाकई बड़े सबाब का काम होता।''

वह ज़्यादा देर तक होटल में अपने दोस्त के साथ न बैठ सका। उसके दिलो-दिमाग पर पिछले दिन की घटना का बहुत बोझ था। चुनांचे चाय खत्म हुई तो दोनों रुखसत हो गये।

उसका दोस्त चुपके से ताँगों के अड्डे पर आया। थोड़ी देर तक उसकी निगाहें उस दलाल को ढूँढ़ती रहीं, मगर वह नज़र न आया। छह बज चुके थे। बड़ी बिल्डिंग सामने थी, चन्द गज़ों के फ़ासले पर। वह उस तरफ़ चल दिया और उसमें दाखिल हो गया।

लोग अन्दर आ-जा रहे थे, मगर वह बड़े इत्मीनान से उस स्थान पर पहुँच गया। काफ़ी अँधेरा था। मगर जब वह उन सीढ़ियों के पास पहुँचा तो उसे रोशनी दिखाई दी। उसने ऊपर देखा और दबे पाँव ऊपर चढ़ने लगा। कुछ देर वह आखिरी ज़ीने पर खामोश खड़ा रहा। कमरे से तेज रोशनी आ रही थी, मगर कोई आवाज़, कोई आहट उसे सुनाई न दी। आखिरी ज़ीना तय करके वह आगे बढ़ा। दरवाज़े के पट खुले थे। उसने ज़रा इधर हटकर अन्दर झाँका। इससे पहले उसे बल्ब नज़र आया जिसकी रोशनी उसकी आँखों में घुस गई। वह एकदम परे हट गया ताकि थोड़ी देर अँधेरे की तरफ़ मुँह करके अपनी आँखों से चकाचौंध निकाल सके।

इसके बाद वह फिर दरवाज़े की तरफ़ बढ़ा, मगर इस अन्दाज़ से कि उसकी आँखें बल्ब की तेज रोशनी की ज़द में न आयें। उसने अन्दर झाँका—फ़र्श का जो हिस्सा उसे नज़र आया, उस पर एक औरत चटाई पर लेटी थी। उसने उसे गौर से देखा—सो रही थी। मुँह पर दुपट्टा था। उसका सीना साँस के उतार-चढ़ाव से हिल रहा था—वह ज़रा और आगे बढ़ा—उसकी चीख निकल गयी, मगर उसने फ़ौरन ही दबा दी—उस औरत से कुछ दूर नंगे फ़र्श पर एक आदमी पड़ा था, जिसका सिर टुकड़े-टुकड़े था—पास ही खून से सनी ईंट पड़ी थी। यह सब उसने एकदम देखा और सीढ़ियों की तरफ़ लपका—पाँव फिसला और वह नीचे गिर पड़ा मगर उसने चोटों की कोई चिन्ता न की और होशो-हवास कायम रखने की कोशिश करते हुए मुश्किल से अपने घर पहुँचा और सारी रात डरावने सपने देखता रहा।

शिकारी औरतें

आज मैं आपको कुछ शिकारी औरतों के किस्से सुनाऊँगा। मेरा खयाल है कि आपका भी कभी उनसे वास्ता पड़ा ही होगा।

मैं बम्बई में था। फ़िल्मिस्तान से आमतौर पर बिजली की ट्रेन से छह बजे घर पहुँच जाया करता था, लेकिन उस रोज़ मुझे देर हो गयी। इसलिए कि 'शिकारी' की कहानी पर वाद-विवाद होता रहा।

मैं जब बम्बई सेन्ट्रल स्टेशन पर उतरा तो मैंने एक लड़की को देखा जो थर्ड-क्लास कम्पार्टमेंट से बाहन निकली। उसका रंग गहरा साँवला था। नाक-नक्श ठीक-ठाक था। जवान थी। उसकी चाल अनोखी-सी थी। ऐसा लगता था कि फ़िल्म का दृश्य लिख रही है।

मैं स्टेशन के बाहर आया और पुल पर विक्टोरिया गाड़ी का इन्तज़ार करने लगा। मैं तेज़ चलने का आदी हूँ, इसलिए मैं दूसरे मुसाफ़िरों से बहुत पहले बाहर निकल आया था।

विक्टोरिया आयी और मैं उसमें बैठ गया। मैंने कोचवान से कहा कि आहिस्ता-आहिस्ता चले, इसलिए कि फ़िल्मिस्तान में कहानी पर बहस करते-करते मेरी तबियत परेशान हो गयी थी। मौसम सुहावना था। विक्टोरियावाला आहिस्ता-आहिस्ता पुल से उतरने लगा।

जब हम सीधी सड़क पर पहुँचे तो एक आदमी सिर पर टाट से ढका हुआ मटका उठाए आवाज़ लगा रहा था—''कुल्फ़ी...कुल्फ़ी!''

जाने क्यों मैंने कोचवान से विक्टोरिया रोक लेने को कहा और उस कुल्फ़ी बेचने वाले से कहा कि एक कुल्फ़ी दो। मैं असल में अपनी तबियत की परेशानी किसी न किसी तरह दूर करना चाहता था।

उसने मुझे एक दोने में कुल्फ़ी दी। मैं खाने ही वाला था कि अचानक कोई धम्म से विक्टोरिया में आन घुसा। काफ़ी अँधेरा था। मैंने देखा तो वही गहरे रंग की साँवली लड़की थी।

मैं बहुत घबराया—वह मुस्कुरा रही थी। दोने में मेरी कुल्फ़ी पिघलनी शुरू हो गयी।

उसने कुल्फ़ीवाले से बड़े बेतकल्लुफ़ अंदाज़ में कहा, ''एक मुझे भी दो।''

उसने दे दी।

गहरे साँवले रंग की लड़की ने उसे एक मिनट में चट कर दिया और विक्टोरियावाले से कहा, ''चलो।''

मैंने उससे पूछा, ''कहाँ?''

''जहाँ भी तुम जाना चाहते हो।''

''मुझे तो अपने घर जाना है।''

''तो घर ही चलो।''

''तुम कौन हो?''

''कितने भोले बनते हो।''

मैं समझ गया कि वह किस किस्म की लड़की है। चुनांचे मैंने उससे कहा, ''घर जाना ठीक नहीं—और यह विक्टोरिया भी गलत है—कोई टैक्सी ले लेते हैं।''

वह मेरे इस मशविरे पर बहुत ख़ुश हुई। मेरी समझ में नहीं आता था कि उससे नजात कैसे हासिल करूँ। उसे धक्का देकर बाहर निकालता तो ऊधम मच जाता। फिर मैंने यह भी सोचा कि औरत ज़ात है। इससे फ़ायदा उठाकर कहीं वह यह बावेला न मचा दे कि मैंने उससे अभद्र मज़ाक किया है।

विक्टोरिया चलती रही और मैं सोचता रहा कि यह मुसीबत कैसे टल सकती है। आख़िर हम बेबी अस्पताल के पास पहुँच गये। वहाँ टैक्सियों का अड्डा था। मैंने विक्टोरियावाले को उसका किराया अदा किया और एक टैक्सी ले ली। हम दोनों उसमें बैठ गये।

ड्राइवर ने पूछा ''किधर जाना है, साहब?''

मैं अगली सीट पर बैठा था। थोड़ी देर सोचने के बाद मैंने उससे फुसफुसा

कर कहा, ''मुझे कहीं नहीं जाना है—यह लो दस रुपये—इस लड़की को जहाँ भी तुम ले जाना चाहो, ले जाओ।''

वह बहुत खुश हुआ।

दूसरे मोड़ पर उसने गाड़ी ठहराई और मुझसे कहा, ''साहब, आपको सिगरेट लेने थे—उस ईरानी के होटल से सस्ते मिल जायेंगे।''

मैं फ़ौरन दरवाज़ा खोलकर बाहर निकला। गहरे साँवले रंग की लड़की ने कहा, ''दो पैकेट लाना।''

ड्राइवर उससे मुख़ातिब हुआ, ''तीन ले आयेंगे।'' और उसने मोटर स्टार्ट की और यह जा, वह जा।

बम्बई का वाकया है, मैं अपने फ़्लैट में अकेला बैठा था। मेरी बीबी शॉपिंग के लिए गयी हुई थी कि एक घाटन, जो बड़े तीखे नैन नक्श वाली थी, बेधड़क अन्दर चली आयी। मैंने सोचा, 'शायद नौकरी की तलाश में आयी है,' मगर वह आते ही कुर्सी पर बैठ गयी। मेरे सिगरेट-केस से एक सिगरेट निकाला और उसे सुलगाकर मुस्कुराने लगी।

मैंने उससे पूछा, ''कौन हो तुम?''

''तुम पहचानते नहीं?''

''मैंने आज पहली दफ़ा तुम्हें देखा है।''

''लाला, झूठ मत बोलो—दो रोज़ देखा है।''

मैं बड़ी उलझन में गिरफ़्तार हो गया—लेकिन थोड़ी देर बाद मेरा नौकर फ़ज़लदीन आ गया। उसने उस तीखे नक्श वाली घाटन को अपने कब्ज़े में ले लिया।

यह वाकया लाहौर का है।

मैं और मेरा एक दोस्त रेडियो स्टेशन जा रहे थे। जब हमारा ताँगा असेम्बली हॉल के पास पहुँचा तो एक ताँगा हमारे पीछे से निकलकर आगे आ गया। उसमें एक बुर्कापोश औरत थी, जिसकी नकाब अधखुली थी।

मैंने जब उसकी तरफ़ देखा तो उसकी आँखों में अजीब किस्म की शरारत नाचने लगी। मैंने अपने दोस्त से, जो पिछली सीट पर बैठा था, कहा, ''यह औरत बदचलन मालूम होती है।''

''तुम ऐसे फ़ैसले एकदम मत दिया करो।''

''अच्छा जनाब—मैं आइन्दा एहतियात से काम लूँगा।''

बुर्कापोश औरत का ताँगा हमारे ताँगे के आगे-आगे था। वह टकटकी लगाए हमें देख रही थी। मैं बड़ा बुज़दिल हूँ, लेकिन उस वक्त मुझे शरारत सूझी और मैंने उसे हाथ के इशारे से आदाब अर्ज़ कर दिया।

उस आधे ढके चेहरे पर मुझे कोई प्रतिक्रिया नज़र न आयी, जिससे मुझे बड़ी मायूसी हुई।

मेरा दोस्त कटने लगा। आपको मेरी इस नाकामी से बड़ी खुशी हुई। लेकिन जब हमारा ताँगा शिमला पहाड़ी के पास पहुँच रहा था तो बुर्कापोश औरत ने अपना ताँगा ठहरा लिया और (मैं ज़्यादा विस्तार में जाना नहीं चाहता) वह उठी हुई नकाब के अन्दर से मुस्कुराती हुई आयी और हमारे ताँगे में बैठ गयी—मेरे दोस्त के साथ।

मेरी समझ में न आया, क्या किया जाये। मैंने उस बुर्कापोश औरत से कोई बात न की और ताँगेवाले से कहा कि वह रेडियो स्टेशन का रुख करे।

मैं उसे अन्दर ले गया। डायरेक्टर साहब से मेरे दोस्ताना ताल्लुक थे। मैंने उनसे कहा, ''यह खातून हमें रास्ते में पड़ी हुई मिल गयीं। आपके पास ले आया हूँ और दरख्वास्त करता हूँ कि इन्हें यहाँ कोई काम दिलवा दीजिए।''

उन्होंने उसकी आवाज़ का इम्तहान करवाया जो काफ़ी सन्तोषजनक था। जब वह ऑडिशन देकर आयी तो उसने बुर्का उतारा हुआ था। मैंने उसे गौर से देखा। उसकी उम्र पच्चीस के करीब होगी। रंग गोरा, आँखें बड़ी-बड़ी, लेकिन उसका जिस्म ऐसा मालूम होता था जैसे शकरकंदी की तरह भूभल (गर्म रेत) में डालकर बाहर निकाला गया है।

हम बातें कर रहे थे कि इतने में चपरासी आया। उसने कहा, ''बाहर एक ताँगेवाला खड़ा है। वह किराया माँगता है।'' मैंने सोचा, शायद ज़्यादा अर्सा गुज़रने पर वह तंग आ गया है। चुनांचे मैं बाहर निकला। मैंने अपने ताँगेवाले से पूछा, ''भई, क्या बात है, हम कहीं भाग तो नहीं गये।''

वह बड़ा हैरान हुआ, ''क्या बात है, सरकार?''

''तुमने कहला भेजा है कि मेरा किराया अदा कर दो।''

''मैंने जनाब, किसी से कुछ भी नहीं कहा।''

उसके ताँगे के साथ दूसरा ताँगा खड़ा था। उसका कोचवान जो घोड़े को

घास खिला रहा था, मेरे पास आया और बोला, ''वह औरत, जो आपके साथ गयी थी, कहाँ है ?''

''अन्दर है—क्यों ?''

''जी उसने मेरे दो घंटे खराब किए हैं—कभी इधर जाती थी, कभी उधर—मैं तो समझता हूँ कि उसको मालूम ही नहीं था कि उसे कहाँ जाना है।''

''अब तुम क्या चाहते हो ?''

''जी, मैं अपना किराया चाहता हूँ।''

''मैं उससे लेकर आता हूँ।''

मैं अन्दर गया। उस बुर्कापोश औरत से, जो अपना बुर्का उतार चुकी थी, कहा, ''तुम्हारा ताँगेवाला किराया माँगता है।''

वह मुस्कुरायी, ''मैं दे दूँगी।''

मैंने उसका पर्स, जो सोफ़े पर पड़ा था, उठाया—उसको खोला—मगर उसमें एक पैसा भी नहीं था। बस के चन्द टिकट थे और दो बालों की पिनें और एक वाहियात किस्म की लिपस्टिक।

मैंने वहाँ डायरेक्टर के दफ़्तर में कुछ कहना मुनासिब न समझा। उनसे विदा माँगी। बाहर आकर उसके ताँगेवाले को दो घंटे का किराया अदा किया और उस औरत को अपने दोस्त की मौजूदगी में कहा—''तुम्हें इतना तो खयाल होना चाहिए था कि तुमने ताँगा किया है और तुम्हारे पास एक कौड़ी भी नहीं।''

वह खिसियानी-सी हो गयी, ''...मैं...आप बड़े अच्छे आदमी हैं।''

''मैं बहुत बड़ा हूँ—तुम बड़ी अच्छी हो—कल से रेडियो स्टेशन आना शुरू कर दो—तुम्हारी आमदनी की सूरत पैदा हो जायेगी—यह बकवास जो तुमने शुरू कर रखी है, उसे छोड़ दो।''

मैंने उसे मर्ज़ंग के पास छोड़ दिया। मेरा दोस्त वापस चला गया। संयोगवश मुझे एक काम से वहाँ जाना पड़ा। देखा कि मेरा दोस्त और वह औरत इकट्ठे जा रहे थे।

यह भी लाहौर ही का वाकया है।

चन्द रोज़ हुए मैंने एक दोस्त को मजबूर किया कि वह मुझे दस रुपये दे। उस दिन बैंक बन्द थे। उसने क्षमा माँगी, लेकिन जब मैंने उस पर ज़ोर दिया कि

वह किसी न किसी तरह दस रुपये पैदा करे, इसलिए कि मुझे अपनी इल्लत पूरी करनी है जिससे तुम बखूबी वाकिफ़ हो तो उसने कहा, ''अच्छा, मेरा एक दोस्त है। वह शायद इस वक्त कॉफ़ी हाउस में होगा। वहाँ चलते हैं, उम्मीद है, काम बन जायेगा।''

हम दोनों ताँगे में बैठकर कॉफ़ी हाउस पहुँचे। माल रोड पर बड़े डाकखाने के करीब एक ताँगा जा रहा था। उसमें नसवारी रंग का बुर्का पहने एक औरत बैठी थी। उसकी नकाब पूरी की पूरी उठी हुई थी।

वह ताँगेवाले से बड़े बेतकल्लुफ़ अंदाज़ में गुफ़्तगू कर रही थी। हमें उसके शब्द सुनाई नहीं दिए, लेकिन उसके होंठों की जुम्बिश से जो कुछ मालूम होना था, हो गया।

हम कॉफ़ी हाउस पहुँचे तो उस औरत का ताँगा भी वहीं रुक गया। मेरे दोस्त ने अन्दर जाकर दस रुपयों का बन्दोबस्त किया और बाहर निकला। वह औरत नसवारी बुर्के में जाने किसका इन्तज़ार कर रही थी।

हम वापस घर आने लगे तो रास्ते में खरबूज़ों के ढेर नज़र आ गये। हम दोनों ताँगे से उतरकर खरबूज़े परखने लगे।

हमने आपस में फ़ैसला किया कि अच्छे नहीं निकलेंगे, क्योंकि उनकी शक्लो-सूरत बेढंगी थी। जब उठे तो क्या देखते हैं कि वही नसवारी बुर्का ताँगे में बैठा खरबूज़े देख रहा है।

मैंने अपने दोस्त से कहा, ''खरबूज़ा खरबूज़े को देखकर रंग पकड़ता है—आपने अभी तक एक नसवारी रंग नहीं पकड़ा।''

उसने कहा, ''हटाओ जी, यह सब बकवास है।''

हम वहाँ से उठकर ताँगे में बैठे। मेरे दोस्त को करीब ही एक कैमिस्ट के पास जाना था। वहाँ दस मिनट लगे। बाहर निकले तो देखा, नसवारी बुर्का उसी ताँगे में बैठा जा रहा था।

मेरे दोस्त को बड़ी हैरत हुई, ''यह क्या बात है? यह औरत बेकार क्यों घूम रही है?''

मैंने कहा, ''कोई न कोई बात तो ज़रूर होगी।''

हमारा ताँगा माल रोड को मुड़ने ही वाला था कि वह नसवारी बुर्का फिर नज़र आया। मेरे दोस्त यद्यपि कुँवारे हैं, लेकिन बड़े ज़ाहिद (संयमी)। उनको

जाने क्यों उकसाहट पैदा हुई कि उस नसवारी बुर्के से बड़ी बुलन्द आवाज़ में कहा, ‘‘आप क्यों आवारा फिर रही हैं—आइए हमारे साथ।’’

उसके ताँगे ने फ़ौरन रुख बदला और मेरा दोस्त सख्त परेशान हो गया। जब वह नसवारी बुर्का उससे बात करने लगा तो उसने उससे कहा, ‘‘आपको ताँगे में आवारागर्दी करने की क्या ज़रूरत है ? मैं आपसे शादी करने के लिए तैयार हूँ।’’

मेरे दोस्त ने उस नसवारी बुर्के से शादी कर ली।

मैडम डीकॉस्टा

नौ महीने पूरे हो चुके थे।

मेरे पेट में अब पहली-सी गड़बड़ नहीं थी, पर मैडम डीकॉस्टा के पेट में चूहे दौड़ रहे थे। वह बहुत परेशान थी। चुनांचे मैं आने वाली घटना की तमाम अनजानी तकलीफ़ें भूल गयी थी और मैडम डीकॉस्टा की हालत पर रहम खाने लगी थी।

मैडम डीकॉस्टा मेरी पड़ोसिन थी। हमारे फ़्लैट की बालकनी और उनके फ़्लैट की बालकनी के बीच सिर्फ़ एक लकड़ी का तख़्ता था, उसमें अनगिनत नन्हे-नन्हे सूराख थे। उन सूराखों में से मैं और मेरी सास, मैडम डीकॉस्टा के सारे खानदान को खाना खाते देखा करते थे। लेकिन जब उनके घर सुखाई हुई झींगा मछली पकती और उसकी नाकाबिले-बरदाश्त बू उन सूराखों में से छन-छन कर हम तक पहुँच जाती तो मैं और मेरी सास बालकनी का रुख तक न करती थीं। मैं अब भी कभी-कभी सोचती हूँ कि इतनी बदबूदार चीज़ खायी कैसे जा सकती है। पर बाबा, क्या कहा जाये। इन्सान बुरी-से-बुरी चीज़ें खा जाता है। कौन जाने, उन्हें इस बू में ही मज़ा आता हो।

मैडम डीकॉस्टा की उम्र लगभग चालीस-बयालीस की होगी। उसके कटे हुए बाल, जो अपनी सियाही बिलकुल खो चुके थे और जिनमें बेशुमार सफ़ेद धारियाँ पड़ चुकी थीं, उसके छोटे-से सिर पर, घिसे हुए नमदे की टोपी के रूप में, बिखरे रहते थे। कभी-कभी जब वह नया, भड़कीले रंग का, बहुत ही भौंडे तरीके से सिला हुआ, फ्रॉक पहनती थी, तो सिर पर लाल-लाल बुंदकियों वाला जाल भी लगा लेती थी, जिससे उसके छिदरे बाल उसके सिर के साथ

चिपक जाते थे। उस हालत में वह दर्ज़ियों का ऐसा मॉडल दिखाई देती थी, जो नीलाम-घर में पड़ा हो।

मैंने कई बार उसे अपने इन्हीं बालों में लहरें पैदा करने की कोशिश में भी व्यस्त देखा है। जब वह अपने चार बेटों को, जिनमें एक ताज़ा-ताज़ा फ़ौज में भर्ती हुआ था और अपने आपको हिन्दुस्तान के हाकिमों की सूची में शामिल समझता था, और दूसरा, जो हर रोज़ अपनी कलफ़ लगी पतलून इस्त्री करके पहनता था और नीचे आकर छोटी-छोटी क्रिश्चियन लड़कियों के साथ मीठी-मीठी बातें किया करता था, नाश्ता करा दिया करती थी और अपने बूढ़े पति को, जो रेलवे में नौकर था, बालकनी में निकलकर हाथ के इशारे से 'बाई-बाई' करने के बाद छुट्टी पा जाती थी तो अपने सिर के इन बिखरे हुए बालों में लहरें पैदा करने वाले क्लिप अटका दिया करती थी और उन क्लिपों को लगाकर यह सोचा करती थी कि मेरे यहाँ बच्चा कब पैदा होगा।

वह खुद आधा दर्जन बच्चे पैदा कर चुकी थी, जिनमें से पाँच ज़िन्दा थे। उनके जन्म पर भी क्या वह इसी तरह दिन गिना करती थी या चुपचाप बैठी रहती थी और बच्चे को अपने आप पैदा होने के लिए छोड़ देती थी—इसके बारे में मुझे कुछ पता नहीं, लेकिन मुझे इस बात का तल्ख तजुर्बा ज़रूर है कि जो कुछ मेरे पेट में था, उससे मैडम डीकॉस्टा को, जिसका दाहिना पैर और उसके ऊपर का हिस्सा, किसी बीमारी के कारण हमेशा सूजा रहता था, गहरी दिलचस्पी थी। चुनांचे दिन में कई बार बालकनी में से झाँककर वह मुझे आवाज़ दिया करती थी और ग्रामर की परवाह न करने वाली अंग्रेज़ी में, जिसे न बोलना शायद उसके नज़दीक हिन्दुस्तान के मौजूदा शासकों का अपमान था, मुझसे कहा करती थी—''मैं बोली, आज तुम किदर गया था...''

जब मैं उसे बताती कि मैं अपने शौहर के साथ शॉपिंग करने गयी थी तो उसके चेहरे पर निराशा के आसार पैदा हो जाते और वह अंग्रेज़ी भूलकर बम्बइया हिन्दुस्तानी में बात करना शुरू कर देती, जिसका मकसद मुझसे इस बात का पता लगा लेना होता था कि मेरे खयाल के मुताबिक बच्चे के पैदा होने में कितने दिन बाकी रह गये हैं।

मुझे इस बात का पता होता तो मैं निश्चय ही उसे बता देती। इसमें हर्ज ही क्या था। उस बेचारी को खामख्वाह की उलझन से छुटकारा मिल जाता और मुझे भी हर रोज़ उसके नित-नये सवालों का सामना न करना पड़ता। पर

मुसीबत यह है कि मुझे बच्चों की पैदाइश और उससे सम्बन्धित बातों का कुछ पता नहीं था। मुझे सिर्फ़ इतना पता था कि नौ महीने पूरे हो जाने पर बच्चा पैदा हो जाया करता है।

मैडम डीकॉस्टा के हिसाब से नौ महीने पूरे हो चुके थे। मेरी सास का खयाल था कि अभी कुछ दिन बाकी हैं।...लेकिन ये नौ महीने कहाँ से शुरू करके पूरे कर दिये गये थे—मैंने बहुतेरा अपने दिमाग पर ज़ोर दिया, पर समझ न सकी।

बच्चा मुझे पैदा होने वाला था। शादी मेरी हुई थी, लेकिन सारा बहीखाता मैडम डीकॉस्टा के पास था। कई बार मुझे खयाल आया कि यह मेरी बेपरवाही का नतीजा है; अगर मैंने किसी छोटी-सी नोट-बुक में, उस कॉपी में ही, जो धोबी के हिसाब के लिए बनाई गयी थी सब तारीखें लिख छोड़ी होती तो कितना अच्छा था।

इतना तो मुझे याद था और याद है कि मेरी शादी 26 अप्रैल को हुई थी। यानी 26 की रात को मैं अपने घर की बजाय अपने शौहर के घर में थी। लेकिन इसके बाद की घटनाएँ कुछ ऐसी गडमड हो गयी थीं कि उस बात का पता लगाना मुश्किल था और मुझे ताज्जुब इसी बात का है कि मैडम डीकॉस्टा ने कैसे अन्दाज़ा लगा लिया था कि नौ महीने पूरे हो चुके हैं और बच्चा लेट हो गया है।

एक दिन उसने मेरी सास से बेचैनी-भरे लहजे में कहा—‘‘तुम्हारी डॉटर-इन-ला का बच्चा लेट हो गया है।...पिछले वीक में पैदा होना ही माँगता था।’’

मैं अन्दर सोफ़े पर लेटी थी और आने वाली घटना के बारे में अटकलें लगा रही थी। मैडम डीकॉस्टा की यह बात सुनकर मुझे बड़ी हँसी आयी और ऐसा लगा कि मैडम डीकॉस्टा और मेरी सास दोनों प्लेटफ़ॉर्म पर खड़ी हैं और जिस गाड़ी का उन्हें इन्तज़ार था, लेट हो गयी है।

अल्लाह बख्शे, मेरी सास को इतनी शिद्दत का इन्तज़ार नहीं था, चुनांचे वे कई बार मैडम डीकॉस्टा से कह चुकी थीं, ‘‘कोई फ़िक्र की बात नहीं। खुदा अपना फज़ल करेगा। कुछ दिन ऊपर हो जाया करते हैं।’’ मगर मैडम डीकॉस्टा नहीं मानती थी। जो हिसाब वह लगा चुकी थी, गलत कैसे हो सकता था? जब मिसेज़ डीसिल्वा के बच्चा होने वाला था तो उसने दूर ही से देखकर कह दिया था कि ज्यादा-से-ज्यादा एक हफ़्ता लगेगा। चुनांचे चौथे दिन ही मैडम

डीसिल्वा अस्पताल जाती नज़र आयीं। और खुद डीकॉस्टा ने छह बच्चे जने थे जिनमें से एक भी लेट न हुआ था। और फिर वह नर्स थी। यह अलग बात है कि उसने किसी अस्पताल में दाईगीरी की ट्रेनिंग नहीं ली थी, पर सब लोग उसे नर्स कहते थे। चुनांचे उनके फ़्लैट के बाहर, छोटी-सी लकड़ी की तख्ती पर 'नर्स डीकॉस्टा' लिखा रहता था। उसे बच्चों की पैदाइश का समय मालूम न होता तो और किसको होता?

जब कमरा नम्बर 17 में रहने वाले, मिस्टर नज़ीर की नाक सूज गयी थी तो मैडम डीकॉस्टा ने ही बाज़ार से रुई का पैकेट मँगवाया था और पानी गर्म करके टकोर की थी। बार-बार वह इस घटना को सनद के रूप में पेश किया करती थी, चुनांचे मुझे बार-बार कहना पड़ता था—''हम कितने खुशकिस्मत हैं कि हमारे पड़ोस में ऐसी औरत रहती है, जो मिलनसार होने के साथ-साथ अच्छी नर्स भी है।'' यह सुनकर वह बहुत खुश होती थी और उसको यों खुश करने से मुझे फ़ायदा यह हुआ करता था कि जब 'उन्हें' तेज़ बुखार चढ़ा था तो मैडम डीकॉस्टा ने बर्फ़ लगाने वाली रबड़ की थैली मुझे फ़ौरन ला दी थी। यह थैली एक हफ़्ते हमारे यहाँ पड़ी रही और मलेरिया के शिकार, कई लोगों के इस्तेमाल में आती रही। यूँ भी मैडम डीकॉस्टा बड़ी सेवा करने वाली थी। पर उसके इस सेवा-भाव में उसकी नाक-धँसाऊँ तबियत का बड़ा हाथ था। दरअसल, वह अपने पड़ोसियों के उन सारे राज़ को जानने की भी बड़ी इच्छुक थी, जो वे अपने सीने में ही रखते चले आते थे। मिसेज़ डीसिल्वा, मैडम डीकॉस्टा की हम-मज़हब थी, इसलिए उसकी बहुत-सी कमज़ोरियाँ उसको मालूम थीं। मसलन वह जानती थी कि मिसेज़ डीसिल्वा की शादी क्रिसमस में हुई और बच्चा जुलाई में पैदा हुआ, जिसका साफ़ मतलब यह था कि उसकी असली शादी पहले हो चुकी थी। उसको यह भी पता था कि मिसेज़ डीसिल्वा नाच-घरों में जाती है और यूँ बहुत-सा रुपया कमाती है और यह कि अब वह उतनी सुन्दर नहीं रही, जितनी कि पहले थी। इसलिए उसकी आमदनी भी पहले से कम हो गयी है।

हमारे सामने जो यहूदी रहते थे, उनके बारे में मैडम डीकॉस्टा के अलग-अलग बयान थे। कभी वह कहती थी कि मोटी मोज़ेल, जो रात को देर से घर आती है, सट्टा खेलती है और वह ठिगना-सा बुड्ढा, जो पतलून के गैलिसों में अँगूठे अटकाए और कोट कन्धे पर रखे, सुबह घर से निकल जाता है और शाम

को लौटता है, मोज़ेल का पुराना दोस्त है। उस बुड्ढे के बारे में उसने खोज लगा कर यह मालूम किया था कि वह साबुन बनाता है, जिसमें सज्जी (क्षार) बहुत ज़्यादा होती है।

एक दिन उसने हमें बताया था कि मोज़ेल ने अपनी लड़की की, जो बहुत सुन्दर थी और हर रोज़ नीले रंग की जीन्स पहनकर स्कूल जाती थी, उस आदमी से मँगनी कर रखी है, जो हर रोज़ एक पारसी को मोटर में लेकर आता है। मैं उस पारसी के बारे में सिर्फ़ इतना जानती हूँ कि उसकी मोटर हमेशा नीचे खड़ी रहती थी और वह मोज़ेल की लड़की के मंगेतर सहित रात वहीं बिताता था। मैडम डीकॉस्टा का यह कहना था कि मोज़ेल की लड़की, फ्लोरी का मंगेतर, पारसी का मोटर ड्राइवर है और वह पारसी अपने मोटर ड्राइवर की बहन, लिली का आशिक है, जो अपनी बहन वायलेट-समेत उसी फ़्लैट में रहती थी। वायलेट के सम्बन्ध में मैडम डीकॉस्टा की राय बहुत खराब थी। वह कहा करती थी कि वह लौंडिया, जो हर समय एक नन्हे-से बच्चे को उठाए रहती है, बहुत बुरे कैरेक्टर की है, और उस नन्हे-से बच्चे के बारे में उसने हमें एक दिन यह खबर सुनाई थी कि जैसा मशहूर किया गया है, वह किसी पारसिन का लावारिस बच्चा नहीं, बल्कि खुद वायलेट की बहन लिली का है और जो लिली है...बस मुझे इतना ही याद है, क्योंकि जो वंशावली मैडम डीकॉस्टा ने तैयार की थी, वह इतनी लम्बी है कि शायद ही किसी को याद रह सके।

सिर्फ़ आस-पास की औरतों और पड़ोस के मर्दों तक मैडम डीकॉस्टा की जानकारी सीमित नहीं थी, उसे दूसरे मुहल्ले के लोगों के बारे में भी बहुत-सी बातें मालूम थीं। चुनांचे, जब वह अपने सूजे हुए पैर का इलाज कराने की गरज़ से बाहर जाती तो घर लौटते हुए, दूसरे मुहल्लों की बहुत-सी खबरें लाती थी।

एक दिन, जब मैडम डीकॉस्टा मेरे बच्चे के जन्म का इन्तज़ार कर-करके थक-हार चुकी थी, मैंने उसे बाहर फाटक के पास, अपने दो बड़े लड़कों, एक लड़की और पड़ोस की दो औरतों के साथ बातें करते हुए देखा। मैं यह सोच कर मन-ही-मन बहुत कुढ़ी कि वह मेरे बच्चे के लेट हो जाने के बारे में बातें कर रही होगी। चुनांचे जब उसने घर का रुख किया तो मैं जंगले से परे हट गयी। पर उसने मुझे देख लिया था। सीधी ऊपर चली आयी। मैंने दरवाज़ा खोल कर उसे बाहर बालकनी ही में मूढ़े पर बैठा दिया। मूढ़े पर बैठते ही उसने बम्बई की हिन्दुस्तानी और ग्रामर-रहित अंग्रेज़ी में कहना शुरू किया—''तुमने कुछ

सुना ?...मातमा गांडी ने क्या किया ?...साली कांग्रेस एक नया कानून पास करना माँगटी है। मेरा फ्रेड्रिक खबर लाया है कि बोम्बे में प्रोहिबीशन हो जायेगा।...तुम समझता है, प्रोहिबीशन क्या होता है ?''

मैंने अजानापन प्रकट किया, क्योंकि जितनी अंग्रेज़ी मुझे आती थी, उसमें प्रोहिबीशन शब्द नहीं था। इस पर मैडम डीकॉस्टा ने कहा—''प्रोहिबीशन शराब बन्द करने को कहते हैं।...हम पूछता है, इस कांग्रेस का हमने क्या बिगाड़ा है कि शराब बन्द करके हमको तंग करना माँगटी है।...यह कैसा गौरमेंट है ? हमको ऐसा बात एकदम अच्छा नहीं लगता। हमारा त्योहार कैसे चलेगा ? हम क्या करेगा ? ह्विस्की हमारा त्योहारों में होना ही माँगता है...तुम समझती हो न ? क्रिसमस कैसे होगा ?...क्रिश्चियन लोग तो इस लॉ को नहीं मानेगा। कैसे मान सकता है...मेरे घर में चौबीस क्लॉक (घंटे) ब्रांडी का ज़रूरत रहता है। यह लॉ पास हो गया तो कैसे काम चलेगा।...यह सब कुछ गांडी कर रहा है...गांडी, जो मोहमडन लोग का एकदम बेरी है।...साला आप तो पीता नहीं और दूसरों को पीने से रोकता है। और तुम्हें मालूम है, यह हम लोगों का, मेरा मतलब है, गौरमेंट का बहुत बड़ा एनेमी है...''

उस वक्त ऐसा मालूम होता था कि इंग्लिस्तान का सारा टापू मैडम डीकॉस्टा के अन्दर समा गया है। वह गोवा की रहने वाली, काले रंग की क्रिश्चियन औरत थी, मगर जब उसने ये बातें कीं तो मेरी कल्पना ने उस पर सफ़ेद चमड़ी मढ़ दी। कुछ क्षणों के लिए वह यूरोप से आयी हुई, ताज़ा-ताज़ा अंग्रेज़ औरत दिखाई दी, जिसे हिन्दुस्तान और उसके महात्मा गाँधी से कोई वास्ता न हो।

समुद्र के पानी से नमक बनाने का आन्दोलन महात्मा गाँधी ने शुरू किया था। चर्खा चलाना और खादी पहनना भी उसी ने लोगों को सिखाया था। इसी किस्म की और भी बहुत-सी ऊटपटाँग बातें वह कर चुका था। शायद इसीलिए मैडम डीकॉस्टा ने यह समझा था कि बम्बई में शराब सिर्फ़ इसलिए बन्द की जा रही है कि अंग्रेज़ लोगों को तकलीफ़ हो।...वह कांग्रेस और महात्मा गाँधी को एक ही चीज़ समझती थी—यानी लँगोटी।

महात्मा गाँधी और उसकी सात पीढ़ियों पर लानतें भेजकर, मैडम डीकॉस्टा असली बात की तरफ़ आयी, ''और हाँ, तुम्हारा यह बच्चा क्यों पैदा नहीं होता ? चलो, मैं तुम्हें किसी डॉक्टर के पास ले चलूँ।''

मैंने उस वक्त बात टाल दी। मगर मैडम डीकॉस्टा ने घर जाते हुए फिर

मुझसे कहा—‘‘देखो, तुमको कुछ ऐसा-वैसा बात हो गया तो फिर हमको न बोलना।’’

उसके दूसरे दिन की बात है। ‘वे’ बैठे कुछ लिख रहे थे। मुझे खयाल आया, कई दिनों से मैंने मिसेज़ काज़िमी को फ़ोन नहीं किया। उसको भी बच्चे की पैदाइश का बहुत खयाल है, इस वक्त फ़ुर्सत है और नज़ीर साहब का दफ़्तर, जो उनके घर के साथ ही मिला था, बिलकुल खाली होगा, क्योंकि छह बज चुके थे। उठकर टेलीफ़ोन कर देना चाहिए। यों सीढ़ियाँ उतरने और चढ़ने से डॉक्टर साहब और तजुर्बाकार औरतों की सलाह पर अमल भी हो जायेगा, जो यह था कि चलने-फिरने से बच्चा आसानी के साथ पैदा होता है। चुनांचे, मैं अपने पैदा होने वाले बच्चे-समेत उठी और धीरे-धीरे सीढ़ियाँ चढ़ने लगी। जब पहली मंज़िल पर पहुँची, तो मुझे ‘नर्स डीकॉस्टा’ का बोर्ड नज़र आया और इससे पहले कि मैं उसके फ़्लैट के दरवाज़े से गुज़रकर, दूसरी मंज़िल के पहले ज़ीने पर कदम रखूँ, मैडम डीकॉस्टा बाहर निकल आयी और मुझे अपने घर ले गयी।

मेरा दम फूला हुआ था और पेट में ऐंठन-सी पैदा हो गयी थी। ऐसा महसूस होता था कि रबड़ की गेंद है, जो कहीं अटक गयी है। इससे बड़ी उलझन हो रही थी। मैंने एक बार इस तकलीफ़ का ज़िक्र अपनी सास से किया था तो उसने मुझे बताया था कि बच्चे की टाँग-वाँग इधर-उधर फँस जाया करती है। चुनांचे यह टाँग-वाँग ही हिलने-से कहीं फँस गयी थी, जिसकी वजह से मुझे बड़ी तकलीफ़ हो रही थी।

मैंने मैडम डीकॉस्टा से कहा—‘‘मुझे एक ज़रूरी टेलीफ़ोन करना है, इसलिए मैं आपके यहाँ नहीं बैठ सकती।’’...और बहुत-से बहाने मैंने पेश किए, पर वह न मानी और मेरा बाजू पकड़कर उसने ज़बरदस्ती मुझे उस सोफ़े पर बैठा दिया, जिसका कपड़ा बहुत मैला हो रहा था।

मुझे सोफ़े पर बैठाकर, जल्दी-जल्दी उसने दूसरे कमरे से अपने दो छोटे-छोटे लड़कों को बाहर निकाला। अपनी कुँवारी जवान लड़की को भी, जो महात्मा गाँधी की लँगोटी से कुछ बड़ी निक्कर पहनती थी, उसने बाहर भेज दिया और मुझे खाली कमरे में ले गयी। अन्दर से दरवाज़ा बन्द करके उसने मेरी तरफ़ उस अफ़्रीकी जादूगर की तरह देखा, जिसने अलादीन का चाचा बनकर, उसे गुफ़ा में बन्द कर दिया था।

यह सब उसने इतनी फुर्ती से किया कि मुझे वह एक बड़ी भेद-भरी औरत

दिखाई दी। सूजे हुए पैर की वजह से उसकी चाल में हल्का-सा लँगड़ापन पैदा हो गया था, जो मुझे उस समय बहुत भयानक दिखाई दिया।

मेरी तरफ़ घूरकर देखने के बाद, उसने इधर दीवार की तीन खिड़कियाँ बन्द कीं। हर खिड़की की चटकनी चढ़ाकर, उसने मेरी तरफ़ इस अन्दाज़ से देखा, जैसे उसे इस बात का डर हो कि मैं उठ भागूँगी।

ईमान की कहूँ, उस वक्त मेरा जी यही चाहता था कि दरवाज़ा खोलकर भाग जाऊँ। उसकी खामोशी और उसके खिड़कियाँ-दरवाज़े बन्द करने से मैं बहुत परेशान हो गयी थी। आखिर इसका मतलब क्या था?...वह चाहती क्या थी? इतने ज़बरदस्त एकान्त की क्या ज़रूरत थी।...और फिर...वह लाख पड़ोसिन थी, उसके हम पर कई एहसान भी थे; लेकिन आखिर वह थी तो एक गैर औरत। और उसके बेटे...वह मुआ फ़ौजी और वह कलफ़-लगी पतलून वाला, जो छोटी-छोटी क्रिश्चियन लड़कियों से मीठी-मीठी बातें करता था।...अपने, अपने होते हैं और पराये, पराये। मैं कई इश्किया नॉवेलों में कुटनियों का हाल पढ़ चुकी थी। जिस अन्दाज़ से वह इधर-उधर चल-फिर रही थी और दरवाज़े बन्द करके पर्दे खींच रही थी, उससे मैंने यही नतीजा निकाला था कि वह नर्स-वर्स बिलकुल नहीं, बल्कि एक बहुत बड़ी कुटनी है। खिड़कियाँ और दरवाज़े बन्द होने की वजह से, कमरे में, जिसके अन्दर लोहे के चार पलँग पड़े थे, काफ़ी अँधेरा हो गया था, जिससे मुझे और भी घबराहट हुई। पर उसने फ़ौरन ही बटन दबाकर रोशनी कर दी।

समझ में नहीं आता था कि वह मेरे साथ क्या करेगी। बड़े भेद-भरे तरीके से उसने अँगीठी पर से एक बोतल उठायी, जिसमें सफ़ेद रंग का तरल पदार्थ था, और मुझसे मुखातिब होकर कहने लगी—''अपना ब्लाउज़ उतारो...मैं कुछ देखना माँगती हूँ।''

मैं घबरा गयी, ''क्या देखना चाहती हो?''

ऊपर से सब कुछ साफ़ नज़र आ रहा था। फिर ब्लाउज़ उतरवाने का क्या मतलब था और उसे क्या हक हासिल था कि वह दूसरी औरतों को यूँ घर के अन्दर बुलाकर, ब्लाउज़ उतारने पर मजबूर करे। मैंने साफ़-साफ़ कह दिया—''मैडम डीकॉस्टा, मैं ब्लाउज़ हरगिज़ नहीं उतारूँगी।'' मेरे लहज़े में घबराहट के अलावा तेज़ी भी थी।

मैडम डीकॉस्टा का रंग पीला पड़ गया, ''तो...तो...फिर हमको मालूम

कैसे पड़ेगा कि तुम्हारे घर बच्चा कब होगा।...इस बोतल में खोपरे का तेल है। यह हम तुम्हारे पेट पर गिराकर देखेगा।...इससे एकदम मालूम हो जायेगा कि बच्चा कब होगा।...लड़की होगी या लड़का ?''

मेरी घबराहट दूर हो गयी। मैडम डीकॉस्टा फिर मुझे मैडम डीकॉस्टा नज़र आने लगी।

खोपरे का तेल बड़ी बेज़रर चीज़ है। पेट पर अगर उसकी पूरी बोतल भी उँड़ेल दी जाती तो क्या हर्ज था और फिर तरकीब कितनी दिलचस्प थी। इसके अलावा अगर मैं न मानती तो मैडम डीकॉस्टा को कितनी बड़ी निराशा का सामना करना पड़ता। मैं वैसे भी किसी का दिल तोड़ना पसन्द नहीं करती। चुनांचे मैं मान गयी।...ब्लाउज़ और कमीज़ उतारने में मुझे काफ़ी कोफ़्त हुई, पर मैंने बरदाश्त कर ली। गैर औरत की मौजूदगी में, जब मैंने अपना फूला हुआ पेट देखा, जिसके निचले हिस्से पर इस तरह के लाल-लाल निशान बने हुए थे, जैसे रेशमी कपड़े में चुन्नटें पड़-पड़ जायें तो मुझे एक अजीब किस्म की शर्म महसूस हुई। मैंने चाहा कि फ़ौरन कपड़े पहन लूँ और वहाँ से चल दूँ। लेकिन मैडम डीकॉस्टा का वह हाथ, जिसमें खोपरे के तेल की बोतल थी, उठ चुका था।

मेरे पेट पर ठंडे-ठंडे तेल की एक लकीर दौड़ गयी। मैडम डीकॉस्टा खुश हो गयी। मैंने जब कपड़े पहन लिये तो उसने सन्तोष-भरे लहज़े में कहा—''आज क्या डेट है ? ग्यारह...बस पन्द्रह को बच्चा हो जायेगा और लड़का ही होगा।''

बच्चा 25 तारीख को हुआ, और था भी लड़का। अब, जब कभी वह मेरे पेट पर अपने नन्हे-नन्हे हाथ रखता है, तो मुझे ऐसा महसूस होता है कि मैडम डीकॉस्टा ने खोपरे के तेल की सारी बोतल उँड़ेल दी है।

महमूदा

मुस्तकीम ने महमूदा को पहली बार अपनी शादी पर देखा था। आरसी मुसहफ[1] की रस्म अदा हो रही थी कि अचानक उसे दो बड़ी-बड़ी, असाधारण रूप से बड़ी आँखें दिखाई दीं। वे महमूदा की आँखें थीं जो अभी तक कुँवारी थीं।

मुस्तकीम औरतों और लड़कियों के झुरमुट में घिरा था। महमूदा की आँखें देखने के बाद उसे ज़रा अनुभव न हुआ कि आरसी मुसहफ की रस्म कब शुरू हुई और कब खत्म हुई। उसकी दुल्हन कैसी थी, यह बताने के लिए उसे मौका दिया गया, मगर महमूदा की आँखें उसकी दुल्हन और उसके बीच एक काले मखमली पर्दे की भाँति बाधक हो गयीं।

उसने चोरी-चोरी कई बार महमूदा की ओर देखा, उसकी हमउम्र लड़कियाँ सब चहचहा रही थीं। मुस्तकीम से बड़े ज़ोरों पर छेड़खानी हो रही थी, मगर वह अलग-थलग खिड़की के पास घुटनों पर ठुड्डी जमाए खामोश बैठी थी। उसका रंग गोरा था, बाल तख्तियों पर लिखने वाली स्याही की भाँति काले तथा चमकीले थे। उसने सीधी माँग निकाल रखी थी जो उसके अंडाकार चेहरे पर बहुत जँचती थी। मुस्तकीम का अनुमान था कि उसका कद छोटा है, अत: जब वह उठी तो उसका प्रमाण भी मिल गया।

उसका लिबास बहुत साधारण था। दुपट्टा जब उसके सिर से ढलका और फ़र्श तक जा पहुँचा तो मुस्तकीम ने देखा कि उसका सीना बहुत ठोस और मज़बूत है। भरा-भरा जिस्म, तीखी नाक, चौड़ी पेशानी, छोटा-सा मुँह और

---

1. एक प्रथा जिसके अनुसार दुल्हन के अँगूठे में एक बड़े शीशे वाली अँगूठी पहनाते हैं, जिसमें दूल्हे को दुल्हन की सूरत दिखाई जाती है।

बड़ी-बड़ी आँखें—जो देखने को सबसे पहले दिखा देती थीं।

मुस्तकीम अपनी दुल्हन को घर ले आया। दो-तीन मास बीत गये। वह खुश था इसलिए कि उसकी पत्नी सुन्दर तथा सुघड़ थी। लेकिन वह महमूदा की आँखें न भूल सका था। उसे ऐसा महसूस होता था कि वह उसके दिल व दिमाग पर छा गयी है।

मुस्तकीम को महमूदा का नाम मालूम नहीं था। एक दिन उसने अपनी बीबी कुलसुम से यों ही पूछा, ''वह लड़की कौन थी जो, हमारी शादी पर जब आरसी मुसहफ की रस्म अदा हो रही थी—एक कोने में खिड़की के पास बैठी थी ?''

कुलसुम ने जवाब दिया, ''मैं क्या कह सकती हूँ ? उस वक्त कई लड़कियाँ थीं। मालूम नहीं आप किसके बारे में पूछ रहे हैं ?''

मुस्तकीम ने कहा, ''वह...वह, जिसकी बड़ी-बड़ी आँखें थीं।''

कुलसुम समझ गयी, ''ओहो, आपका मतलब महमूदा से है ! हाँ, वाकई उसकी आँखें बहुत बड़ी हैं लेकिन बुरी नहीं लगतीं। गरीब घराने की लड़की, बहुत कम बोलने वाली और शरीफ़। कल ही उसकी शादी हुई है।''

मुस्तकीम को सहसा एक धक्का लगा, ''उसकी शादी हो गयी कल ?''

''हाँ, मैं कल वहीं तो गयी थी। मैंने आपसे कहा नहीं था कि मैंने उसे एक अँगूठी दी है।''

''हाँ-हाँ, मुझे याद आ गया। लेकिन मुझे यह मालूम नहीं था कि तुम जिस सहेली की शादी पर जा रही हो, वही लड़की है, बड़ी-बड़ी आँखों वाली। कहाँ शादी हुई है उसकी ?''

कुलसुम ने गिलौरी बनाकर अपने पति को देते हुए कहा, ''अपने अज़ीज़ों में। खाविंद उसका रेलवे वर्कशॉप में काम करता है, डेढ़ सौ रुपये माहवार तनख्वाह है। सुना है, बेहद शरीफ़ आदमी है।''

मुस्तकीम ने गिलौरी कल्ले के नीचे दबाई, ''चलो अच्छा हो गया। लड़की भी जैसा कि तुम कहती हो शरीफ़ है।''

कुलसुम से न रहा गया। उसे आश्चर्य हो रहा था कि उसका पति महमूदा में इतनी दिलचस्पी क्यों ले रहा है ? उसने कहा, ''ताज्जुब है कि आपने उसे सिर्फ़ एक नज़र देखने पर भी याद रखा।''

मुस्तकीम ने कहा, ''उसकी आँखें कुछ ऐसी हैं कि आदमी उन्हें भूल

नहीं सकता। क्या मैं झूठ बोल रहा हूँ?''

कुलसुम दूसरा पान बना रही थी। थोड़ी-सी फुर्सत के बाद वह अपने पति से कहने लगी, ''मैं इसके बारे में कुछ नहीं कह सकती। मुझे तो उसकी आँखों में कोई आकर्षण दिखाई नहीं देता। मर्द न जाने किन निगाहों से देखते हैं।''

मुस्तकीम ने यही उचित समझा कि इस विषय पर अब आगे बातचीत नहीं होनी चाहिए। इसलिए उत्तर में वह मुस्कुरा उठा और अपने कमरे में चला गया। इतवार की छुट्टी थी। सदा की भाँति उसे अपनी पत्नी के साथ मैटिनी शो देखने जाना चाहिए था, मगर महमूदा का ज़िक्र छेड़कर उसने दिमाग को बोझिल बना लिया था।

उसने आरामकुर्सी में लेटकर तिपाई पर से एक किताब उठायी जिसे वह दो बार पढ़ चुका था। उसने पहला पन्ना निकाला और पढ़ने लगा, परन्तु अक्षर गडमड होकर महमूदा की आँखें बन जाते। मुस्तकीम ने सोचा, 'शायद कुलसुम ठीक कहती थी कि उसे महमूदा की आँखों में कोई आकर्षण नज़र नहीं आता, हो सकता है किसी और मर्द को भी नज़र न आये। एक सिर्फ़ मैं हूँ जिसे दिखाई दिया है। पर क्यों? मैंने ऐसा कोई इरादा नहीं किया था, मेरी कोई इच्छा नहीं थी कि वे मेरे लिए आकर्षण बन जायें। एक क्षण की तो बात थी—बस मैंने एक नज़र देखा और वे मेरे दिलोदिमाग पर छा गयीं, इसमें न उन आँखों का दोष है, न मेरी आँखों का जिनसे मैंने उन्हें देखा।'

इसके बाद मुस्तकीम ने महमूदा के विवाह के बारे में सोचना आरम्भ किया, 'हो गयी उसकी शादी, चलो अच्छा हुआ। लेकिन दोस्त यह क्या बात है कि तुम्हारे दिल में हल्की-सी टीस उठती है, क्या तुम चाहते हो कि उसकी शादी न हो? सदा कुँवारी रहे क्योंकि तुम्हारे दिल में उससे शादी करने की इच्छा तो कभी उत्पन्न नहीं हुई, तुमने उसके बारे में कभी एक क्षण के लिए भी नहीं सोचा फिर यह जलन कैसी? इतनी देर तुम्हें उसे देखने का कभी विचार नहीं आया, पर अब तुम क्यों उसे देखना चाहते हो? और यदि कभी उसे देख भी लो तो क्या कर लोगे? उसे उठाकर अपनी जेब में रख लोगे? उसकी बड़ी-बड़ी आँखें नोचकर अपने बटुए में डाल लोगे? बोलो ना, क्या करोगे?'

मुस्तकीम के पास इसका कोई जवाब नहीं था। असल में उसे मालूम ही नहीं था कि वह क्या चाहता है? यदि कुछ चाहता भी है तो क्यों चाहता है?

महमूदा की शादी हो चुकी थी और वह भी केवल एक दिन पहले, यानी उस समय जबकि मुस्तकीम पुस्तक पढ़ रहा था, महमूदा निश्चय ही दुल्हनों के लिबास में या तो अपने मायके या अपनी ससुराल में शर्माई-लजायी बैठी थी। वह खुद शरीफ़ थी, उसका पति भी शरीफ़ था, रेलवे वर्कशॉप में नौकर था और डेढ़ सौ रुपये मासिक वेतन पाता था। बड़ी खुशी की बात थी। मुस्तकीम की हार्दिक इच्छा थी कि वह खुश रहे—आजीवन सुखी रहे। लेकिन उसके दिल में जाने क्यों एक टीस-सी उठती जो उसे व्याकुल कर देती थी।

मुस्तकीम अन्त में इस नतीजे पर पहुँचा कि यह सब बकवास है। उसे महमूदा के बारे में बिलकुल कुछ नहीं सोचना चाहिए। दो वर्ष व्यतीत हो गये। इस दौरान उसे महमूदा के बारे में कुछ मालूम न हुआ और न उसने कुछ मालूम करने का प्रयत्न किया, यद्यपि वह और उसका पति बम्बई में डोंगरी की एक गली में रहते थे। मुस्तकीम हालाँकि डोंगरी से बहुत दूर माहिम में रहता था, लेकिन अगर वह चाहता तो बड़ी आसानी से महमूदा को देख सकता था।

एक दिन कुलसुम ही ने उससे कहा, ''आपकी उस बड़ी-बड़ी आँखों वाली महमूदा के नसीब बहुत बुरे निकले।''

चौंककर मुस्तकीम ने चिंतित स्वर में पूछा, ''क्यों, क्या हुआ?''

कुलसुम ने गिलौरी बनाते हुए कहा, ''उसका खाविंद एकदम मौलवी हो गया है।''

''तो उससे क्या हुआ?''

''आप सुन तो लीजिए। वह हर वक्त मज़हब की बातें करता रहता है, लेकिन वही ऊटपटाँग किस्म की। वज़ीफे करता है, चिल्ले काटता है और महमूदा को मजबूर करता है कि वह भी ऐसा ही करे। फकीरों के पास घंटों बैठा रहता है—घरबार से बिलकुल गाफ़िल हो गया है। दाढ़ी बढ़ाई है, हाथ में हर वक्त तस्बीह होती है, काम पर कभी जाता है कभी नहीं जाता। कई-कई दिन गायब रहता है; वह बेचारी कुढ़ती रहती है। घर में खाने को कुछ होता नहीं, इसलिए फ़ाके करती है और जब उससे शिकायत करती है तो आगे से जवाब यह मिलता है—फ़ाकाकशी अल्लाह तबारक ताला को बहुत प्यारी है।'' कुलसुम ने सब कुछ एक साँस में कहा।

मुस्तकीम ने पनदनियाँ से थोड़ी-सी छालियाँ उठाकर मुँह में डालीं, ''कहीं दिमाग तो नहीं चल गया उसका?''

कुलसुम ने कहा, ''महमूदा का तो यही खयाल है। खयाल क्या, उसे तो यकीन है। गले में बड़े-बड़े मनकों वाली माला डाले फिरता है, कभी-कभी सफ़ेद रंग का चोला भी पहनता है।''

मुस्तकीम गिलौरी लेकर अपने कमरे में चला गया और आरामकुर्सी पर बैठकर सोचने लगा, 'यह क्या हो गया। ऐसा पति तो बड़ा दुखदायी होता है। गरीब किस मुसीबत में फँस गयी। मेरा खयाल है कि पागलपन के कीटाणु उसके पति के अन्दर शुरू ही से मौजूद होंगे जो अब एकदम उभर आये हैं। लेकिन सवाल यह है कि अब महमूदा क्या करेगी? उसका तो यहाँ कोई रिश्तेदार भी नहीं। कुछ शादी करने लाहौर से आये थे और वापस चले गये थे। क्या महमूदा ने अपने माँ-बाप को लिखा होगा? नहीं, नहीं, उसके माँ-बाप तो जैसा कि कुलसुम ने एक बार कहा था, उसके बचपन में ही मर गये थे। शादी उसके चचा ने की थी। डोंगरी, डोंगरी में शायद उसकी जान-पहचान का कोई हो। लेकिन नहीं, अगर जान-पहचान का कोई होता तो वह फ़ाके क्यों मारती? कुलसुम क्यों न उसे अपने यहाँ ले आये? पागल हुए हो मुस्तकीम, होश के नाखुन लो।'

मुस्तकीम ने एक बार फिर इरादा किया कि वह महमूदा के बारे में नहीं सोचेगा, इसलिए कि उससे कोई लाभ नहीं होगा, बेकार मगजमारी की।

बहुत दिनों के बाद कुलसुम ने एक रोज़ उसे बताया कि महमूदा का पति, जिसका नाम जमील था, करीब-करीब पागल हो गया है।

मुस्तकीम ने पूछा, ''क्या मतलब?''

कुलसुम ने जवाब दिया, ''मतलब यह कि वह अब रात को एक सेकेंड के लिए नहीं सोता। जहाँ खड़ा होता है, बस वहीं घंटों खामोश खड़ा रहता है। महमूदा गरीब रोती रहती है। मैं कल उसके पास गयी थी। बेचारी का कई दिन का फ़ाका था। मैं बीस रुपये दे आयी, क्योंकि मेरे पास इतने ही थे।''

मुस्तकीम ने कहा, ''बहुत अच्छा किया तुमने। जब तक उसका पति ठीक नहीं होता कुछ-न-कुछ दे आया करो, ताकि गरीब को फ़ाकों की नौबत तो न आये।''

कुलसुम ने कुछ सोच-विचार के बाद विचित्र स्वर में कहा, ''असल में बात कुछ और है...''

''क्या मतलब?''

''महमूदा का खयाल है कि जमील ने महज़ एक ढोंग रचा रखा है। वह पागल-वागल हरगिज़ नहीं। बात यह है कि वह... ।''

''वह क्या ?''

''वह...औरत के क़ाबिल नहीं।...यह कमज़ोरी दूर करने के लिए वह फकीरों और संन्यासियों से टोने-टोटके लेता रहता है।''

मुस्तकीम ने कहा, ''यह बात तो पागल होने से ज़्यादा अफ़सोसनाक है। महमूदा के लिए तो यह समझो कि घरेलू ज़िन्दगी एक सज़ा बनकर रह गयी है।''

मुस्तकीम अपने कमरे में चला गया और महमूदा की दुर्दशा के बारे में सोचने लगा, 'स्त्री का जीवन क्या होगा जिसका पति सर्वथा निष्क्रिय है ? कितनी उमंगें होगी उसके हृदय में; उसके यौवन ने कितने कँपकँपा देने वाले स्वप्न देखे होंगे। उसने अपनी सहेलियों से क्या कुछ नहीं सुना होगा ? कितनी निराशा हुई होगी बेचारी को जब उसे चारों ओर शून्य-ही-शून्य दिखाई दिया होगा ? उसने अपनी गोद हरी करने के बारे में भी कई बार सोचा होगा। जब डोंगरी में किसी के यहाँ बच्चा होने की सूचना उसे मिली होगी तो बेचारी के दिल पर एक घूँसा-सा लगा होगा। अब क्या करेगी ? ऐसा न हो, कहीं आत्महत्या कर ले! दो वर्ष तक उसने किसी को यह राज़ न बताया, परन्तु उसका सीना फट गया। खुदा उसके हाल पर रहम करे।'

बहुत दिन गुज़र गये। मुस्तकीम और कुलसुम छुट्टियों में पंचगनी चले गये। वहाँ ढाई महीने रहे। वापस आये तो एक मास के पश्चात् कुलसुम के यहाँ लड़का पैदा हुआ; वह महमूदा के घर न जा सकी। लेकिन एक दिन उसकी एक सहेली जो महमूदा को जानती थी, उसे बधाई देने आयी। उसने बातों-बातों में कुलसुम से कहा, ''कुछ सुना तुमने ? वह महमूदा है ना, बड़ी-बड़ी आँखों वाली...''

कुलसुम ने कहा, ''हाँ-हाँ, डोंगरी में रहती है।''

''खाविंद की बेपरवाही ने गरीब को बुरी बातों पर मजबूर कर दिया है।'' कुलसुम की सहेली की आवाज़ में दर्द था।

कुलसुम ने बड़े दुःख-भरे स्वर में पूछा, ''कैसी बुरी बातों पर ?''

''अब उसके यहाँ गैर मर्दों का आना-जाना हो गया है।''

''झूठ!'' कुलसुम का दिल धक-धक करने लगा।

कुलसुम की सहेली ने कहा, ''नहीं कुलसुम, मैं झूठ नहीं कहती। मैं परसों उससे मिलने गयी थी, दरवाज़े पर दस्तक देने ही वाली थी कि अन्दर से एक नौजवान मर्द बाहर निकला और तेज़ी से नीचे उतर गया। मैंने उससे मिलना मुनासिब न समझा और वापस चली आयी।''

''यह तुमने बहुत बुरी खबर सुनाई। खुदा उसे गुनाह के रास्ते से बचाये रखे! हो सकता है वह उसके खाविंद का कोई दोस्त हो,'' कुलसुम ने खुद को धोखा देते हुए कहा।

उसकी सहेली मुस्कुरायी, ''दोस्त चोरों की तरह दरवाज़ा खोलकर भागा नहीं करते।''

कुलसुम ने अपने पति से बात की तो उसे बहुत दु:ख हुआ। वह कभी नहीं रोया था, लेकिन कुलसुम ने जब उसे यह दर्दनाक बात बताई कि महमूदा पाप-मार्ग पर जा रही है तो उसकी आँखों में आँसू आ गये। उसने उसी समय निश्चय कर लिया कि महमूदा उनके यहाँ रहेगी। अत: उसने अपनी पत्नी से कहा, ''यह बड़ी भयानक बात है। तुम ऐसा करो, अभी जाओ और महमूदा को यहाँ ले आओ।''

कुलसुम ने बड़े रूखेपन से कहा, ''मैं उसे अपने घर में नहीं रख सकती।''

''क्यों?'' मुस्तकीम के स्वर में विस्मय था।

''बस मेरी मर्ज़ी! वह मेरे घर में क्यों रहे? इसलिए कि आपको उसकी आँखें पसन्द हैं?'' कुलसुम के बोलने का ढंग बहुत विषैला और व्यंग्यपूर्ण था।

मुस्तकीम को बहुत क्रोध आया, किन्तु वह उसे पी गया। कुलसुम से बहस करना व्यर्थ था। अब केवल यही हो सकता था कि कुलसुम को निकालकर महमूदा को ले आये। पर वह ऐसा कदम उठाने के बारे में सोच ही नहीं सकता था। मुस्तकीम की नीयत बिलकुल नेक थी और उसे खुद इसका एहसास था। असल में उसने किसी गंदे दृष्टिकोण से महमूदा हो देखा ही नहीं था। हाँ, उसकी आँखें उसे ज़रूर पसन्द थीं, इतनी कि वह बयान नहीं कर सकता था।

वह पाप के मार्ग पर अग्रसर हो चुकी थी। अभी उसने सिर्फ़ कुछ कदम उठाए थे; उसे विनाश के गड्ढे से बचाया जा सकता था। मुस्तकीम ने कभी नमाज़ नहीं पढ़ी थी, कभी रोज़ा नहीं रखा था, कभी खैरात नहीं दी थी। खुदा

ने उसे कितना अच्छा मौका दिया था कि वह महमूदा को गुनाह के रास्ते से घसीटकर ले आये और तलाक वगैरह दिलवाकर उसकी किसी और से शादी कर दे। मगर वह यह सबाब का काम नहीं कर सकता था, इसलिए वह अपनी बीबी का दबेल था।

बहुत देर तक मुस्तकीम का अन्त:करण उसे झिड़कता रहा। एक-दो बार उसने यत्न किया कि उसकी पत्नी सहमत हो जाये, पर जैसा कि मुस्तकीम को मालूम था, ऐसा प्रयत्न निरर्थक था।

मुस्तकीम का विचार था कि और कुछ नहीं तो कुलसुम महमूदा से मिलने ज़रूर जायेगी। मगर उसे निराशा हुई। कुलसुम ने उस रोज़ के बाद महमूदा का नाम तक न लिया।

अब क्या हो सकता था, मुस्तकीम खामोश रहा।

लगभग दो वर्ष बीत गये। एक दिन घर से निकलकर मुस्तकीम ऐसे ही दिल बहलाने के लिए फुटपाथ पर चहलकदमी कर रहा था कि उसने कसाइयों की बिल्डिंग की ग्राउंड की खोली के बाहर थड़ी पर महमूदा की आँखों की झलक देखी। मुस्तकीम दो कदम आगे निकल गया था, फ़ौरन मुड़कर उसने देखा—महमूदा ही थी। वही बड़ी-बड़ी आँखें थीं, वह एक यहूदन के साथ जो उस खोली में रहती थी, बातें करने में व्यस्त थी।

इस यहूदन को सारा माहिम जानता था। अधेड़ उम्र की औरत थी। उसका काम ऐयाश मर्दों के लिए जवान लड़कियाँ उपलब्ध कराना था। उसकी अपनी दो जवान लड़कियाँ थीं जिनसे वह पेशा कराती थी। मुस्तकीम ने जब महमूदा का चेहरा बड़े ही बेहूदा तरीके से मेकअप किए हुए देखा तो वह लरज़ उठा। अधिक देर वह दुखद दृश्य देखने की शक्ति उसमें न थी, वहाँ से फ़ौरन चल दिया।

घर पहुँचकर उसने कुलसुम से इस घटना का ज़िक्र न किया, क्योंकि अब ज़रूरत ही नहीं रही थी। महमूदा अब पूर्णतया शरीर बेचने वाली औरत बन चुकी थी। मुस्तकीम के सामने जब भी उसका बेहूदा, कामोत्तेजक रूप से मेकअप किया हुआ चेहरा आता तो उसकी आँखों में आँसू आ जाते। उसका अन्त:करण उससे कहता, ''मुस्तकीम, जो कुछ तुमने देखा है, उसका कारण तुम हो। क्या हो जाता यदि तुम अपनी बीबी की कुछ दिनों की नाराज़गी बरदाश्त कर लेते! ज्यादा-से-ज्यादा इस अर्से में वह मायके चली जाती। मगर

महमूदा की ज़िन्दगी उस गंदगी से तो बच जाती जिसमें वह इस समय धँसी हुई है। क्या तुम्हारी नीयत नेक नहीं थी ? अगर तुम सच्चाई पर थे और सच्चाई पर रहते तो कुलसुम एक-न-एक दिन अपने आप ठीक हो जाती। तुमने बड़ा जुल्म किया, बहुत बड़ा पाप किया।''

मुस्तकीम अब क्या कर सकता था ? कुछ भी नहीं। पानी सिर से गुज़र चुका था। चिड़ियाँ सारा खेत चुग गयी होंगी। अब कुछ नहीं हो सकता था। मरते हुए रोगी को अन्तिम समय ऑक्सीजन सुँघाने वाली बात थी।

थोड़े दिनों के बाद बम्बई का वातावरण साम्प्रदायिक दंगों के कारण बड़ा भयंकर हो गया था। बँटवारे के कारण देश के चारों ओर विनाश और लूट का बाज़ार गर्म था। लोग धड़ाधड़ हिन्दुस्तान छोड़कर पाकिस्तान आ रहे थे। कुलसुम ने मुस्तकीम को मजबूर किया कि वह भी बम्बई छोड़ दे। अतः जो पहला जहाज़ मिला, उसकी सीटें बुक कराके मियाँ-बीबी कराची पहुँच गये और छोटा-मोटा कारोबार शुरू कर दिया।

ढाई बरस बाद इस कारोबार में उन्नति होने लगी। इसलिए, मुस्तकीम ने नौकरी का विचार त्याग दिया। एक रोज़ शाम को दुकान से उठकर वह टहलते हुए सदर जा निकला। जी चाहा एक पान खाए; बीस-तीस कदम के फ़ासले पर उसे एक दुकान नज़र आयी जिस पर काफ़ी भीड़ थी। आगे बढ़कर वह दुकान के पास पहुँचा; क्या देखता है कि महमूदा बैठी पान लगा रही है; झुलसे हुए चेहरे पर उसी किस्म का भद्दा मेकअप है, लोग उससे गंदे-गंदे मज़ाक कर रहे हैं और वह हँस रही है। मुस्तकीम के होशोहवास गायब हो गये। सोच रहा था कि वहाँ से भाग जाये कि महमूदा ने उसे पुकारा, ''इधर आओ दूल्हे मियाँ, तुम्हें एक फ़र्स्ट क्लास पान खिलाएँ। हम तुम्हारी शादी में शरीक थे।''

मुस्तकीम बिलकुल पथरा गया।

मेरा नाम राधा है

यह उस समय की बात है जब लड़ाई का कोई नामोनिशान न था। शायद आठ-नौ बरस पहले की बात है जब ज़िन्दगी में हंगामे बड़े तरीके से आते थे। आजकल की तरह नहीं कि बेमतलब और बे-अर्थ के लड़ाई-झगड़े और घटनाएँ होती हैं।

उस समय मैं चालीस रुपये माहवार पर एक फ़िल्म कम्पनी में नौकर था, और मेरी ज़िन्दगी हिम-भू पर स्लेज की भाँति मज़े से गुज़र रही थी। यानी प्रात: दस बजे स्टूडियो पर गये। नियाज़ मुहम्मद वलन की बिल्लियों को दो पैसे का दूध पिलाया। चालू फ़िल्म के लिए चालू किस्म के संवाद लिखे। बंगाली एक्ट्रेस से, जो उस ज़माने में बंगाल की बुलबुल कहलाती थी, थोड़ी देर मज़ाक किया और दादा गोरे की जो उसका सबसे बड़ा फ़िल्म डायरेक्टर था, थोड़ी-सी खुशामद की और घर चले आये।

जैसा कि मैं बतला चुका हूँ कि ज़िन्दगी की गाड़ी बड़ी नर्मी से मज़े में ढलक रही थी। स्टूडियो का मालिक हरमजरजी फरामजी जो मोटे-मोटे लाल गालोंवाला मौजी किस्म का ईरानी था, एक अधेड़ उम्र की खोजा एक्ट्रेस के प्रेम में फँसा हुआ था। हर नयी लड़की के स्तन टटोलकर देखना उसका काम था। कलकत्ता के बऊ बाज़ार की एक मुसलमान वेश्या थी जो अपने डायरेक्टर, साउंड रिकॉर्डिस्ट और स्टोरी राइटर, तीनों के साथ इश्क लड़ा रही थी। उस इश्क का असल में मतलब यह था कि उन तीनों का प्रेम उसके लिए विशेष रूप से मौजूद रहे।

'बन की सुन्दरी' की शूटिंग चल रही थी। नियाज़ मुहम्मद वलन की जंगली बिल्लियों को जो उसने खुदा मालूम स्टूडियो के लोगों पर क्या असर

पैदा करने के लिए पाल रखी थीं। दो पैसे का दूध पिलाकर मैं हर रोज़ उस 'बन की सुन्दरी' के लिए मुश्किल भाषा में संवाद लिखा करता था। उस फ़िल्म की कहानी क्या थी, प्लॉट कैसा था, स्पष्ट है कि इसका पता मुझे कुछ नहीं था। क्योंकि उस ज़माने में मैं एक मुंशी था जिसका काम केवल आज्ञा मिलने पर जो कुछ कहा जाये गलत-सलत उर्दू में जो डायरेक्टर साहब की समझ में आ जाये पेंसिल से एक कागज़ पर लिखकर देना होता था। खैर, 'बन की सुन्दरी' की शूटिंग चल रही थी और अफ़वाह यह थी कि 'दलीप' का पार्ट अदा करने के लिए एक नया चेहरा सेठ हरमजरजी फरामजी कहीं से ला रहे हैं। हीरो का पार्ट राजकिशोर को दिया गया था।

राजकिशोर रावलपिंडी का एक सुन्दर एवं स्वस्थ युवक था। उसके शरीर के बारे में लोगों का खयाल था कि बहुत मरदाना और सुडौल है। मैंने कई बार उसके बारे में गौर किया लेकिन मुझे उसके शरीर में जो कि निश्चय ही कसरती और गठीला था, कोई खिंचाव नज़र न आया। लेकिन उसका कारण यह भी हो सकता है कि मैं बहुत ही दुबला और मरियल किस्म का आदमी हूँ और अपने भाई-बन्धुओं के शरीर की निरख-परख करने का इतना आदी नहीं जितना कि उनके दिलोदिमाग और आत्मा के बारे में सोचने का आदी हूँ।

मुझे राजकिशोर से घृणा नहीं थी, इसलिए कि मैंने अपनी उम्र में शायद ही किसी आदमी से घृणा की है। लेकिन वह मुझे कुछ ज़्यादा पसन्द नहीं था। इसका कारण मैं धीमे-धीमे बताऊँगा।

राजकिशोर की भाषा-भाव ठेठ रावलपिंडी थे, जो कि मैं बहुत ही पसन्द करता था। मेरा विचार है कि पंजाबी भाषा में यदि कहीं बढ़िया शे'र मिलते हैं तो वे रावलपिंडी की भाषा में ही आपको मिल सकते हैं। उस शहर की भाषा में एक अजीब तरह का मर्दानापन है जिसमें भारी आकर्षण और मिठास है। यदि रावलपिंडी की कोई स्त्री आपसे बात करे तो ऐसा लगता है कि मीठे आम का रस आपके मुँह में चुआया जा रहा है। लेकिन मैं आमों की नहीं राजकिशोर की बात कर रहा था जो मुझे आम से बहुत कम प्रिय था। राजकिशोर जैसा कि मैं कह चुका हूँ, सुन्दर एवं स्वस्थ युवक था। यहाँ तक बात खत्म हो जाती तो मुझे कोई आपत्ति नहीं होती, लेकिन परेशानी यह थी कि उसे यानी राजकिशोर को खुद अपने स्वास्थ्य और सौन्दर्य का ज्ञान था, ऐसा ज्ञान जो कम-से-कम मेरे लिए स्वीकार्य नहीं था।

स्वस्थ होना बहुत अच्छी चीज़ है, किन्तु अपने स्वास्थ्य को दूसरों पर बीमारी बनाकर लादना बिलकुल दूसरी चीज़ है। राजकिशोर को यही बड़ा बुरा मर्ज़ था कि वह अपना स्वास्थ्य, अपना सुडौलपन, प्रदर्शित कर-करके दूसरे कमज़ोर लोगों को अपमानित करने की कोशिश किया करता था।

इसमें कोई शक नहीं कि मैं दमा का मरीज़ हूँ, कमज़ोर हूँ। मेरे एक फेफड़े में हवा खींचने की बहुत कम ताकत है लेकिन खुदा गवाह है कि मैंने आज तक अपनी कमज़ोरी का प्रचार नहीं किया हालाँकि मुझे इसका पूरा-पूरा ज्ञान है कि आदमी अपनी कमज़ोरियों से इसी तरह फ़ायदा उठा सकता है जिस तरह कि अपनी ताकत से उठा सकता है। लेकिन मेरा ईमान है कि हमें ऐसा नहीं करना चाहिए।

सौन्दर्य मेरे लिए वह वस्तु है जिसकी लोग चिल्ला-चिल्लाकर नहीं वरन् हृदय ही हृदय में सराहना करें।

मैं उस स्वास्थ्य को बीमार समझता हूँ जो कि नंगा होकर सात पत्थर बनकर टकराता फिरे।

राजकिशोर में वे सब सौन्दर्य मौजूद थे जो एक युवक में होने चाहिए। लेकिन मुझे दुःख है कि उसे उन सौन्दर्यों का बहुत ही भौंडा प्रदर्शन करने की आदत थी। आपसे बात कर रहा है और अपने एक बाजू के पट्टे अकड़ा रहा है और खुद ही दाद दे रहा है। बहुत ही गम्भीर वार्ता हो रही है, यानी स्वराज की बात छिड़ी है और वह अपने खादी के कुर्ते के बटन खोलकर अपने वक्ष की चौड़ाई का अन्दाज़ा कर रहा है।

मैंने खादी के कुर्ते का ज़िक्र किया तो मुझे याद आया कि राजकिशोर पक्का कांग्रेसी था। हो सकता है कि वह इसी कारण से खादी के कपड़े पहनता हो। लेकिन मेरे दिल में हमेशा इस बात की खटक रही है कि उसे अपने देश से इतना प्यार नहीं था जितना कि उसे स्वयं से था।

बहुत लोगों का खयाल था कि राजकिशोर के बारे में जो मैंने राय कायम की है बिलकुल ही गलत थी। इसलिए कि स्टूडियो और स्टूडियो के बाहर हर आदमी उसके शरीर, विचारों और सादगी का प्रशंसक था। यही नहीं उसकी भाषा जो रावलपिंडी की थी, दूसरों के साथ-साथ मुझे भी पसन्द थी।

दूसरे एक्टरों की तरह वह अलग-अलग रहने का आदी नहीं था। कांग्रेस पार्टी का कोई जलसा होता तो आप राजकिशोर को वहाँ ज़रूर मौजूद पाएँगे।

कोई साहित्यिक गोष्ठी हो रही है तो राजकिशोर पहुँचेगा। अपने व्यस्त जीवन में से वह अपनी जान-पहचान और दु:ख-दर्द वाले लोगों के लिए भी समय निकाल लिया करता था।

सारे फ़िल्म प्रोड्यूसर उसकी इज़्ज़त करते थे क्योंकि उसके चाल-चलन की पवित्रता की बहुत प्रसिद्धि थी। फ़िल्म प्रोड्यूसरों को छोड़िए, पब्लिक को भी इस बात का अच्छा ज्ञान था कि राजकिशोर बहुत ही अच्छे चरित्र का आदमी है।

फ़िल्मी दुनिया में रहकर पाप के धब्बों से बचे रहना किसी भी आदमी के लिए बहुत बड़ी बात है। यूँ तो राजकिशोर एक सफल हीरो था, लेकिन उसके इस एक गुण ने भी उसे बहुत ऊँचाई पर पहुँचा दिया था।

नागपाड़े में मैं जब शाम को पानवाले की दुकान पर बैठता था तो प्राय: एक्टर और एक्ट्रेसों की बातें हुआ करती थीं। लगभग हरेक एक्टर और एक्ट्रेस के सम्बन्ध में कोई-न-कोई स्केण्डल प्रसिद्ध था। लेकिन राजकिशोर का जब भी ज़िक्र आता तो श्यामलाल पनवाड़ी बड़े मज़ेदार लहज़े में कहा करता— ''मंटो साहब, राज भाई ही एक ऐसा एक्टर है जो लंगोट का भारी पक्का है।''

मालूम नहीं श्यामलाल उसे राज भाई कैसे कहने लगा था, लेकिन उसके बारे में मुझे इतना अधिक अचंभा भी नहीं था, इसलिए कि राज भाई की मामूली से मामूली बात भी एक कारनामा बनकर लोगों तक पहुँच जाती थी। उदाहरण के तौर पर बाहर के लोगों को उसकी आमदनी का पूरा-पूरा ज्ञान था। अपने बाप को महीने का खर्च क्या देता है, अनाथालयों को महीने का चन्दा कितना देता है, उसका अपना जेब-खर्च क्या है—ये सब बातें लोगों को इस तरह मालूम थीं जैसे वे चीज़ें उन्हें ज़बानी याद कराई गयी हैं।

श्यामलाल ने एक दिन मुझे बताया कि राज भाई का अपनी सौतेली माँ के साथ बहुत ही अच्छा व्यवहार है। उस ज़माने में जब आमदनी का कोई ज़रिया नहीं था, बाप और नयी बीबी उसे तरह-तरह के दु:ख देते थे, लेकिन राज भाई की तारीफ़ है कि उन्होंने अपना कर्तव्य पूरा किया और उनको अपने सिर-आँखों पर जगह दी। अब दोनों पलँग पर बैठे राज करते हैं। हर सुबह-सवेरे राज अपनी सौतेली माँ के पास जाता है और उसके चरण छूता है, बाप के सामने हाथ जोड़कर खड़ा हो जाता है और जो आज्ञा मिले उसका तुरन्त पालन करता है।

आप बुरा न मानिए, मुझे हमेशा राजकिशोर की बड़ाई सुनकर उलझन-सी

होती थी। खुदा जाने क्यों ? मैं जैसा पहले कह चुका हूँ, मुझे उससे कोई ईर्ष्या या घृणा नहीं थी। उसने मुझे कभी ऐसा मौका नहीं दिया था और उस ज़माने में जब मुंशियों की कोई इज़्ज़त और वक़्अत ही नहीं थी, वह मेरे साथ घंटों बातें किया करता था। मैं नहीं कह सकता कि क्या कारण था। लेकिन ईमान की बात है कि मेरे दिलोदिमाग के किसी अँधेरे कोने में यह शक बिजली की तरह कौंध जाता कि राज बन रहा है। राज की ज़िन्दगी बिलकुल बनावटी है, लेकिन परेशानी यह थी कि मेरे विचारों का कोई आधार नहीं था। लोग देवताओं की तरह उसकी पूजा करते थे और मैं दिल-ही-दिल में घुटता था।

राज की बीबी थी, चार बच्चे थे। वह अच्छा पति और अच्छा पिता था। उसकी ज़िन्दगी पर से चादर का कोई भी कोना हटाकर देखा जाता तो आपको कोई धब्बेदार चीज़ नज़र न आती। यह सब कुछ था लेकिन उसके होते हुए भी मेरे दिल में बराबर शक बना रहता था।

खुदा की कसम मैंने अपने दिल को लानत-मलामत दी कि भई तुम बड़े ही वाहियात हो कि ऐसे अच्छे आदमी को जिसे सारी दुनिया अच्छा कहती है और जिसके बारे में तुम्हें कोई शिकायत भी नहीं क्योंकि बेकार शक की नज़रों से देखते हो। यदि एक आदमी अपना सुडौल बदन बार-बार देखता है तो यह कौन-सी बुरी बात है। तुम्हारा बदन भी यदि ऐसा ही खूबसूरत होता तो बहुत सम्भव है कि तुम भी यही हरकत करते।

कुछ भी हो, लेकिन मैं अपने दिलोदिमाग को कभी तैयार न कर सका कि वह राजकिशोर को उसी नज़र से देखे जिससे दूसरे देखते थे। यही कारण था कि मैं बातचीत के बीच में उससे उलझ जाया करता था। मेरी तबियत के खिलाफ़ कोई बात की और मैं हाथ धोकर उसके पीछे पड़ गया। लेकिन ऐसी छुटपुट घटनाओं के बाद हमेशा उसके चेहरे पर मुस्कुराहट और मेरे हलक में एक अवर्णनीय कड़वाहट रही। मुझे उससे और भी ज्यादा उलझन होती थी। इसमें कोई शक नहीं कि उसकी ज़िन्दगी में कोई स्कैण्डल नहीं था। अपनी बीबी के सिवा किसी दूसरी स्त्री का मैला या उजला दामन उससे बँधा नहीं था। मैं यह भी मानता हूँ कि वह सब एक्ट्रेसों को बहन कहकर पुकारा करता था और वे भी उसे प्रत्युत्तर में भाई कहा करती थीं, लेकिन दिल ने हमेशा मेरे दिमाग से यही सवाल किया कि सम्बन्ध कायम करने की ऐसी ज्यादा ज़रूरत ही क्या है।

भाई-बहन का सम्बन्ध कुछ और है। लेकिन किसी स्त्री को अपनी बहन

कहना उस भाव से जैसे यह बोर्ड लगाया जा रहा है कि 'सड़क बन्द है' या 'यहाँ पेशाब करना मना है' बिलकुल दूसरी बात है।

यदि तुम किसी स्त्री से गहरा सम्बन्ध करना नहीं चाहते तो उसका ढिंढोरा पीटने की क्या ज़रूरत है। यदि तुम्हारे दिल में तुम्हारी बीबी के सिवा किसी स्त्री का खयाल नहीं आ सकता तो उसका इश्तहार देने की क्या ज़रूरत है। यह और इस तरह की दूसरी बातें चूँकि मेरी समझ में नहीं आती थीं इसलिए मुझे अजीब किस्म की उलझन होती थी।

खैर!

'बन की सुन्दरी' की शूटिंग चल रही थी। स्टूडियो में खासी चहल-पहल थी। हर रोज़ एक्स्ट्रा लड़कियाँ आती थीं जिनके साथ हमारा दिन हँसी-मज़ाक में गुज़र जाता था।

एक दिन नियाज़ मुहम्मद वलन के कमरे में मेकअप मास्टर जिसे हम उस्ताद कहते थे, यह खबर लेकर आया कि दलीप के रोल के लिए जो लड़की आने वाली थी, आ गयी है और जल्दी काम शुरू हो जायेगा।

उस समय चाय का दौर चल रहा था। कुछ उसकी हरारत थी, कुछ इस खबर ने हमको गरमा दिया। स्टूडियो में एक नयी लड़की का आना हमेशा खुशी का समाचार हुआ करता है। इसलिए हम सब नियाज़ मुहम्मद वलन के कमरे से निकलकर बाहर चले आये ताकि उसके दर्शन किए जा सकें।

शाम के वक्त जब सेठ हरमजरजी फरामजी ऑफ़िस से निकलकर असली तबलची की चाँदी की डिबिया से दो खुशबूदार तम्बाकूवाले पान निकालकर अपने चौड़े गले में दबाकर बिलिअर्ड खेलनेवाले कमरे का रुख कर रहे थे, हमें वह नयी लड़की नज़र आयी।

साँवले रंग की स्त्री थी, मैं केवल इतना ही देख सका, क्योंकि वह जल्दी-जल्दी सेठ के साथ हाथ मिलाकर स्टूडियो की मोटर में बैठकर चली गयी—कुछ देर के बाद नियाज़ मुहम्मद ने बताया कि उस स्त्री के होंठ मोटे थे। शायद वह केवल होंठ ही देख सका था। उस्ताद जिसने शायद इतनी झलक भी न देखी थी, सिर हिलाकर बोला, ''हूँ...कण्डम''—यानी बकवास है।

चार-पाँच दिन गुज़र गये, लेकिन वह नयी लड़की स्टूडियो में नहीं आयी। पाँचवें या छठे दिन जब मैं गुलाब के होटल से चाय पीकर निकल रहा था, अचानक मेरी और उसकी मुठभेड़ हो गई।

मैं हमेशा स्त्रियों को चार आँखों से देखने का आदी हूँ। यदि कोई स्त्री एकदम मेरे सामने आ जाये तो मुझे उसका कुछ भी नज़र नहीं आता। चूँकि अप्रत्याशित रूप से उससे मेरी मुठभेड़ हुई थी। इसलिए मैं उसकी शक्ल-सूरत के बारे में कोई अन्दाज़ा नहीं कर सका। हाँ, पैर मैंने ज़रूर देखे जिनमें नयी चाल के स्लीपर थे।

लेबोरेटरी से स्टूडियो तक जो रोड जाती है उस पर मालिकों ने बजरी बिछा रखी थी। उस बजरी में बेशुमार गोल-गोल पट्टियाँ हैं जिन पर से जूता बार-बार फिसलता है। चूँकि उसके पाँव में खुले स्लीपर थे, इसलिए चलने में उसे कुछ ज़्यादा तकलीफ़ हो रही थी।

उस मुलाकात के बाद धीरे-धीरे मिस नीलम से मेरी दोस्ती हो गयी। स्टूडियो के लोगों को खैर इसका ज्ञान नहीं था। लेकिन उसके साथ मेरे सम्बन्ध बहुत ही खुले हुए थे। उसका असली नाम राधा था। मैंने जब एक बार उससे पूछा कि तुमने इतना प्यारा नाम क्यों छोड़ दिया तो उसने जवाब दिया—''यूँ ही...'' लेकिन फिर कुछ देर बाद कहा—''यह नाम इतना प्यारा है कि इसे फ़िल्म में इस्तेमाल नहीं करना चाहिए।''

आप शायद सोचें कि राधा धार्मिक प्रवृत्ति की स्त्री है। जी नहीं, उसका धर्म और उसकी बला से दूर का भी सम्बन्ध न था। लेकिन जिस तरह मैं हर नया काम शुरू करने से पहले कागज़ पर 'बस्म अल्लाह' अर्थात् जय प्रभु के दो शब्द ज़रूर लिखता हूँ, इसी तरह शायद उसे भी साधारण रूप में राधा नाम से अधिक प्रेम था।

चूँकि वह चाहती थी कि उसे राधा न कहा जाये इसलिए मैं आगे चलकर उसे नीलम ही कहूँगा। नीलम बनारस की वेश्या की पुत्री थी। वहाँ की बोलचाल और भाव में जो बहुत अच्छा मालूम होता था, मेरा नाम सआदत होने पर भी सादिक कहा करती थी। एक दिन मैंने उससे कहा था—''नीलम, मैं जानता हूँ तुम मुझे सआदत कह सकती हो; फिर मेरी समझ में नहीं आता कि तुम अपनी गलती ठीक क्यों नहीं करतीं।'' यह सुनकर उसके साँवले होंठों पर जो बहुत ही पतले थे, एक हल्की-सी मुस्कुराहट आ गयी और उसने जवाब दिया—''जो गलती मुझसे एक बार हो जाये, मैं उसे ठीक करने की कोशिश नहीं किया करती।''

मेरा खयाल है कि बहुत कम लोगों को मालूम है कि वह स्त्री जिसे स्टूडियो के तमाम लोग एक मामूली एक्ट्रेस समझते थे, विचित्र प्रकार के गुणों

की खान थी। उसमें दूसरी एक्ट्रेसों का-सा ओछापन नहीं था। उसकी गम्भीरता, जिसे स्टूडियो का हर आदमी अपनी ऐनक से गलत रंग में देखता था, बहुत प्यारी चीज़ थी।

उसके साँवले चेहरे पर जिसकी त्वचा बहुत ही साफ़ और एक-सी थी यह गम्भीरता, यह साफ़ तबियत तथा प्रसन्न मुद्रा उसके हित में अहित बन गयी थी। इसमें कोई शक नहीं, उससे उसकी आँखों में, उसके पतले होंठों के कोनों में दु:ख की बेमालूम रेखाएँ स्पष्ट हो गयी थीं, लेकिन यही एक बात थी जिसने उसे दूसरी स्त्रियों से बिलकुल भिन्न बना दिया था।

मैं उस समय भी आश्चर्य में था और अब भी वैसा ही हैरान हूँ कि नीलम को 'बन की सुन्दरी' में दलीप के रोल के लिए क्यों चुना गया था, इसलिए कि उसमें तेज़ी और तर्रारी नाम की भी न थी। जब वह पहली बार अपने वाहियात पार्ट को अदा करने के लिए तंग चोली पहनकर सेट पर आयी तो मेरी निगाहों को बहुत दु:ख हुआ। वह दूसरों की स्थिति को तुरन्त ही भाँप जाया करती थी, इसलिए मुझे देखते ही उसने कहा—''डायरेक्टर साहब कह रहे थे कि तुम्हारा पार्ट चूँकि शरीफ़ स्त्रियों का नहीं है इसलिए तुम्हें इस तरह की वेशभूषा दी गयी है। मैंने उनसे कहा—यदि यह वेशभूषा है तो मैं आपके साथ नंगी चलने के लिए तैयार हूँ।''

मैंने उससे पूछा—''डायरेक्टर साहब ने यह सुनकर क्या कहा ?'' नीलम के होंठों पर एक अर्थपूर्ण हल्की मुस्कुराहट खेल गयी—''उन्होंने तसव्वुर में मुझे नंगी देखना शुरू कर दिया...ये लोग भी कितने मूर्ख हैं, यानी उस वेशभूषा में मुझे देखकर बेचारे को तसव्वुर पर ज़ोर डालने की ज़रूरत ही क्या थी ?'' सुदृढ़ मानसिक स्थिति के लिए नीलम का यह साहस ही काफ़ी था। अब मैं उन घटनाओं की ओर आता हूँ जिनकी मदद से मैं यह कहानी पूर्ण करना चाहता हूँ।

बम्बई में जून के महीने से बारिश शुरू हो जाती है और सितम्बर के मध्य तक जारी रहती है। पहले दो-ढाई महीनों में इतना अधिक पानी बरसता है कि स्टूडियो में काम नहीं हो सकता। 'बन की सुन्दरी' की शूटिंग अप्रैल के अन्त में हुई थी। जब पहली बारिश हुई तो हम अपना तीसरा सैट पूरा कर रहे थे। एक छोटा-सा सीन बाकी रह गया था जिसमें कोई विशेष काम नहीं था। इसलिए बारिश में भी हमने अपना काम जारी रखा। लेकिन जब यह काम खतम हो गया तो हम काफ़ी समय के लिए बेकार हो गए।

उस बीच में स्टूडियो के लोगों को एक-दूसरे के साथ मिलकर बैठने का मौका मिलता है। मैं लगभग सारा दिन गुलाब के होटल में बैठा चाय पीता रहता था। जो भी आदमी अन्दर आता था या तो सारे का सारा भीगा होता था या आधा। बाहर की सब मक्खियाँ शरण लेने के लिए अन्दर जमा हो जाती थीं। इतना गंदा दृश्य था कि जी बिगड़ता था। एक कुर्सी पर चाय छानने का कपड़ा पड़ा है तो दूसरी कुर्सी पर प्याज काटने की बदबूदार छुरी पड़ी झक मार रही है। गुलाब साहब पास खड़े हैं और अपने गोश्त लगे दाँतों के नीचे बम्बई की रुई चबा रहे हैं—''तुम इधर जाने को नहीं सकता...हम इधर से जाके आया... बहुत नपटरा होगा...हाँ बड़ा वान्दा हो जायेगा...''

उस होटल में जिसकी छत कोरोगेटिड स्टील की थी, सेठ हरमजरजी फरामजी, उनके साले एंडलजी और हीरोइनों के सिवा सब लोग आते थे। नियाज़ मुहम्मद को तो दिन में कई बार वहाँ आना पड़ता था, क्योंकि वह चुनी-मुनी नाम की दो बिल्लियाँ पाल रहा था। राजकिशोर दिन में एक चक्कर लगा जाता था। ज्यों ही वह अपने लम्बे कद्दावर कसरती बदन के साथ दरवाज़े पर आता मेरे सिवाय होटल में बैठे हुए तमाम लोगों की आँखें चमक उठतीं। एक्स्ट्रा लड़के उठ-उठकर राज भाई को कुर्सी देते और जब वह उनमें से किसी की दी हुई कुर्सी पर बैठ जाता तो वे सारे परवानों की तरह उसके चारों ओर जमा हो जाते। उसके बाद दो तरह की बातें सुनने में आतीं। एक्स्ट्रा लड़कों की ज़बान पर पुरानी फ़िल्मों में राज भाई के काम की तारीफ़ की और खुद राजकिशोर की ज़बान पर उसके स्कूल छोड़कर कॉलेज और कॉलेज छोड़कर फ़िल्मी दुनिया में घुसने का इतिहास—चूँकि मुझे ये सब बातें ज़बानी याद हो चुकी थीं इसलिए ज्यों ही राजकिशोर होटल में दाखिल होता तो मैं उससे दुआ-सलाम करने के बाद बाहर चला जाता।

एक दिन जब बारिश थमी हुई थी और हरमजरजी फरामजी का अलसेशियन कुत्ता नियाज़ मुहम्मद की दो बिल्लियों से डरकर गुलाब के होटल की ओर दुम दबाए भागा आ रहा था तो मैंने मौलश्री के पेड़ के नीचे बने हुए गोल चबूतरे पर नीलम और राजकिशोर को बातें करते हुए देखा।

राजकिशोर खड़ा हुआ अपनी साधारण आदत के अनुसार धीमे-धीमे हिल रहा था, जिसका मतलब यह था कि वह अपने खयाल के अनुसार बहुत ही दिलचस्प बातें कर रहा है। मुझे याद नहीं कि नीलम से राजकिशोर का

परिचय कैसे और कब हुआ था। लेकिन नीलम तो मुझे फ़िल्मी दुनिया में आने से पहले ही अच्छी तरह जानती थी और शायद एक-दो बार उसने मुझसे उसके स्वस्थ शरीर के बारे में ज़िक्र भी किया था।

मैं गुलाब होटल से निकलकर रिकॉर्डिंग रूम में छज्जे तक पहुँचा तो राजकिशोर ने अपने चौड़े कन्धे पर से खादी का थैला एक झटके के साथ उतारा और उसे खोलकर एक मोटी कॉपी बाहर निकाली। मैं समझ गया—यह राजकिशोर की डायरी हैं।

प्रतिदिन सब कामों से निवृत्त होकर अपनी सौतेली माँ का आशीर्वाद लेकर राजकिशोर सोने से पहले अपनी डायरी लिखने का आदी है। यों तो उसे पंजाबी बोली बहुत प्रिय है, लेकिन वह रोज़नामचा अंग्रेज़ी में लिखता है जिसमें कहीं टैगोर के नाज़ुक स्टाइल की और कहीं गाँधी के राजनीतिक ढंग की झलक नज़र आती है—उसकी लेखनी पर शेक्सपियर के ड्रामों का प्रभाव काफ़ी है। लेकिन मुझे उस स्टाइल में लिखनेवालों का व्यक्तित्व कभी नज़र नहीं आया। यदि यह डायरी आपको कभी मिल जाये तो आपको राजकिशोर की ज़िन्दगी के दस-पन्द्रह बरसों का हाल मालूम हो सकता है। उसने कितने रुपये चन्दे में दिए, कितने गरीबों को खाना खिलाया, कितने जलूसों में भाग लिया, क्या पहना, क्या उतारा—और यदि मेरा अन्दाज़ ठीक है तो आपको उस डायरी के किसी पृष्ठ पर मेरे नाम के साथ पैंतीस रुपये भी नज़र आ जायेंगे जो मैंने उससे एक बार उधार लिये थे और इस विचार से अभी तक वापस नहीं किए कि वह अपनी डायरी में उनकी वापसी का ज़िक्र भी नहीं करेगा।

खैर; वह नीलम को उस डायरी के कुछ पृष्ठ पढ़कर सुना रहा था। मैंने दूर से ही उसके खूबसूरत होंठों की सिकुड़न से मालूम कर लिया कि शेक्सपियर के तरीकों से प्रभु की प्रार्थना कर रहा है।

नीलम मौलश्री के पेड़ के नीचे गोल सीमेन्ट के बने चबूतरे पर चुपचाप बैठी थी। उसके चेहरे पर राजकिशोर के डायरी-पाठ से किसी परिवर्तन के चिह्न दृष्टिगोचर नहीं हो रहे थे।

वह राजकिशोर की उभरी हुई छाती की ओर देख रही थी। उसके कुर्ते के बटन खुले थे और सफ़ेद बटन पर उसकी छाती के काले बाल बहुत ही खूबसूरत मालूम होते थे।

स्टूडियो में चारों ओर हर चीज़ तरीके से लगी थी। नियाज़ मुहम्मद की

दो बिल्लियाँ भी जो आम तौर पर गंदी रहा करती थीं, उस दिन बहुत साफ़-सुथरी दिखाई दे रही थीं। वे दोनों सामने बैंच पर लेटी नरम-नरम पंजों से अपना मुँह पोंछ रही थीं। नीलम जॉर्जेट की बेदाग सफ़ेद साड़ी में दिख रही थी। ब्लाउज़ सफ़ेद निकल का था जो उसकी साँवली और सुडौल बाँहों के साथ बहुत ही अच्छा मध्यम सौन्दर्य प्रदर्शित कर रहा था।

''नीलम इतनी निस्तेज क्यों दिखाई दे रही है ?'' एक क्षण के लिए यह प्रश्न मेरे दिमाग में पैदा हुआ और जब एकदम उसकी और मेरी आँखें चार हुईं तो मुझे उसकी निगाह के किरण-पुँज में अपने प्रश्न का उत्तर मिल गया— नीलम प्रेमपाश में बँध चुकी है। उसने हाथ के इशारे से मुझे बुलाया, थोड़ी देर इधर-उधर की बातें हुईं। जब राजकिशोर चला गया तो उसने मुझसे कहा, ''आज आप मेरे साथ चलिएगा।''

शाम को छह बजे मैं नीलम के मकान पर था। ज्यों ही हम अन्दर पहुँचे, उसने अपना बैग सोफ़े पर फेंका और मुझसे नज़र मिलाए बिना कहा—''आपने जो कुछ सोचा है, गलत है।''

मैं उसका मतलब समझ गया था। इसलिए मैंने जवाब दिया—''तुम्हें कैसे मालूम हुआ कि मैंने क्या सोचा था ?'' उसके पतले होंठों पर अर्थपूर्ण धीमी-सी मुस्कुराहट आ गयी—''इसलिए कि हम दोनों ने एक ही बात सोची थी। आपने शायद बाद में ध्यान नहीं दिया, लेकिन मैं बहुत सोच-विचार के बाद इस नतीजे पर पहुँची हूँ कि हम दोनों गलत थे।''

''यदि मैं कहूँ कि हम दोनों सही थे ?''

उसने सोफ़े पर बैठते हुए कहा—''तो हम दोनों बेवकूफ़ हैं।'' यह कहकर तुरन्त ही उसके चेहरे की गम्भीरता और ज्यादा बढ़ गयी। ''यह कैसे हो सकता है। मैं बच्ची हूँ जो मुझे अपने दिल का हाल मालूम नहीं—तुम्हारे विचार से मेरी उम्र क्या होगी ?''

''बाईस बरस।''

''बिलकुल ठीक—लेकिन तुम नहीं जानते कि दस बरस की उम्र से मुझे प्रेम के अर्थ मालूम थे—अर्थ क्या हुए जी—खुदा की कसम प्रेम करती थी। दस से लेकर सोलह बरस तक मैं एक खतरनाक प्रेम में बँधी रही हूँ। मेरे दिल में अब क्या खाक किसी की मुहब्बत पैदा होगी...'' यह कहकर उसने मेरे आश्चर्यचकित चेहरे की ओर देखा और उसी निराश भाव से कहा, ''तुम कभी

नहीं मानोगे, मैं तुम्हारे सामने अपना दिल निकालकर ही क्यों न रख दूँ, फिर भी तुम यकीन नहीं करोगे। मैं अच्छी तरह जानती हूँ। भई खुदा की कसम, वह मर जाये जो तुमसे झूठ बोले...मेरे दिल में अब किसी की मुहब्बत पैदा नहीं हो सकती। लेकिन इतना ज़रूर है कि...'' यह कहते-कहते वह एकदम रुक गयी।

मैंने उससे कुछ न कहा क्योंकि वह भारी चिन्ता में डूब गयी थी। वह शायद सोच रही थी कि 'इतना ज़रूर' क्या है ?

थोड़ी देर के बाद उसके पतले होंठों पर वही हल्की अर्थपूर्ण मुस्कुराहट आयी जिससे उसके चेहरे की गम्भीरता में थोड़ी-सी बुद्धिमानी की-सी शरारत पैदा हो जाती थी। सोफ़े पर से एक झटके के साथ उठकर उसने कहना शुरू किया, ''मैं इतना ज़रूर कह सकती हूँ कि यह मुहब्बत नहीं है। कोई और बात हो तो मैं कह नहीं सकती...सादिक, मैं तुम्हें यकीन दिलाती हूँ।''

मैंने तुरन्त ही कहा, ''यानी तुम अपने आपसे यकीन दिलाती हो ?''

वह जल गयी, ''तुम बहुत कमीने हो...कहने का एक ढंग होता है, आखिर तुम्हें यकीन दिलाने की मुझे ज़रूरत ही क्या पड़ी है...मैं अपने आपको यकीन दिला रही हूँ। लेकिन परेशानी यह है कि यकीन आ नहीं रहा...क्या तुम मेरी मदद नहीं कर सकते ?''...यह कहकर वह मेरे पास बैठ गयी और दाहिने हाथ की उँगलियाँ पकड़कर मुझसे पूछने लगी, ''राजकिशोर के बारे में तुम्हारा क्या विचार है—मेरा मतलब है कि तुम्हारे विचार के अनुसार राजकिशोर में वह कौन-सी चीज़ है जो मुझे पसन्द आयी है ?'' उँगलियाँ छोड़कर उसने एक-एक करके दूसरी उँगलियाँ पकड़नी शुरू कीं, ''मुझे उसकी बातें पसन्द नहीं—मुझे उसकी एक्टिंग पसन्द नहीं, मुझे उसकी डायरी पसन्द नहीं। न जाने आज क्या खुराफ़ात सुना रहा था।'' खुद ही तंग आकर वह उठ खड़ी हुई—''समझ में नहीं आता कि मुझे क्या हो गया है...बस केवल यह जी चाहता है कि एक शोर हो, बिल्लियों की लड़ाई की तरह शोर मचे, धूल उड़े और मैं पसीना-पसीना हो जाऊँ...'' फिर एकदम वह मेरी ओर पलटी—''सादिक, तुम्हारा क्या खयाल है...मैं कैसी स्त्री हूँ ?''

मैंने मुस्कराकर जवाब दिया, ''बिल्लियाँ और औरतें हमेशा मेरी समझ में अच्छी रही हैं।''

उसने एकदम पूछा—''क्यों ?''

मैंने थोड़ी देर सोचकर जवाब दिया, ''हमारे घर में एक बिल्ली रहती

थी। साल में एक बार उस पर रोने के दौरे पड़ते थे। उसका रोना-धोना सुनकर कहीं से एक बिलौटा आ जाया करता था। फिर उन दोनों में इतनी लड़ाई और खून-खराबा होता था...लेकिन इसके बाद वह खाला बिल्ली चार बच्चों की माँ बन जाया करती थी।''

नीलम का मानो मुँह का स्वाद खराब हो गया—''यूँ, तुम कितने गंदे हो,'' फिर थोड़ी देर के बाद इलायची से मुँह का स्वाद ठीक करने के बाद उसने कहा—''मुझे औलाद से नफ़रत है, खैर हटाओ जी इस क़िस्से को।''

यह कहकर नीलम ने पानदान खोलकर अपनी पतली उँगलियों से मेरे लिए पान लगाना शुरू कर दिया। चाँदी की छोटी-छोटी कुलियों में से उसने बड़ी भलाई से चमची के साथ चूना और कत्था निकालकर फैले हुए पान पर लगाया और गिलौरी बनाकर मुझे दी—''सादिक, तुम्हारा क्या विचार है ?''

यह कहकर वह चुप हो गयी। मैंने पूछा—''किस बारे में ?''

उसने सरौते से भुनी हुयी मछलियाँ काटते हुए कहा—''इसी बकवास के बारे में जो बेकार में शुरू हो गयी है—यह बकवास नहीं तो क्या है—यानी मेरी समझ में तो कुछ आता ही नहीं। खुद ही फाड़ती हूँ और खुद ही सीती हूँ।... यदि यह बकवास इसी तरह जारी रही तो न जाने क्या होगा...तुम नहीं जानते हो, मैं बहुत ज़बरदस्त औरत हूँ।''

''ज़बरदस्त से तुम्हारा क्या मतलब है ?''

नीलम के होंठों पर वही हल्की अर्थपूर्ण मुस्कान आ गयी—''तुम बड़े बेशरम हो, सब कुछ समझते हो लेकिन बारीक-बारीक चुटकियाँ लेकर मुझे उकसाओगे ज़रूर...'' यह कहते हुए उसकी आँखों की सफ़ेदी गुलाबी रंगत में बदल गयी। ''तुम, समझते क्यों नहीं कि मैं बहुत...गरम मिज़ाज़ की औरत हूँ।'' यह कहकर वह उठ खड़ी हुई—''अब तुम जाओ—मैं नहाना चाहती हूँ।''

मैं चला गया।

इसके बाद बहुत दिनों तक नीलम ने राजकिशोर के बारे में मुझसे कुछ न कहा। लेकिन उस बीच हम दोनों एक-दूसरे के विचारों से परिचित थे। जो कुछ वह सोचती थी, मुझे मालूम हो जाता था और जो कुछ मैं सोचता था, उसे मालूम हो जाता था। कई दिनों तक यही मौन विनिमय जारी रहा।

एक दिन डायरेक्टर कृपलानी, जो 'बन की सुन्दरी' बना रहा था, हीरोइन

का रिहर्सल सुन रहा था। हम सब म्यूज़िक रूम में जमा थे। नीलम एक कुर्सी पर बैठी अपने पाँव की गति से धीमे-धीमे ताल दे रही थी। एक बाज़ारू किस्म का गाना था लेकिन धुन अच्छी थी। जब रिहर्सल खत्म हुआ तो राजकिशोर कन्धे पर खादी का थैला लटकाये कमरे में घुसा। डायरेक्टर कृपलानी, म्यूज़िक डायरेक्टर घोष, साउंड रिकार्डिस्ट पी.एन. मोधा, इन सबको उसने अंग्रेज़ी में आदाब किया। हीरोइन मिस ईदनबाई को हाथ जोड़कर नमस्कार किया और कहा—''ईदन बहन, कल मैंने आपको क्राफर्ड मार्किट में देखा, मैं तब आपकी भाभी के लिए मौसम्बियाँ खरीद रहा था कि आपकी मोटर नज़र आयी...'' हिलते-हिलते उसकी नज़रें नीलम पर पड़ीं जो पियानो के पास एक ऊँची कुर्सी में धँसी हुई थी। एकदम उसके हाथ नमस्कार के लिए उठे। यह देखते ही नीलम उठ खड़ी हुई ''राज साहब, मुझे बहन न कहिएगा। नीलम ने यह बात इस ढंग से कही कि म्यूज़िक रूम में बैठे हुए सब आदमी एक क्षण के लिए स्तब्ध रह गये। राजकिशोर खिसियाना-सा रह गया और केवल इतना कह सका—''क्यों?'' नीलम जवाब दिए बिना बाहर निकल गयी।

तीसरे दिन मैं नागपाड़े में दोपहर के समय श्यामलाल पनवाड़ी की दुकान पर गया तो वहाँ उसी घटना के बारे में चर्चा हो रही थी।

श्यामलाल बड़े मज़ेदार तरीके से कह रहा था—''साली का अपना मन मैला होगा, नहीं तो राज भाई किसी को बहन कहे और वह बुरा माने...कुछ भी हो, उसकी इच्छा कभी पूरी नहीं होगी। राज भाई लंगोट का बहुत पक्का है।''

राज भाई के लंगोट से मैं बहुत तंग आ गया था, लेकिन मैंने श्यामलाल से कुछ न कहा और चुप बैठा उसकी और उसके मित्र ग्राहकों की बातें सुनता रहा, जिनमें गप बहुत ज्यादा और असलियत बहुत कम थी।

स्टूडियो में उस म्यूज़िक रूम की घटना का सबको पता था और तीन रोज़ से बातचीत का विषय केवल यही चीज़ बन रही थी कि राजकिशोर को मिस नीलम ने क्यों एकदम बहन कहने से मना किया। मैंने राजकिशोर से उस बारे में कुछ-न-कुछ सुना, लेकिन उसके एक मित्र से मालूम हुआ कि उसने अपनी डायरी में उस पर बहुत ही मज़ेदार रिमार्क लिखा है और प्रार्थना की है कि मिस नीलम का दिलोदिमाग पाक-साफ़ हो जाये।

इस घटना को कई दिन गुज़र गये लेकिन कोई और विशेष बात न हुई। नीलम पहले से कुछ ज्यादा गम्भीर हो गयी थी और राजकिशोर के कुर्ते के बटन

अब हर समय खुले रहते थे, जिससे उसकी सफ़ेद और उभरी छाती के काले बाल बाहर झाँकते रहते थे।

चूँकि एक-दो रोज़ से बारिश अभी हुई थी और 'बन की सुन्दरी' के चौथे सेट का रंग सूख गया था, इसलिए डायरेक्टर कृपलानी ने नोटिस बोर्ड पर शूटिंग का ऐलान कर दिया। वह सीन जो अब लिया जाने वाला था, नीलम और राजकिशोर के बीच था अर्थात् दोनों को भाग लेना था। चूँकि मैंने ही उसके संवाद लिखे थे, इसलिए मुझे मालूम था कि राजकिशोर बातें करते-करते नीलम का हाथ चूमेगा।

इस सीन में चूमने की बिलकुल गुंजाइश नहीं थी। लेकिन चूँकि जनता की भावनाओं को उकसाने के लिए आमतौर पर फ़िल्मों में स्त्रियों को ऐसी वेशभूषा पहनाई जाती है जो लोगों की भावनाओं को भड़काए, इसलिए डायरेक्टर कृपलानी ने पुराने नुस्ख़े के अनुसार चुम्बन का यह टच रख दिया था।

जब शूटिंग शुरू हुई तो मैं धड़कते दिल के साथ सेट पर मौजूद था। राजकिशोर और नीलम का हाल क्या होगा, इस विचार से ही मेरे दिल में सनसनी की एक लहर दौड़ जाती थी। किन्तु सारा सीन पूरा हो गया और कुछ न हुआ। हर संवाद के बाद एक थका देने वाली मनहूसियत के साथ आकाशदीप जलते और बुझते जाते, स्टार्ट और कट की आवाज़ें गरजतीं और शाम को जब सीन के क्लाइमैक्स का समय आया तो राजकिशोर ने बड़ी भावुकता से नीलम का हाथ पकड़ा, लेकिन कैमरे की ओर पीठ करके अपना हाथ चूमा और अलग कर दिया।

मेरा खयाल था कि नीलम अपना हाथ खींचकर राजकिशोर के मुँह पर ऐसा चाँटा जड़ेगी कि रिकॉर्डिंग रूम में पी.एन. मोधा के कानों के पर्दे फट जायेंगे, लेकिन इसके विपरीत नीलम के पतले होंठों पर एक नीरस मुस्कान दिखाई दी। जिसमें स्त्री की कोमल भावनाओं का कोई चिह्न नाम को भी न था।

मुझे भारी निराशा हुई थी। लेकिन मैंने उसका ज़िक्र नीलम से नहीं किया। दो-तीन दिन गुज़र गये और जब उसने भी मुझसे उस बारे में कुछ न कहा तो मैंने यह नतीजा निकाला कि उसे उस हाथ चूमने वाली बात की गम्भीरता का ज्ञान नहीं था, वरना यों कहना चाहिए कि उसके बेफ़िक्र दिमाग में उसका खयाल तक नहीं आया था और उसकी वजह सिर्फ़ यह हो सकती थी कि वह

उस वक्त राजकिशोर की ज़बान से जो औरत को बहन कहने का आदी था, प्रेमालाप सुन रही थी।

नीलम का हाथ चूमने की बजाय राजकिशोर ने अपना हाथ क्यों चूमा था—क्या उसने बदला लिया था ?...क्या उसने स्त्री को अपमानित करने की कोशिश की थी ? ऐसे कई प्रश्न मेरे दिमाग में पैदा हुए, लेकिन कोई जवाब न मिला।

चौथे दिन जब मैं अपनी आदत के अनुसार नागपाड़े में श्यामलाल की दुकान पर गया तो उसने मुझसे शिकायत-भरे स्वर में कहा—''मंटो साहब, आप तो हमें अपनी कम्पनी की कोई बात सुनाते ही नहीं—आप बताना नहीं चाहते या फिर आपको कुछ मालूम नहीं होता...पता है, राज भाई ने क्या किया ?''

इसके बाद उसने अपने तरीके से वह कहानी कहनी शुरू की कि 'बन की सुन्दरी' में एक सीन था जिसमें डायरेक्टर साहब ने राज भाई को मिस नीलम का मुँह चूमने का ऑर्डर दिया था।''ना साहब, मैं ऐसा काम कभी न करूँगा। मेरी अपनी पत्नी है, इस गंदी औरत का मुँह चूमकर क्या मैं उसके पवित्र होंठों से अपने होंठ मिला सकूँगा...बस साहब, तुरन्त डायरेक्टर साहब को सीन बदलना पड़ा और राज भाई से कहा, ''अच्छा भई, तुम मुँह न चूमो, हाथ चूम लो।'' लेकिन राज भाई ने भी कच्ची गोलियाँ नहीं खेलीं, जब वक्त आया तो उसने इस सफ़ाई से अपना हाथ चूमा कि देखनेवालों को यही मालूम हुआ कि उस साली का हाथ चूमा है।''

मैंने उस बातचीत का ज़िक्र नीलम से नहीं किया, इसलिए कि जब वह सारे किस्से से ही बेखबर थी तो उसे व्यर्थ दुखी करने से क्या लाभ।

बम्बई में मलेरिया आमतौर से फैल जाता है। मालूम नहीं कौन-सा महीना था और कौन-सी तारीख थी। केवल इतना याद है कि 'बन की सुन्दरी' का पाँचवाँ सेट लग रहा था और बारिश बड़े ज़ोरों पर थी कि नीलम अचानक बहुत तेज़ बुखार में घिर गयी। चूँकि मुझे स्टूडियो में कोई काम नहीं था इसलिए मैं घंटों उसके पास बैठा उसकी तीमारदारी करता रहा। मलेरिया ने उसके चेहरे के साँवलेपन में एक अजीब किस्म का दुःखदायी पीलापन पैदा कर दिया था...उसकी आँख और उसके पतले होंठों के कोनों में जिनमें अवर्णनीय मुस्कुराहट खेलती थी, अब उनमें बेबसी की झलक दिखाई देती थी।

कुनेन की टिकियों से उसका शरीर काफ़ी कमज़ोर हो गया था, इसलिए

उसे अपनी कमज़ोर आवाज़ को ज़ोर लगाकर ऊँचा उठाना पड़ता था। उसका विचार था कि शायद मेरे कान भी खराब हो गये हैं।

एक दिन जब उसका बुखार बिलकुल दूर हो गया और वह बिस्तर पर लेटी धीमे स्वर में ईदनबाई को बीमारी में सहायक होने का धन्यवाद दे रही थी, तभी नीचे से मोटर के हॉर्न की आवाज़ आयी। मैंने देखा कि वह आवाज़ सुनकर नीलम के बदन पर एक ठंडी फुरफुरी-सी दौड़ गयी।

थोड़ी देर बाद कमरे का सागौनी दरवाज़ा खुला और राजकिशोर शादी के सफ़ेद कुर्ते और तंग पायजामे में अपनी पुरानी किस्म की बीबी के साथ कमरे में घुसा। ईदनबाई को ईदन बहन कहकर सलाम किया। मेरे साथ हाथ मिलाया और अपनी बीबी को जो तीखे-तीखे कट वाली घरेलू किस्म की स्त्री थी, हम सबसे परिचित कराकर वह नीलम के पलँग पर बैठ गया। कुछ क्षणों तक वह यों ही मुस्कुराता रहा, फिर उसने नीलम की ओर देखा और पहली बार उसकी धुली हुई आँखों में एक भारी भावुकता का बेड़ा तैरता हुआ देखा।

मैं अभी पूरी तरह सँभल भी न पाया था कि उसने क्षमा-याचना के भाव से कहना शुरू किया—‘‘मैं बहुत दिनों से इरादा कर रहा था कि आपकी बीमारी की हालत देखने आऊँ, लेकिन इस कमबख्त मोटर का इंजन कुछ ऐसा खराब हुआ कि दस दिन गैराज में पड़ी रही। आज आयी तो मैंने अपनी बीबी की ओर इशारा करके शान्ति से कहा—भई चलो, इसी वक्त उठो—रसोई का काम कोई और कर लेगा, आज इत्तेफ़ाक से रक्षाबन्धन का त्यौहार भी है—नीलम बहन की कुशलता भी पूछ आयेंगे और उनसे राखी भी बँधवाएँगे,’’ यह कहकर उसने अपने खादी के कुर्ते से एक रेशमी फुँदनेवाला गजरा निकाला—नीलम के चेहरे पर पीलापन और ज्यादा दुखदायी हो गया।

राजकिशोर जान-बूझकर नीलम की ओर नहीं देख रहा था, इसलिए उसने ईदनबाई से कहा—‘‘लेकिन ऐसे नहीं, खुशी का मौका है, बहन बीमार बन राखी नहीं बाँधेगी...शान्ति, चलो उठो...इनको लिपस्टिक आदि लगाओ। मेकअप-बॉक्स कहाँ है... ?’’

सामने मेन्टल पीस पर नीलम का मेकअप-बॉक्स पड़ा था। राजकिशोर ने लम्बे-लम्बे पग उठाये और उसे ले आया। नीलम चुप थी। उसके पतले होंठ भिंच गये थे जैसे वह अपनी चीख बड़ी मुश्किल से रोक रही थी।

जब शान्ति ने पतिव्रता स्त्री की भाँति उठकर नीलम का मेकअप करना

चाहा तो उसने कोई प्रतिवाद न किया। ईदनबाई ने एक बेजान लाश को सहारा देकर उठाया और जब शान्ति ने बहुत ही बेढंगेपन से होंठों पर लिपस्टिक लगाना शुरू किया तो वह मेरी ओर देखकर मुस्कुराई...नीलम की वह मुस्कुराहट एक मौन चीख थी।

मेरा खयाल था—नहीं मुझे यकीन था कि एकदम कुछ होगा...नीलम के भिंचे हुए होंठ एक धमाके के साथ बन्द हो गये और जिस तरह बरसात में पहाड़ी नाले बड़े-बड़े मजबूत बन्ध तोड़कर दीवानों की तरह आगे बढ़ जाते हैं, उसी तरह नीलम अपनी रुकी हुई भावुकता के तूफ़ानी बहाव में हम सबके कदम उखाड़कर खुदा जाने किन गहराइयों में धकेल ले जायेगी। लेकिन आश्चर्य है कि वह बिलकुल चुप रही—उसके चेहरे का दुखदायी पीलापन गजरे और लाली के ढेर में छिपता रहा और वह पत्थर की मूर्ति की भाँति बेबस बनी रही। अन्त में जब मेकअप पूरा हो गया तो उसने राजकिशोर से आश्चर्यजनक रूप से दृढ़तापूर्वक कहा—''लाइए, अब मैं राखी बाँध दूँ।''

रेशमी फुँदनोंवाला गजरा थोड़ी देर में राजकिशोर की कलाई पर था और नीलम जिसके हाथ काँपने चाहिए थे, बड़े धैर्य और शान्ति के साथ उसमें गाँठ दे रही थी। इस कार्य के बीच में एक बार फिर मुझे राजकिशोर की धुली हुई आँखों में एक कोमल भावुकता की झलक नज़र आयी जो तुरन्त ही उसकी हँसी में गायब हो गयी।

राजकिशोर ने एक लिफ़ाफ़े में रीति के अनुसार नीलम को कुछ रुपये दिए जो उसने धन्यवाद देकर अपने तकिये के नीचे रख लिये—जब वे लोग चले गये, मैं और नीलम अकेले रह गये तो उसने मुझ पर एक उजड़ी हुई निगाह डाली और तकिये पर सिर रखकर चुपचाप लेट गयी। पलंग पर राजकिशोर अपना थैला भूल गया था। जब नीलम ने उसे देखा तो पाँव से एक ओर रख दिया। मैं लगभग दो घंटे तक इसके पास अखबार पढ़ता रहा। जब उसने कोई बात न की तो मैं बिना पूछे चला गया।

इस घटना के तीन दिन बाद मैं नागपाड़े में अपनी नौ रुपये माहवार की कोठरी में बैठा शेव कर रहा था और दूसरी कोठरी में अपनी साथिन मिसेज़ फरमेंडेज़ की गालियाँ सुन रहा था कि एकदम कोई अन्दर आया। मैंने पलटकर देखा, नीलम थी।

एक क्षण के लिए मैंने सोचा कि नहीं कोई और है—उसके होंठों पर गहरे

लाल रंग की लिपस्टिक कुछ इस तरह फैली हुई थी जैसे मुँह से ख़ून निकलकर बहता रहा है और पोंछा नहीं गया—सिर का एक बाल भी सही हालत में नहीं था। सफ़ेद साड़ी अस्त-व्यस्त थी। ब्लाउज़ के तीन-चार हुक खुले हुए थे और उसकी साँवली छातियों पर खराशें नज़र आ रही थीं।

नीलम को उस हालत में देखकर मुझसे पूछा ही न गया कि तुम्हें क्या हुआ है और मेरी कोठरी का पता लगाकर कैसे पहुँची हो।

पहला काम मैंने यह किया कि दरवाज़ा बन्द कर दिया। जब मैं कुर्सी खींचकर उसके पास बैठा तो उसने अपने लिपस्टिक से लिथड़े हुए होंठ खोले और कहा—‘‘मैं सीधी यहाँ आ रही हूँ।’’

मैंने धीमे से पूछा— ‘‘कहाँ से ?’’

‘‘अपने घर से...और मैं तुमसे यह कहने आयी हूँ कि अब वह जो बकवास शुरू हुई थी, खत्म हो गयी है।’’

‘‘कैसे ?’’

‘‘मुझे मालूम था कि वह फिर मकान पर आयेगा। उस वक्त जब और कोई नहीं होगा। और वह आया...अपना थैला लेने के लिए,’’ यह कहते हुए उसके पतले होंठों पर, जो लिपस्टिक ने बिलकुल बेशक्ल कर दिये थे, हल्की-सी अर्थपूर्ण मुस्कुराहट आयी। ‘‘वह अपना थैला लेने आया था...मैंने कहा चलिए दूसरे कमरे में पड़ा है। मेरा भाव शायद बदला हुआ था क्योंकि वह कुछ घबरा-सा गया...मैंने कहा, घबराइए नहीं...जब हम दूसरे कमरे में घुसे तो मैं थैला देने की बजाय ड्रेसिंग टेबल के सामने बैठ गयी और मेकअप करना शुरू कर दिया।’’ इतना कहकर वह चुप हो गयी—सामने मेरी टूटी हुई मेज़ पर शीशे के गिलास में पानी पड़ा था। उसे उठाकर नीलम गटागट चढ़ा गयी। और साड़ी के छोर से अपने होंठ पोंछकर उसने कहना जारी किया—‘‘मैं एक घंटे तक मेकअप करती रही। जितनी लिपिस्टिक होंठों पर थुप सकती थी, मैंने थोपी... जितनी लाली मेरे गालों पर चढ़ सकती थी, मैंने चढ़ाई। वह चुप एक कोने में मेरी शक्ल देखता रहा। जब मैं बिलकुल चुड़ैल बन गई तो मज़बूत पैरों के साथ चलकर मैंने दरवाज़ा बन्द कर दिया।’’

‘‘फिर क्या हुआ ?’’

मैंने जब अपने सवाल का जवाब पाने के लिए नीलम की ओर देखा तो वह मुझे बिलकुल दूसरी नज़र आयी। साड़ी से होंठ पोंछने के बाद उसके होंठों

की रंगत कुछ अजीब-सी हो गयी थी। इसके अलावा उसका भाव उतना ही दबा हुआ था, जितना लाल गरम किए हुए लोहे का, जिसे हथौड़े से पीटा जा रहा हो—उस समय तो वह चुड़ैल नज़र नहीं आ रही थी। लेकिन जब उसने मेकअप किया होगा तो ज़रूर चुड़ैल दिखाई देती होगी।

मेरे प्रश्न का जवाब उसने तुरन्त ही नहीं दिया—टाट की चारपाई से उठकर वह मेरी मेज़ पर बैठ गयी और कहने लगी—''मैंने उसको झँझोड़ दिया...जंगली बिल्ली की तरह मैं उसके साथ चिपट गयी। उसने मेरा मुँह नोचा, मैंने उसका...बहुत देर तक हम दोनों एक-दूसरे के साथ कुश्ती लड़ते रहे...ओह...उसमें बला की ताकत थी...लेकिन...जैसा कि मैं तुमसे एक बार कह चुकी हूँ...मैं बहुत ज़बरदस्त औरत हूँ...मेरी कमज़ोरी...वह कमजोरी जो मलेरिया ने पैदा की थी मुझे बिलकुल न मालूम हुई, मेरा शरीर तप रहा था। मेरी आँखों से चिनगारियाँ निकल रही थीं।...मेरी हड्डियाँ कड़ी हो रही थीं। मैंने उसे पकड़ लिया—मैंने उससे बिल्लियों की तरह लड़ना शुरू किया...मुझे मालूम नहीं था क्यों...मुझे पता नहीं था किसलिए...बेसोचे-समझे उससे भिड़ गई...हम दोनों ने कोई भी ऐसी बात ज़बान से न निकाली जिसका मतलब कोई दूसरा समझ सके...मैं चीखती रही...वह केवल हूँ-हूँ करता रहा...उसके स़फेद खादी के कुर्ते की कई बोटियाँ मैंने उन उँगलियों से नोचीं...उसने मेरे बाल...कई लटें जड़ से निकाल डालीं...उसने अपनी सारी ताकत खर्च कर दी। लेकिन मैंने इरादा कर लिया था कि विजय मेरी ही रहेगी...इसलिए वह कालीन पर मुर्दे की तरह लेटा था...और मैं इतनी हाँफ रही थी, ऐसा लगता था कि मेरी साँस एकदम रुक जायेगी...इतना हाँफते हुए भी मैंने उसके कुर्ते को चीर-फाड़ दिया। उस समय जब मैंने उसका चौड़ा चकला सीना देखा तो मुझे मालूम हुआ कि वह बकवास क्या थी...वही बकवास जिसके बारे में हम दोनों सोचते थे और कुछ समझ नहीं सकते थे...यह कहकर वह तेज़ी से उठ खड़ी हुई और अपने बिखरे हुए बालों को सिर के हिलाने से एक ओर हटाकर कहने लगी—''सादिक, कमबख्त का शरीर वास्तव में ही सुन्दर है...जाने मुझे क्या हुआ...एकदम मैं उस पर झुकी और उसे काटना शुरू कर दिया...वह सी-सी करता रहा। लेकिन जब मैंने उसके होंठों से अपने लहू-भरे होंठ लगाए और उसे एक खतरनाक जलता हुआ चुम्बन दिया तो वह फल बेचनेवाली स्त्री की भाँति ठंडा हो गया...मैं उठ खड़ी हुई...मुझे उससे एकदम घृणा उत्पन्न हो गयी...मैंने पूरी ऊँचाई से उसकी

ओर नीचे देखा...उसके सुन्दर शरीर पर मेरे खून और लिपस्टिक की लाली ने बहुत बुरे बेलबूटे बना दिये थे...मैंने अपने कमरे की ओर देखा तो हर चीज़ बनावटी नज़र आती। इसलिए मैंने जल्दी से दरवाज़ा खोला कि शायद मेरा दम घुट जायेगा और सीधी तुम्हारे पास चली आयी।''

यह कहकर वह चुप हो गयी...मुर्दे की तरह चुप। मैं डर गया। उसका एक हाथ जो चारपाई से नीचे लटक रहा था, मैंने छुआ, आग की तरह गरम था।

''नीलम...नीलम...''

मैंने कई बार उसे ज़ोर से पुकारा, लेकिन उसने कोई जवाब न दिया। आखिर मैंने जब बहुत ज़ोर से भयानक आवाज़ में नीलम कहा तो वह चौंकी और उठकर जाते हुए उसने केवल यह कहा—''मेरा नाम राधा है, सआदत।''

मंत्र

चौधरी मौजू बूढ़े बरगद की घनी छाँव के नीचे खुरी चारपाई पर बड़े इत्मीनान से बैठा अपना चमोड़ा पी रहा था। धुएँ के हल्के-हल्के बक्के उसके मुँह से निकलते थे और दोपहर की ठहरी हुई हवा में हौले-हौले गुम हो जाते थे।

वह सुबह से अपना छोटा-सा हल चला रहा था और अब थक गया था। धूप इतनी तेज़ थी कि चील भी अपना अंडा छोड़ दे। मगर अब वह चैन से बैठा अपने चमोड़े का मज़ा ले रहा था, जो चुटकियों में उसकी थकान दूर कर देता था।

उसका पसीना खुश्क हो गया था, इसलिए ठहरी हुई हवा उसे कोई ठंडक नहीं पहुँचा रही थी। लेकिन चमोड़े का ठंडा-ठंडा स्वादिष्ट धुआँ उसके दिलोदिमाग में अनूठे नशे की लहरें पैदा कर रहा था।

अब समय हो चुका था कि घर से उसकी इकलौती लड़की जीनाँ रोटी-लस्सी लेकर आ जाये। वह ठीक वक्त पर पहुँच जाती थी, हालाँकि घर में उसका हाथ बँटाने वाला और कोई भी नहीं था। उसकी माँ थी जिसको दो साल हुए मौजू ने एक लम्बे झगड़े के बाद सख्त गुस्से में तलाक दे दिया था।

उसकी जवान इकलौती बेटी जीनाँ बड़ी आज्ञाकारी लड़की थी। वह अपने बाप का बहुत खयाल रखती थी। घर का कामकाज, जो इतना ज्यादा नहीं था, बड़ी मुस्तैदी से करती थी कि जो खाली वक्त मिले उसमें चरखा चलाए और पूनियाँ काते या अपनी सहेलियों के साथ जो गिनती की थीं इधर-उधर की गप्प में गुज़ार दे।

चौधरी मौजू की ज़मीन पर्याप्त थी, जो उसके गुज़ारे के लिए काफ़ी

थी। गाँव बहुत छोटा था। एक दूर गिरी-पड़ी जगह पर जहाँ से रेल का गुज़र नहीं था, एक कच्ची सड़क थी जो उसे दूर एक बड़े गाँव के साथ मिलाती थी। चौधरी मौजू हर महीने दो बार अपनी घोड़ी पर सवार होकर बड़े गाँव में जाता था जिसमें दो-तीन दुकानें थीं और वहाँ से ज़रूरत की चीज़ें ले आया करता था।

पहले वह बहुत खुश था, उसे कोई गम नहीं था। दो-तीन साल उसे इस खयाल ने अलबत्ता ज़रूर सताया था कि उसके कोई नर संतान नहीं होती लेकिन फिर वह यह सोचकर संतुष्ट हो गया था कि जो अल्लाह को मंजूर होता है, वही होता है। पर अब जिस दिन से उसने अपनी बीबी को तलाक देकर मैके भेज दिया था, उसकी ज़िन्दगी सूखा हुआ नैचा-सा (हुक्के की नली जैसी) बनकर रह गयी थी। सारी ताज़गी जैसे उसकी बीबी अपने साथ ले गयी थी।

चौधरी मौजू मज़हबी आदमी था, हालाँकि उसे अपने मज़हब के बारे में सिर्फ़ दो-तीन चीज़ों का ही पता था कि खुदा एक है जिसकी बंदगी लाज़िमी है। मुहम्मद उसके रसूल हैं जिनके हुक्मों का पालन करना फ़र्ज़ है। और *कुरान-पाक* खुदा का कलाम है जो मुहम्मद पर उतरा और बस।

नमाज़-रोज़े से वह ज़बेखबर था। गाँव बहुत छोटा था जिसमें कोई मस्जिद नहीं थी, सिर्फ़ दस-पन्द्रह घर थे। वे भी एक-दूसरे से दूर-दूर। लोग अल्लाह-अल्लाह करते थे, उनके दिल में उस पाक जात का खौफ़ था मगर उससे ज़्यादा और कुछ नहीं था। करीब-करीब हर घर में *कुरान* मौजूद थी, मगर पढ़ना कोई भी नहीं जानता था। सबने उसे धार्मिक आस्था के तौर पर बस्ता लपेटकर किसी ऊँचे ताक में रख छोड़ा था। उसकी ज़रूरत सिर्फ़ उसी वक्त पेश आती थी जब किसी से कोई सच्ची बात कहलवानी होती थी, या किसी काम के लिए कुरान उठवाना होता था।

गाँव में मौलवी की शक्ल उसी वक्त दिखाई देती थी जब किसी लड़के या लड़की की शादी होती थी। मौत पर जनाज़े की नमाज़ वगैरह वे खुद ही पढ़ लेते थे—अपनी ज़बान में।

चौधरी मौजू ऐसे मौकों पर ज़्यादा काम आता था, उसकी ज़बान में असर था। जिस अन्दाज़ से वह मरनेवाले की खूबियाँ बयान करता था और उसकी मग़्फ़िरत (मोक्ष) के लिए दुआ करता था, वह कुछ उसी का हिस्सा था।

पिछले बरस जब उसके दोस्त दीनू का जवान लड़का मर गया तो उसको कब्र में उतारकर उसने बड़े प्रभावशाली ढंग से यह कहा था, ''हाय, क्या हसीन जवान लड़का था! थूक फेंकता था तो बीस गज़ दूर जाकर गिरता था। उसकी पेशाब की धार का तो आस-पास क्या गाँव-खेड़े में भी मुकाबला करने वाला मौजूद नहीं था और बेनी पकड़ने में तो जवाब नहीं था उसका। हे घिसनी का नारा मारता और दो उँगलियों से यों बेनी खोलता जैसे कुरते का बटन खोलते हैं। दीनू यार, तुझ पर आज कयामत का दिन है...तू कभी यह सदमा बर्दाश्त नहीं करेगा। यारो, इसे मर जाना चाहिए था। ऐसा हसीन जवान लड़का ऐसा खूबसूरत गबरू जवान! नेतीसियारी जैसी सुन्दर और हठीली नारी उसको काबू में करने के लिए ताबीज़-धागे कराती रही मगर भाई महरबा है दीनू! तेरा लड़का लँगोट का पक्का रहा! खुदा करे उसको जन्नत में सबसे खूबसूरत हूर मिले और वहाँ भी लँगोट का पक्का रहे। अल्लाह मियाँ खुश होकर उस पर और रहमतें उतारेगा—आमीन!''

यह छोटा-सा भाषण सुनकर दस-बीस आदमी, जिनमें दीनू भी शामिल था, दहाड़ें मारकर रो पड़े थे। खुद चौधरी मौजू की आँखों से आँसू बह रहे थे।

मौजू ने जब उसकी बीबी फाताँ को तलाक देना चाहा था तो उसने मौलवी बुलाने की ज़रूरत नहीं समझी थी। उसने बड़े-बूढ़ों से सुन रखा था कि 'तलाक, तलाक, तलाक' कह दो तो किस्सा खत्म हो जाता है। चुनांचे उसने वह किस्सा इस तरह खत्म किया था। मगर दूसरे ही दिन उसे बहुत अफसोस हुआ था, बड़ा पश्चाताप हुआ था कि उसने यह क्या गलती की। मियाँ-बीबी में झगड़े होते ही रहते हैं; मगर तलाक तक नौबत नहीं आती, उसे ध्यान न देना चाहिए था।

फाताँ उसे पसंद थी। गो वह अब जवान नहीं थी, लेकिन फिर भी उसको फाताँ का जिस्म पसंद था, उसकी बातें पसंद थीं और फिर वह उसकी जीनाँ की माँ थी। मगर अब तीर कमान से निकल चुका था जो वापस नहीं आ सकता था। चौधरी मौजू जब भी उसके बारे में सोचता तो उसके चहेते चमोड़े का धुआँ उसके हलक में कड़वे घूँट बन-बनकर जाने लगता।

जीनाँ खूबसूरत थी, अपनी माँ की तरह। उन दो बरसों में उसने एकदम बढ़ना शुरू कर दिया था और देखते-देखते जवान मुटियार बन गयी थी, जिसके अंग-अंग से जवानी फूट-फूटकर निकल रही थी। चौधरी मौजू को उसके हाथ

पीले करने की फ़िक्र थी। यहाँ पर उसको फाताँ याद आती। यह काम वह कितनी आसानी से कर सकती थी !

खुर्री खाट पर चौधरी मौजू ने अपनी सीट और अपना तहमद दुरुस्त करते हुए चमोड़े से एक लम्बा कश लिया और खाँसने लगा। खाँसने के दौरान किसी की आवाज़ आयी, 'अस्सलाम अलेकुम व रहमत उल्लाह व ब रकातहू!''

चौधरी मौजू ने पलटकर देखा तो उसे सफ़ेद कपड़ों में एक लंबी दाढ़ी वाले बुजुर्ग नज़र आए। उसने सलाम का जवाब दिया और सोचने लगा कि यह शख्स कहाँ से आ गया है ?

लंबी दाढ़ी वाले बुजुर्ग की आँखें बड़ी-बड़ी और रोबदार थीं जिनमें सुरमा लगा हुआ था। लंबे-लंबे पटे थे उनके और दाढ़ी के बाल खिचड़ी थे— सफ़ेद ज्यादा और काले कम। सिर पर सफ़ेद मुँडासा और कंधे पर रेशम का काढ़ा हुआ बसंती रूमाल। हाथ में चाँदी की मूँठ वाला मोटा असा (डंडा) था, पाँव में लाल खाल का नर्म व नाजुक जूता।

चौधरी मौजू ने जब उस बुजुर्ग को सिर से पैर तक गौर से देखा तो दिल में फ़ौरन ही उसके प्रति श्रद्धा पैदा हो गयी। चारपाई पर से जल्दी-जल्दी उठकर वह उससे बोला, ''आप कहाँ से आए, कब आए ?''

बुजुर्ग की कतरी हुई शरई लबों में मुस्कुराहट पैदा हुई, ''फकीर कहाँ से आएँगे ? उनका कोई घर नहीं होता; उनके आने का कोई वक्त मुकर्रर नहीं; उनके जाने का कोई वक्त मुकर्रर नहीं। अल्लाह तबारक ताला ने जिधर हुक्म दिया चल पड़े; जहाँ ठहरने का हुक्म हुआ वहीं ठहर गए।''

चौधरी मौजू पर इन शब्दों का बहुत असर हुआ। उसने आगे बढ़कर उस बुजुर्ग का हाथ बड़े आदर से अपने हाथों में लिया, चूमा, आँखों से लगाया और कहा, चौधरी मौजू का घर आपका अपना घर है।

बुजुर्ग मुस्कुराता हुआ खाट पर बैठ गया और अपने चाँदी के मूठ वाले बेंत को दोनों हाथों में थामकर उस पर अपना सिर झुका दिया। ''अल्लाहजिल्ल शानहू' को जाने तेरी कौन-सी अदा पसंद आ गयी कि अपने इस हकीर (तुच्छ) और आरजी (नश्वर) बंदे को तेरे पास भेज दिया।''

चौधरी मौजू ने खुश होकर पूछा ''तो मौलवी साहब, आप उसके हुक्म से आए हैं ?''

मौलवी साहब ने अपना झुका हुआ सिर उठाया और कुपित हो कहा,

''तो क्या हम तेरे हुक्म से आए हैं ? हम तेरे बंदे है या उसके जिसकी इबादत से हमने पूरे चालीस बरस गुज़ारकर यह थोड़ा-बहुत रुतबा हासिल किया है ?''

चौधरी मौजू काँप गया। अपने खास गँवारू लेकिन खुलूस-भरे अंदाज में उसने मौलवी साहब से अपना गुनाह माफ़ करवाया और कहा, ''मौलवी साहब, हम जैसे इन्सानों से जिनको नमाज़ पढ़नी भी नहीं आती, ऐसी गलतियाँ हो ही जाती हैं। हम गुनहगार हैं, हमें माफ़ी दिलवाना और माफ़ करना आपका काम है।''

मौलवी साहब ने अपनी बड़ी-बड़ी सुरमा लगी आँखें बंद कीं और कहा, ''हम इसीलिए आए हैं।''

चौधरी मौजू ज़मीन पर बैठ गया और मौलवी साहब के पाँव दबाने लगा। इतने में उसकी लड़की जीनाँ आ गयी। उसने मौलवी साहब को देखा तो घूँघट काढ़ लिया।

मौलवी साहब ने मुँदी आँखों से पूछा, ''कौन है, चौधरी मौजू ?''

''मेरी बेटी, मौलवी साहब, जीनाँ।''

मौलवी साहब ने अधखुली आँखों से जीनाँ को देखा और मौजू से कहा, ''हम फकीरों से क्या पर्दा है, इससे पूछो।''

''कोई पर्दा नहीं मौलवी साहब, पर्दा कैसा होगा ?'' फिर मौजू जीनाँ की ओर मुड़ा और उससे बोला, ''मौलवी साहब हैं जीनाँ, अल्लाह के खास बंदे! इनसे पर्दा कैसा ? उठा ले अपना घूँघट।''

जीनाँ ने अपना घूँघट उठा लिया। मौलवी साहब ने अपनी सुरमा लगी आँखें भरके उसे देखा और मौजू से कहा, ''तेरी बेटी खूबसूरत है, चौधरी मौजू!''

जीनाँ शरमा गयी। मौजू ने कहा, ''अपनी माँ पर है, मौलवी साहब!''

''कहाँ है इसकी माँ ?'' मौलवी साहब ने एक बार फिर जीनाँ की जवानी की तरफ़ देखा।

चौधरी मौजू सिटपिटा गया कि जवाब क्या दे!

मौलवी साहब ने फिर कहा, ''इसकी माँ कहाँ हैं चौधरी मौजू?''

मौजू ने जल्दी से कहा, ''मर चुकी है जी।''

मौलवी साहब की नज़रें जीनाँ पर गड़ी थीं। उसकी प्रतिक्रिया भाँपकर उन्होंने मौजू से कड़ककर कहा, ''तू झूठ बोलता है।''

मौजू ने मौलवी साहब के पाँव पकड़ लिये और लज्जापूर्ण स्वर में कहा, ''जी हाँ...जी हाँ...मैंने झूठ बोला था। मुझे माफ़ कर दीजिए। मैं बड़ा झूठा आदमी हूँ। मैंने उसे तलाक दे दिया था, मौलवी साहब!''

मौलवी साहब ने एक लंबी 'हूँ' की और नज़रें जीनाँ की चदरिया से हटा लीं और मौजू को संबोधित किया, ''तू बहुत बड़ा गुनहगार है। क्या कसूर था उस बेज़बान का?''

मौजू लज्जा से गड़ा हुआ था, ''कुछ नहीं मालूम, मौलवी साहब! मामूली-सी बात थी जो बढ़ते-बढ़ते तलाक तक पहुँच गयी। मैं वाकई गुनहगार हूँ। तलाक देने के दूसरे दिन ही मैंने सोचा था कि मौजू तूने यह क्या झक मारी। पर उस वक्त क्या हो सकता था, चिड़ियाँ खेत चुग चुकी थीं। पछतावे से क्या हो सकता था, मौलवी साहब?''

मौलवी साहब ने चाँदी की मूठ वाला बेंत मौजू के कंधे पर रख दिया, ''अल्लाह तबारक ताला की जात बहुत बड़ी है। वह रहीम है, बड़ा करीम है। वह चाहे तो हर बिगड़ी बना सकता है। उसका हुक्म हुआ तो यह हकीर-फकीर तेरी निजात के लिए कोई रास्ता ढूँढ़ निकालेगा।''

एहसान में दबा चौधरी मौजू मौलवी साहब की टाँगों के साथ लिपट गया और रोने लगा। मौलवी साहब ने जीनाँ की तरफ़ देखा। उसकी आँखों से भी आँसू बह रहे थे। ''इधर आ, लड़की!''

मौलवी साहब के स्वर में ऐसा आदेश था जिसको रद्द करना जीनाँ के लिए नामुमकिन था। रोटी और लस्सी एक तरफ़ रखकर वह खाट के पास चली गयी। मौलवी साहब ने उसे बाजू से पकड़ा और कहा, ''बैठ जा!''

जीनाँ ज़मीन पर बैठने लगी तो मौलवी साहब ने उसका बाजू ऊपर खींचा, ''इधर मेरे पास बैठ।''

जीनाँ सिमटकर मौलवी साहब के पास बैठ गयी। मौलवी साहब ने उसकी कमर में हाथ देकर उसको अपने करीब कर लिया और ज़रा दबाकर पूछा, ''क्या लायी है तू हमारे खाने के लिए?''

जीनाँ ने एक तरफ़ हटना चाहा, मगर गिरफ़्त मज़बूत थी। उसको जवाब देना पड़ा, ''जी...जी रोटियाँ, साग और लस्सी।''

मौलवी साहब ने जीनाँ की पतली, मज़बूत कमर अपने हाथ से एक बार फिर दबायी, ''चल खोल खाना और हमें खिला।''

जीनाँ उठकर चली गयी तो मौलवी साहब ने मौजू के कंधे से अपना चाँदी की मूँठ वाला बेंत नन्ही-सी थपक के बाद उठा लिया। ''उठ मौजू, हमारे हाथ धुला।''

मौजू फ़ौरन उठा। पास में कुआँ था, पानी लाया और मौलवी साहब के हाथ एक सेवक की तरह धुलाए। जीनाँ ने चारपाई पर खाना रख दिया।

मौलवी साहब सब का सब खा गए और जीनाँ को हुक्म दिया वह उनके हाथ धुलाए। जीनाँ नाफरमानी नहीं कर सकती थी, क्योंकि मौलवी साहब की शक्ल व सूरत और उनकी बातचीत का अंदाज़ ही कुछ ऐसा आदेशपूर्ण था।

मौलवी साहब ने डकार लेकर बड़े ज़ोर से 'अलहम्दोलिल्लाह' (ईश्वर बड़ा है) कहा और दाढ़ी पर गीला-गीला हाथ फेरा। एक और डकार ली और चारपाई पर लेट गए। एक आँख बन्द करके दूसरी आँख से जीनाँ की ढलकी हुई चुनरिया की तरफ़ देखते रहे। उसने जल्दी-जल्दी बर्तन समेटे और चली गयी। मौलवी साहब ने आँखें बंद कीं और मौजू से कहा, ''चौधरी, अब हम सोएँगे।''

चौधरी कुछ देर उनके पाँव दबाता रहा। जब उसने देखा कि वे सो गए हैं तो एक तरफ़ जाकर उसने उपले सुलगाये और चिलम में तम्बाकू भरकर भूखे पेट चमोड़ा पीना शुरू कर दिया। मगर वह खुश था। उसे ऐसा लगता था कि उसकी ज़िन्दगी का कोई बहुत बड़ा बोझ दूर हो गया है। उसने दिल ही दिल में अपने खास गँवारू किन्तु निष्ठापूर्ण स्वर में अल्लाहताला का शुक्रिया अदा किया जिसने अपनी तरफ़ से मौलवी साहब की शक्ल में रहमत का फरिश्ता भेज दिया।

पहले उसने सोचा कि मौलवी साहब के पास ही बैठा रहे, क्योंकि शायद उनको किसी खिदमत की ज़रूरत हो। मगर जब देर हो गयी और वे सोते रहे तो वह उठकर अपने खेत में चला गया और अपने काम में जुट गया। उसे इस बात का बिलकुल खयाल नहीं था कि वह भूखा है। उसे तो बल्कि इस बात की बेहद खुशी हुई थी कि उसका खाना मौलवी साहब ने खाया और उसे इतना बड़ा सौभाग्य प्राप्त हुआ।

शाम के पहले-पहले जब वह खेत से वापस आया तो उसे यह देखकर बड़ा दुःख हुआ कि मौलवी साहब मौजूद नहीं। उसने अपने-आपको बहुत धिक्कारा कि वह क्यों चला गया। उनके हुज़ूर में बैठा रहता। शायद वे नाराज़

होकर चले गए हों और कोई बद्दुआ भी दे गए हों। जब चौधरी मौजू ने यह सोचा तो उसकी रूह काँप गयी, आँखों में आँसू आ गए।

उसने इधर-उधर मौलवी साहब को तलाश किया, मगर वे न मिले। शाम गहरी हो गयी फिर भी उसका कोई सुराग न मिला। थक-हारकर अपने को दिल-ही-दिल में कोसता और लानत-मलामत करता, वह गरदन झुकाए घर की तरफ़ जा रहा था कि उसे दो जवान लड़के घबराए हुए मिले। चौधरी मौजू ने उनसे घबराहट की वजह पूछी तो उन्होंने पहले तो टालना चाहा, मगर फिर असल बात बता दी कि वे घूरे में दबा हुआ शराब का घड़ा निकालकर पीने वाले थे कि एक नूरानी सूरत वाले बुजुर्ग एकदम वहाँ प्रकट हुए और बड़ी गज़बनाक निगाहों से उनको देखकर यह पूछा कि वे यह क्या हरामकारी कर रहे हैं। जिस चीज़ को अल्लाह तबारक ताला ने हराम करार दिया है वे उसे पीकर इतना बड़ा गुनाह कर रहे हैं जिसका कोई कफ्फारा (प्रायश्चित) नहीं। उन लोगों को इतनी जुरत न हुई कि कुछ बोलें, बस सिर पर पाँव रखकर भागे और यहाँ आकर दम लिया।

चौधरी मौजू ने उन दोनों को बताया कि वे नूरानी सूरत वाले वाकई अल्लाह के पहुँचे हुए बुजुर्ग थे। फिर उसने अंदेशा ज़ाहिर किया कि अब जाने उस गाँव पर क्या कहर (प्रकोप) नाज़िल होगा! एक उसने उनको छोड़कर चले जाने की बुरी हरकत की, एक उन्होंने बुरी हरकत की कि हराम चीज़ निकालकर पी रहे थे।

'अब अल्लाह ही बचाए! अब अल्ला ही बचाए मेरे बच्चो!' यह बड़बड़ाता चौधरी मौजू घर की ओर रवाना हुआ। जीनाँ मौजूद थी, पर उसने उससे कोई बात न की। वह खाट पर बैठकर खामोश हो हुक्का पीने लगा। उसके दिलोदिमाग में एक तूफ़ान बरपा था। उसको यकीन था कि उस पर और गाँव पर ज़रूर खुदा की कोई आफ़त आएगी।

शाम का खाना तैयार था। जीनाँ ने मौलवी साहब के लिए भी पका रखा था। जब उसने अपने बाप से पूछा कि मौलवी साहब कहाँ हैं तो उसने बड़े दु:ख-भरे स्वर में कहा, ''गए, चले गए। उनका हम गुनाहगारों के यहाँ क्या काम ?''

जीनाँ को अफसोस हुआ, क्योंकि मौलवी साहब ने कहा था कि कोई ऐसा रास्ता ढूँढ़ निकालेंगे जिससे उसकी माँ वापस आ जाएगी। पर वे जा चुके

थे। अब वह रास्ता ढूँढ़ने वाला कौन था ? जीनाँ खामोशी से पीढ़ी पर बैठ गयी; खाना ठंडा होता रहा।

थोड़ी देर के बाद ड्योढ़ी में आहट हुई। बाप-बेटी दोनों चौंके। मौजू उठकर बाहर गया और कुछ क्षण में वह और मौलवी साहब दोनों अन्दर आँगन में थे। दीये की धुँधली रोशनी में जीनाँ ने देखा कि मौलवी साहब लड़खड़ा रहे था। उनके हाथ में एक छोटा-सा मटका था।

मौजू ने उनको सहारा देकर चारपाई पर बिठाया। मौलवी साहब ने घड़ा मौजू को दिया और लड़खड़ाते स्वर में कहा, ''आज खुदा ने हमारा बहुत बड़ा इम्तहान लिया। तुम्हारे गाँव के दो लड़के शराब का घड़ा निकालकर पीने वाले थे कि हम पहुँच गए। वे हमें देखते ही भाग गए। हमको बहुत सदमा हुआ कि इतनी छोटी उम्र और इतना बड़ा गुनाह! लेकिन हमने सोचा कि इसी उम्र में तो इन्सान रास्ते से भटकता है। चुनांचे हमने उनके लिए अल्लाह तवारक ताला के हुजूर में गिड़गिड़ाकर दुआ माँगी कि उनका गुनाह माफ़ किया जाए। जवाब मिला—जानते हो क्या जवाब मिला ?''

मौजू ने काँपते हुए कहा, ''जी नहीं।''

''जवाब मिला, क्या तू उनका गुनाह अपने सिर लेता है ?'' मैंने अर्ज़ की ''हाँ, बारी ताला!'' आवाज़ आयी, ''तो जा, यह सारा घड़ा शराब का तू पी! हमने उन लड़कों को बख्शा ?''

मौजू एक ऐसी दुनिया में चला गया जो उसकी अपनी कल्पना की उपज थी। उसके रोंगटे खड़े हो गए, ''तो आपने पी ?''

मौलवी साहब का स्वर और अधिक लड़खड़ाने लगा, ''हाँ पी। पी, उनका गुनाह अपने सिर लेने के लिए पी। रब्बुल इज़्ज़त की आँखों में कामयाब होने के लिए पी। घड़े में और भी पड़ी है। यह भी हमें पीनी है। रख दे इसे सँभालकर और देख उसकी एक बूँद इधर-उधर न हो।''

मौजू ने घड़ा उठाकर अन्दर कोठरी में रख दिया और उसके मुँह पर कपड़ा बाँध दिया। वापस सहन में आया तो मौलवी साहब जीनाँ से अपना सर दबवा रहे थे और उससे कह रहे थे, ''जो आदमी दूसरों के लिए कुछ करता है, अल्लाह जिल्ल शानहू उससे बहुत खुश होता है। वह इस वक्त तुझसे भी खुश है। हम भी तुझसे खुश हैं।''

और इसी खुशी में मौलवी साहब ने जीनाँ को अपने पास बिठाकर उसकी

पेशानी चूम ली। उसने उठना चाहा, मगर उनकी पकड़ मज़बूत थी। मौलवी साहब ने उसे अपने गले से लगा लिया और मौजू से कहा, ''चौधरी, तेरी बेटी का नसीब जाग उठा है।''

चौधरी सिर से पैर तक उनका आभारी था। ''यह सब आपकी दुआ है, आपकी मेहरबानी है।''

मौलवी साहब ने जीनाँ को एक बार फिर अपने सीने के साथ भींचा, ''अल्लाह मेहरबान, सो कुल मेहरबान। जीनाँ, हम तुझे एक वज़ीफा (मंत्र) बताएँगे, वह पढ़ा करना। अल्लाह हमेशा मेहरबान रहेगा।''

दूसरे दिन मौलवी साहब बहुत देर से उठे। मौजू डर के मारे खेतों पर न गया। सहन में उनकी चारपाई के पास बैठा रहा। जब वे उठे तो उनको दातून करवायी, नहलाया-धुलाया और उनके आदेशानुसार शराब का घड़ा लाकर उनके पास रख दिया। मौलवी साहब ने कुछ पढ़ा, घड़े का मुँह खोलकर उसमें तीन बार फूँका और दो-तीन कटोरे चढ़ा गए। ऊपर आसमान की तरफ़ देखा, कुछ पढ़ा और बुलन्द आवाज़ में कहा, ''हम तेरे हर इम्तहान में पूरे उतरेंगे मौला!'' फिर वे चौधरी से बोले, ''मौजू जा हुक्म मिला है कि अभी जाकर अपनी बीबी को ले आ। रास्ता मिल गया है हमें।''

मौजू बहुत खुश हुआ। जल्दी-जल्दी उसने घोड़ी पर ज़ीन कसी और कहा कि वह दूसरे रोज़ सुबह-सवेरे पहुँच जाएगा। फिर उसने जीनाँ से कहा कि वह मौलवी साहब की हर ख्वाइश का खयाल रखे और खिदमतगुज़ारी में कसर उठा न रखे।

जीनाँ बर्तन माँजने में व्यस्त हो गयी। मौलवी साहब चारपाई पर बैठे उसे घूरते और शराब के कटोरे पीते रहे। उसके बाद उन्होंने जेब से मोटे-मोटे दानों वाली तस्बीह उठायी और फेरनी शुरू कर दी। जब जीनाँ काम से निपटी तो उन्होंने उससे कहा, ''जीनाँ, देखो वजू करो।''

जीनाँ ने बड़े भोलेपन से जवाब दिया, ''मुझे नहीं आता, मौलवी जी।''

मौलवी साहब ने बड़े प्यार से उसे झिड़की दी, ''वजू करना नहीं आता, क्या जवाब देगी अल्लाह को ?'' यह कहकर वे उठे और उसे वजू कराया और साथ-साथ इस ढंग से समझाते रहे कि वे उसके बदन के एक-एक कोने-खदरे को झाँक-झाँक कर देख सकें।

वजू कराने के बाद मौलवी साहब ने जानमाज़ माँगी। वह न मिली तो

फिर डाँटा। मगर उसी अंदाज़ में गिलास मँगवाया, उसे अन्दर की कोठरी में छिपाया और जीनाँ से कहा कि बाहर की कुंडी लगा दे। जब कुंडी लग गयी तो उससे कहा कि घड़ा और कटोरा उठाकर अन्दर ले आए; वह ले आयी। मौलवी साहब ने आधा कटोरा दिया और आधा अपने सामने रख लिया और तस्बीह फेरनी शुरू कर दी। जीनाँ उनके पास खामोश बैठी रही। बहुत देर तक मौलवी साहब आँखें बंद किए उसी तरह वज़ीफा करते रहे। फिर उन्होंने आँखें खोलीं, कटोरा जो आधा भरा था उसमें तीन फूँकें मारीं और जीनाँ की तरफ़ बढ़ा दिया, ''पी जाओ इसे!''

जीनाँ ने कटोरा पकड़ लिया, मगर उसके हाथ काँपने लगे। मौलवी साहब ने बड़े प्रभावी अंदाज़ में उसकी तरफ़ देखा, ''हम कहते हैं, पी जाओ। तुम्हारे सारे दलिद्दर दूर हो जाएँगे।''

जीनाँ पी गयी। मौलवी साहब अपने पतले होंठों से मुसकुराए और उससे बोले, ''हम फिर अपना वज़ीफा शुरू करते हैं, जब शहादत की उँगली (तर्जनी) से इशारा करें तो आधा कटोरा घड़े में से निकालकर फ़ौरन पी जाना। समझ गयी?''

मौलवी साहब ने उसे जवाब का मौका ही न दिया और आँखें बन्द करके खुदा के ध्यान में लीन हो गए। जीनाँ के मुँह का ज़ायका बेहद खराब हो गया था, ऐसा लगता था कि सीने में आग-सी लग गयी है। वह चाहती थी कि उठ कर ठंडा-ठंडा पानी पिए, पर वह कैसे उठ सकती थी? जलन को हलक और सीने में लिये देर तक बैठी रही। उसके बाद एकदम मौलवी साहब की शहादत की उँगली ज़ोर से उठी। जीनाँ को जैसे किसी ने हिप्नोटाइज़ कर दिया था। फ़ौरन उसने आधा कटोरा भरा और पी गयी। थूकना चाहा मगर उठ न सकी।

मौलवी साहब उसी तरह आँखें बन्द किए तस्वीह के दाने खटाखट फेरते रहे। जीनाँ ने महसूस किया कि उसका सिर चकरा रहा है और जैसे उसको नींद आ रही है। फिर उसने नीम बेहोशी की स्थिति में यों महसूस किया कि वह किसी बेदाढ़ी-मूँछ वाले जवान मर्द की गोद में है और वह उसे जन्नत दिखाने ले जा रहा है।

जीनाँ ने जब आँखें खोलीं तो वह खेस पर लेटी थी। उसने अधखुली, खुमारी भरी आँखों से इधर-उधर देखा और वहाँ क्यों लेटी थी, इसके बारे

में सोचना शुरू किया तो उसे सब कुछ धुँध में लिपटा हुआ नज़र आया। वह फिर सोने लगी, लेकिन एकदम उठ बैठी—मौलवी साहब कहाँ थे—और वह जन्नत!

कोई भी नहीं था। वह बाहर आँगन में निकली तो देखा कि दिन ढल रहा है और मौलवी साहब घड़े के पास बैठे वज़ू कर रहे हैं। आहट सुनकर उन्होंने पलटकर जीनाँ की तरफ़ देखा और मुस्कुराए। जीनाँ वापस कोठरी में चली गयी और खेस पर बैठकर अपनी माँ के बारे में सोचने लगी, जिसको लाने उसका बाप गया हुआ था। पूरी एक रात बाकी थी उनकी वापसी में।

और उसे सख्त भूख लग रही थी। उसने कुछ पकाया-राँधा नहीं था, उसके छोटे-से बेचैन मस्तिष्क में बेशुमार बातें आ रही थीं। कुछ देर के बाद मौलवी साहब आए और यह कहकर चले गए, ''मुझे तुम्हारे बाप से लिए एक वज़ीफ़ा करना है। सारी रात किसी कब्र के पास बैठना होगा, सुबह आ जाऊँगा। तुम्हारे लिए भी दुआ माँगूँगा।''

मौलवी साहब सुबह-सवेरे प्रकट हुए। उनकी बड़ी-बड़ी आँखें जिनमें से सुरमे की लकीर गायब थी, बेहद सुर्ख थीं। उनके स्वर और कदमों में लड़खड़ाहट थी। आँगन में आते ही उन्होंने मुस्कुराकर जीनाँ की तरफ़ देखा और आगे बढ़कर उसे गले लगाया, उसे चूमा और चारपाई पर बैठ गए। जीनाँ एक तरफ़ कोने में पीढ़ी पर बैठ गयी और गत धुँधली घटनाओं के बारे में सोचने लगी। उसे अपने बाप का भी इंतज़ार था जिसे उस वक्त तक पहुँच जाना चाहिए था। माँ से बिछड़े हुए उसे दो बरस हो चुके थे।...और जन्नत... वह जन्नत...कैसी थी वह जन्नत! क्या वह मौलवी साहब थे? मगर उसको धुँधला-सा खयाल था कि वह आदमी दाढ़ी वाला नहीं था, कोई जवान था।

मौलवी साहब थोड़ी देर के बाद उससे मुखातिब हुए, ''जीनाँ, अभी तक मौजू नहीं आया?''

जीनाँ खामोश रही।

मौलवी साहब फिर उससे मुखातिब हुए, ''और मैं सारी रात एक टूटी-फूटी कब्र पर सर न्योढ़ाये सुनसान रात में उसके लिए वज़ीफा पढ़ता रहा...कब आएगा वह? क्या वह ले आएगा तुम्हारी माँ को?''

जीनाँ ने सिर्फ़ इतना कहा, ''जी मालूम नहीं। शायद आते ही हों। आ जाएँगे, अम्मा भी आ जाएँगी, पर ठीक पता नहीं।''

इतने में आहट हुई, जीनाँ उठी। उसकी माँ दिखायी दी। वह उसे देखते ही उससे लिपट गयी और रोने लगी। मौजू आया तो उसने मौलवी साहब को बड़े अदब के साथ सलाम किया। फिर उसने अपनी बीबी से कहा, ''फाताँ, सलाम करो मौलवी साहब को।''

फाताँ अपनी बेटी से अलग हुई, आँसू पोंछते हुए आगे बढ़ी और मौलवी साहब को उसने सलाम किया। मौलवी साहब ने अपनी लाल-लाल आँखों से उसे घूरकर देखा और मौजू से कहा, ''सारी रात कब्र के पास तुम्हारे लिए वज़ीफा करता रहा, अभी-अभी उठकर आया हूँ। अल्लाह ने मेरी सुन ली है। सब ठीक हो जाएगा।''

चौधरी मौजू ने फ़र्श पर बैठकर मौलवी साहब के पाँव दबाने शुरू कर दिए। वह इतना आभारी था उनका कि कुछ कह न सका। अलबत्ता बीबी से मुखातिब होकर उसने आँसुओं-भरी आवाज़ में कहा, ''इधर आ फाताँ, तू ही मौलवी साहब का शुक्रिया अदा कर, मुझे तो नहीं आता।''

फाताँ अपने पति के पास बैठ गयी, पर वह सिर्फ़ इतना कह सकी, ''हम गरीब क्या अदा कर सकते हैं?''

मौलवी साहब ने गौर से फाताँ को देखा, ''मौजू चौधरी, तुम ठीक कहते थे तुम्हारी बीबी खूबसूरत है। इस उम्र में भी जवान मालूम होती है, बिलकुल दूसरी जीनाँ—उससे भी अच्छी। हम सब ठीक कर देंगे, फाताँ। अल्लाह का फज़्ल-ओ-करम हो गया है।''

मियाँ-बीबी दोनों खामोश रहे। मौजू मौलवी साहब के पाँव दबाता रहा। जीनाँ चूल्हा सुलगाने में व्यस्त हो गयी थी।

थोड़ी देर बाद मौलवी साहब उठे। फाताँ के सिर पर हाथ से प्यार किया और मौजू से मुखातिब हुए, ''अल्लाहताला का हुक्म है कि जब कोई आदमी अपनी बीबी को तलाक दे और फिर उसको अपने घर बसाना चाहे तो उसकी सज़ा यह है कि पहले वह औरत किसी और मर्द से शादी करे, उससे तलाक ले, फिर जायज़ है।''

मौजू ने हौले से कहा, ''यह मैं सुन चुका हूँ, मौलवी साहब!''

मौलवी साहब ने मौजू को उठाया और उसके कंधे पर हाथ रखा, ''लेकिन हमने खुदा के हुज़ूर में गिड़गिड़ाकर दुआ माँगी, कि ऐसी कड़ी सज़ा न दी जाए गरीब को। उससे भूल हो गयी है। आवाज़ आयी—हम हर रोज़ तेरी सिफारिशें

कब तक सुनेंगे? तू अपने लिए चाहे जो भी माँग, हम देने के लिए तैयार हैं। मैंने अर्ज़ की, मेरे शाहशाह बहर-ओ-वर (जल व थल) के मालिक! मैं अपने लिए कुछ नहीं माँगता। तेरा दिया मेरे पास बहुत कुछ है। मौजू चौधरी को अपनी बीबी से मुहब्बत है। हुक्म मिला, तो हम उसकी मुहब्बत और तेरे ईमान का इम्तहान लेना चाहते हैं, एक दिन के लिए तू उससे निकाह कर ले, दूसरे दिन तलाक देकर मौजू के हवाले कर दे। हम तेरे लिए बस यही कर सकते हैं कि तूने चालीस बरस दिल से हमारी इबादत की है।''

मौजू खुश हुआ। ''मुझे मंज़ूर है, मौलवी साहब! मुझे मंज़ूर है।'' और फाताँ की तरफ़ उसने तमन्नाई आँखों से देखा, ''क्यों फाताँ?'' मगर उसने फाताँ के जवाब का इन्तज़ार न किया, ''हम दोनों को मंज़ूर है।''

मौलवी साहब ने आँखें बन्द कीं, कुछ पढ़ा, दोनों के फूँक मारी और आसमान की तरफ़ नज़रें उठायीं, ''अल्लाह तबारक ताला हम सबको इस इम्तहान में पूरा उतारे।'' फिर वह मौजू से मुखातिब हुए, ''अच्छा मौजू, मैं अब चलता हूँ। तुम और जीनाँ आज की रात कहीं चले जाना। सुबह-सवेरे आ जाना।'' यह कहकर मौलवी साहब चले गए।

जीनाँ और मौजू तैयार थे। जब शाम को मौलवी साहब वापस आए तो उन्होंने उनसे बहुत थोड़ी-सी बातें कीं। वे कुछ पढ़ रहे थे। आखिर में उन्होंने इशारा किया, जीनाँ और मौजू फ़ौरन चले गए।

मौलवी साहब ने कुंडी बन्द कर दी और फाताँ से कहा, ''तुम आज की रात मेरी बीबी हो जाओ। जाओ, अन्दर से बिस्तर लाओ और मेरी चारपाई बिछाओ। हम सोयेंगे।''

फाताँ ने अन्दर कोठरी से बिस्तर लाकर चारपाई पर बड़े सलीके से लगा दिया। मौलवी साहब ने कहा, ''बीबी, तुम बैठो हम अभी आते हैं।''

यह कहकर वे कोठरी में चले गए। अन्दर दीया जल रहा था। कोने में बर्तनों के मनारे के पास उनका घड़ा रखा था। उन्होंने उसे हिलाकर देखा, थोड़ी-सी बाकी थी। घड़े के साथ ही मुँह लगाकर उन्होंने कई बड़े-बड़े घूँट पिए। कंधे से रेशमी फूलों वाला वसंती रूमाल उतारकर मूँछें और होंठ साफ़ किए और दरवाज़ा भेड़ दिया।

फ़ाताँ चारपाई पर बैठी थी। काफ़ी देर के बाद मौलवी साहब निकले। उनके हाथ में कटोरा था। उसमें तीन दफ़ा फूँककर उन्होंने फ़ाताँ को पेश किया, ''लो इसे पी जाओ।''

फ़ाताँ पी गयी। कै आने लगी तो मौलवी साहब ने उसकी पीठ थपथपायी और कहा, ''ठीक हो जाओ फ़ौरन।''

फ़ाताँ ने कोशिश की और किसी क़द्र ठीक हो गयी। मौलवी साहब लेट गए।

सुबह-सवेरे जीनाँ और मौजू आए तो उन्होंने देखा कि सहन में फ़ाताँ सो रही है, मगर मौलवी साहब मौजूद नहीं। मौजू ने सोचा, बाहर गए होंगे खेतों में। उसने फ़ाताँ को जगाया। फ़ाताँ ने गूँ-गूँ करके आहिस्ता-आहिस्ता आँखें खोलीं फिर बड़बड़ायी, ''जन्नत—जन्नत!'' लेकिन जब उसने मौजू को देखा तो पूरी आँखें खोलकर बिस्तर में बैठ गयी।

मौजू ने पूछा, ''मौलवी साहब कहाँ हैं?''

फ़ाताँ अभी तक पूरे होश में नहीं थी, ''मौलवी साहब? कौन मौलवी साहब?...वह तो...पता नहीं कहाँ गए? यहाँ नहीं हैं?''

''नहीं,'' मौजू ने कहा, ''मैं देखता हूँ उन्हें बाहर।''

वह जा रहा था कि उसे फ़ाताँ की हल्की-सी चीख सुनायी दी। पलटकर उसने देखा तकिये के नीचे से वह कोई काली-काली चीज़ निकाल रही है। जब पूरी निकल आयी तो उसने कहा—''यह क्या है?''

मौजू ने कहा, ''बाल।''

फ़ाताँ ने बालों का वह गुच्छा फ़र्श पर फेंक दिया। मौजू ने उसे उठा लिया और गौर से देखा, ''दाढ़ी और पटे।''

जीनाँ पास ही खड़ी थी, वह बोली, ''मौलवी साहब की दाढ़ी और पटे।''

फ़ाताँ ने वहीं चारपाई से कहा, ''हाँ—मौलवी साहब की दाढ़ी और पटे।''

मौजू अजीब चक्कर में पड़ गया, ''और मौलवी साहब कहाँ हैं?'' लेकिन फ़ौरन ही उसके सरल और निःस्वार्थ मस्तिष्क में एक खयाल आया, ''जीनाँ, फ़ाताँ! तुम नहीं समझीं। वे कोई करामाती बुज़ुर्ग थे, हमारा काम कर

गए और यह निशानी छोड़ गए।''

उसने उन बालों को चूमा, आँखों से लगाया और उनको जीनाँ के हवाले करके कहा, ''जाओ, इनको किसी साफ़ कपड़े में लपेटकर संदूक में रख दो। ख़ुदा के हुक्म से घर में बरकत ही बरकत रहेगी।''

जीनाँ अन्दर कोठरी में गयी तो वह फाताँ के पास बैठ गया और बड़े प्यार से कहने लगा, ''मैं अब नमाज़ पढ़ना सीखूँगा और बुज़ुर्ग के लिए दुआ किया करूँगा जिसने हम दोनों को फिर से मिला दिया।''

फाताँ खामोश रही।

जानकी

पूना में सर्दियों का मौसम शुरू होने वाला था कि पेशावर से अज़ीज़ ने लिखा—'मैं अपनी एक जान-पहचान की स्त्री जानकी को तुम्हारे पास भेज रहा हूँ। उसको या तो पूना में या बम्बई में किसी फ़िल्म कम्पनी में नौकरी दिला दो। तुम्हारी जान-पहचान काफ़ी है। आशा है, तुम्हें अधिक परेशानी नहीं होगी।'

परेशानी का तो इतना सवाल नहीं था, लेकिन मुसीबत यह थी कि मैंने ऐसा काम कभी किया ही नहीं था। फ़िल्म कम्पनियों में वही आदमी प्राय: स्त्रियाँ लेकर आते हैं जिन्हें उनकी कमाई खानी होती है। यह स्वाभाविक ही है कि मैं बहुत घबराया। लेकिन फिर मैंने सोचा, 'अज़ीज़ इतना पुराना दोस्त है, न जाने किस विश्वास के साथ भेजा है। उसको निराश नहीं करना चाहिए।' यह सोचकर भी कुछ शान्ति मिली कि उस स्त्री के लिए, यदि वह जवान हो तो हर फ़िल्म कम्पनी के दरवाज़े खुले हैं। इतनी परेशानी की बात ही क्या है। मेरी सहायता के बिना ही उसे किसी न किसी फ़िल्म कम्पनी में जगह मिल जाएगी।

पत्र मिलने के चौथे दिन वह पूना पहुँच गयी। कितना लम्बा सफ़र करके आई थी। पेशावर से बम्बई और बम्बई से पूना। प्लेटफॉर्म पर चूँकि उसको पहचानना था, इसलिए गाड़ी आने पर मैंने एक सिरे से डिब्बों के सहारे गुज़रना शुरू किया।

मुझे ज़्यादा दूर न चलना पड़ा; क्योंकि सेकेंड क्लास के डिब्बे से एक मध्यम कद की स्त्री जिसके हाथ में मेरी तस्वीर थी, उतरी। मेरी ओर पीठ करके वह खड़ी हो गयी और एड़ियाँ ऊँची करके मुझे भीड़ में तलाश करने लगी। मैंने पास आकर कहा—''जिसे आप ढूँढ़ रही हैं वह शायद मैं ही हूँ।''

वह पलटी—‘‘ओह आप!’’ एक नज़र मेरी तस्वीर की ओर देखा और बड़े खुले तरीके से कहा—‘‘सआदत साहब, यात्रा बहुत लम्बी थी। बम्बई में फ्रन्टियर मेल से उतरकर इस गाड़ी के इन्तज़ार में जो समय काटना पड़ा उसने तबियत साफ़ कर दी।’’

मैंने कहा—‘‘सामान कहाँ है आपका?’’

‘‘लाती हूँ,’’ यह कहकर वह डिब्बे के अन्दर घुसी। दो सूटकेस और एक बिस्तर निकाला। मैंने कुली बुलवाया, स्टेशन से बाहर निकलते हुए, उसने मुझसे कहा—‘‘मैं होटल में ठहरूँगी।’’

मैंने स्टेशन के सामने ही एक कमरे का इन्तज़ाम कर दिया। उसे नहा-धोकर कपड़े बदलने थे और आराम करना था। इसलिए मैंने उसे अपना पता बता दिया और यह कहकर कि सुबह दस बजे मुझसे मिलो, होटल से चल दिया।

सुबह साढ़े दस बजे वह प्रभातनगर, जहाँ मैं एक मित्र के यहाँ ठहरा हुआ था, आयी। जगह तलाश करते हुए उसे देर हो गयी थी। मेरा मित्र उस छोटे-से फ़्लैट में, जो नया-नया बना था, मौजूद नहीं था। मैं देर रात तक लिखने का काम करने के कारण सुबह देर से जागा था। इसलिए साढ़े दस बजे नहा-धोकर चाय पी रहा था कि वह अचानक अन्दर आयी।

प्लेटफॉर्म पर और होटल में थकावट के होने पर भी वह सशक्त स्त्री थी, लेकिन ज्यों ही वह उस कमरे में, जहाँ मैं केवल बनियान और पायजामा पहने चाय पी रहा था, घुसी तो उसकी ओर देखकर मुझे ऐसा लगा जैसे कोई बहुत ही परेशान और खस्ताहाल स्त्री मुझसे मिलने आयी है।

जब मैंने उसे प्लेटफॉर्म पर देखा था तो ज़िन्दगी से भरपूर थी, लेकिन जब प्रभातनगर के ग्यारह नम्बर फ़्लैट में आयी तो मुझे पता लगा कि या तो उसने दान में अपना दस-पन्द्रह औंस खून दे दिया है या उसका पतन हो गया है। जैसा कि मैं आपसे कह चुका हूँ कि घर में और कोई मौजूद नहीं था, सिवाय एक बेवक़ूफ़ नौकर के। मेरे मित्र का घर जिसमें एक फ़िल्मी कहानी लिखने के लिए मैं ठहरा हुआ था, बिलकुल सुनसान था और मजीद एक ऐसा नौकर था जिसकी मौजूदगी एकान्तता बढ़ाती थी।

मैंने चाय की एक प्याली बनाकर जानकी को दी और कहा—‘‘होटल से तो आप नाश्ता करके आयी होंगी। फिर भी शौक फरमाइए।’’

उसने लज्जा से अपने होंठ काटते हुए चाय की प्याली उठाई और पीना शुरू किया। उसकी सीधी टाँग बड़े ज़ोर से हिल रही थी। उसके होंठों की कँपकँपाहट से मुझे मालूम हुआ कि वह मुझसे कुछ कहना चाहती है, लेकिन हिचकिचाती है। मैंने सोचा, 'शायद होटल में रात को किसी यात्री ने छेड़ा है।' इसलिए मैंने कहा—''आपको कोई तकलीफ़ तो नहीं हुई होटल में?''

''जी?—जी नहीं।''

मैं एक संक्षिप्त उत्तर पाकर चुप रहा। चाय समाप्त हुई तो मैंने सोचा, 'अब कोई बात करनी चाहिए।' इसलिए मैंने पूछा—''अज़ीज़ साहब कैसे हैं?''

उसने मेरे सवाल का जवाब न दिया। चाय की प्याली तिपाई पर रखकर उठ खड़ी हुई और शब्दों को तेज़ी से बोलते हुए कहा—''मंटो साहब, आप किसी अच्छे डॉक्टर को जानते हैं?''

मैंने जवाब दिया—''पूना में तो मैं किसी को नहीं जानता।''

''ओ!''

मैंने पूछा—''क्यों बीमार हैं आप?''

''जी हाँ।'' वह कुर्सी पर बैठ गयी।

मैंने पूछा—''क्या तकलीफ़ है?''

उसके थके हुए होंठ जो मुस्कुराते समय सिकुड़ जाते थे या सिकोड़ लिये जाते थे, खुल गये। उसने कुछ कहना चाहा, लेकिन कह न सकी और उठ खड़ी हुई; फिर मेरा सिगरेट का डिब्बा उठाया और एक सिगरेट सुलगाकर कहा—''माफ़ कीजिएगा, मैं सिगरेट पिया करती हूँ।''

मुझे बाद में मालूम हुआ कि वह केवल सिगरेट पिया ही नहीं करती थी वरन फूँका करती थी। बिलकुल पुरुषों की तरह सिगरेट उँगलियों में दबाकर वह ज़ोर-ज़ोर से कश लेती और एक दिन में पिचहत्तर सिगरेटों का डिब्बा खींचती थी।

मैंने कहा—''आप बतलाती क्यों नहीं कि आपको क्या तकलीफ़ है?''

उसने कुँआरी लड़कियों की तरह झुँझलाकर अपना एक पाँव फ़र्श पर मारा—''हाय अल्लाह, मैं कैसे बताऊँ आपको,'' यह कहकर वह मुस्कुराई। मुस्कुराते हुए तीखे होंठों के धुलाव में से मुझे उसके दाँत नज़र आये, जो असाधारण रूप से साफ़ और चमकीले थे। वह बैठ गयी और मेरी आँखों में

अपनी डगमगाई आँखों को न डालने की कोशिश करते हुए उसने कहा—‘‘बात यह है कि पन्द्रह-बीस दिन ऊपर हो गये हैं और मुझे डर है कि...’’ पहले तो मैं मतलब न समझा लेकिन जब वह बोलते-बोलते रुक गयी तो मैं किसी प्रकार समझ गया—‘‘ऐसा अक्सर होता है।’’

उसने ज़ोर से कश लिया और मर्दों की तरह ज़ोर से धुएँ को बाहर निकालते हुए कहा—‘‘नहीं, यहाँ मामला कुछ और है। मुझे डर है कि कहीं कुछ ठहर न गया हो!’’

मैंने कहा—‘‘ओह!’’

उसने सिगरेट का आखिरी कश लेकर उसको चाय की तश्तरी में बुझा दिया—‘‘यदि ऐसा हो गया तो बड़ी मुसीबत होगी। एक बार पेशावर में भी ऐसी ही गड़बड़ हो गयी थी। लेकिन अज़ीज़ साहब अपने एक हकीम दोस्त से ऐसी दवा लाए थे जिससे थोड़े दिनों में सब साफ़ हो गया था।’’

मैंने पूछा—‘‘आपको बच्चे पसन्द नहीं?’’

वह मुस्कुराई—‘‘पसन्द हैं, लेकिन कौन पालता फिरे।’’

मैंने कहा—‘‘आपको मालूम है इस तरह बच्चे बर्बाद करना अपराध है।’’

वह एकदम गम्भीर हो गयी। फिर उसने आश्चर्य की मुद्रा में कहा—‘‘मुझसे अज़ीज़ साहब ने भी यही कहा था, लेकिन सआदत साहब, मैं पूछती हूँ कि इसमें अपराध की कौन-सी बात है। अपनी ही चीज़ है। और कानून बनाने वालों को यह भी मालूम है कि बच्चा बर्बाद कराते समय तकलीफ़ कितनी होती है—बड़ा अपराध है।’’

मैं ज़ोर से हँस पड़ा—‘‘बड़ी विचित्र स्त्री हो तुम जानकी’’—जानकी ने भी हँसना शुरू किया—‘‘अज़ीज़ साहब भी यही कहा करते हैं।’’ हँसते समय उसकी आँखों में आँसू आ गये। मेरा विचार है, जो आदमी दु:खी होते हैं उनकी आँखों में हँसने में भी आँसू आ ही जाते हैं। उसने अपना बैग खोलकर रूमाल निकाला और आँखें सुखाकर भोले बच्चों की भाँति पूछा—‘‘सआदत साहब, बताइए क्या मेरी बातें दिलचस्प होती हैं?’’

मैंने कहा—‘‘बहुत!’’

‘‘झूठ।’’

उसने सिगरेट सुलगानी शुरू की—‘‘भई, शायद ऐसा हो। मैं तो इतना जानती हूँ कि कुछ-कुछ बेवकूफ़ हूँ। ज्यादा खाती हूँ। ज्यादा बोलती हूँ। ज्यादा

हँसती हूँ—अब आप ही देखिए न, ज़्यादा खाने से मेरा पेट कितना बढ़ गया है। अज़ीज़ साहब हमेशा कहते रहे जानकी कम खाया करो, लेकिन मैंने उनकी एक न सुनी—सआदत साहब, बात यह है कि मैं कम खाऊँ तो हर वक्त ऐसा लगता है कि मैं किसी से कोई बात कहना भूल गयी हूँ।''

उसने फिर हँसना शुरू किया। मैं भी उसके साथ शामिल हो गया। उसकी हँसी बिलकुल दूसरी तरह की थी। बीच-बीच में घुँघरू-से बजते थे।

फिर वह अपने उस गर्भ के बारे में बातचीत करने ही वाली थी कि मेरा मित्र जिसके यहाँ मैं ठहरा हुआ था, आ गया। मैंने जानकी से उसका परिचय कराया और बताया कि वह फ़िल्म लाइन में आने की इच्छा रखती है। मेरा दोस्त उसे स्टूडियो ले गया, क्योंकि उसे यकीन था कि वह डायरेक्टर जिसके साथ वह असिस्टेंट की तरह काम कर रहा था, अपनी नयी फ़िल्म में जानकी को एक खास रोल के लिए ज़रूर ले लेगा।

पूना में जितने स्टूडियो थे, मैंने विभिन्न ज़रियों से जानकी के लिए कोशिश की। किसी ने उसका साउंड टेस्ट लिया, किसी ने कैमरा टेस्ट। एक फ़िल्म कम्पनी में उसको तरह-तरह की वेशभूषा पहनाकर देखा गया। लेकिन नतीजा कुछ न निकला। एक तो जानकी वैसे ही दिन ऊपर हो जाने के कारण परेशान थी। चार-पाँच रोज़ लगातार जब उसे विभिन्न फ़िल्म कम्पनियों के उकता देने वाले वातावरण में बेमतलब गुज़रना पड़ा तो वह और ज़्यादा परेशान हो गयी।

बच्चा बर्बाद करने के लिए वह हर रोज़ बीस-बीस ग्राम कुनेन खाती थी, उससे भी उसकी तबियत ठीक नहीं रहती थी। अज़ीज़ साहब के दिन पेशावर में उसके बिना कैसे गुज़रते, उसके बारे में भी उसको हर वक्त फ़िक्र रहती थी। पूना पहुँचते ही उसने एक तार भेजा था। उसके बाद वह बिना नागा हर रोज़ एक पत्र लिख रही थी। हर पत्र में यह ताकीद होती थी कि वे अपनी तन्दुरुस्ती का खयाल रखें और दवा ठीक तरह से लेते रहें।

अज़ीज़ साहब को क्या बीमारी थी, उसका मुझे ज्ञान नहीं। लेकिन जानकी से मुझे इतना मालूम हुआ कि अज़ीज़ साहब को चूँकि उससे प्रेम है, इसलिए वे तुरन्त उसका कहना मान लेते हैं। घर में कई बार बीबी से उनका झगड़ा हुआ कि वे दवा नहीं पीते, लेकिन जानकी से उस मामले में उन्होंने कभी चूँ भी न की।

शुरू-शुरू में मेरा खयाल था कि जानकी अज़ीज़ के लिए इतनी चिन्तित

रहती है, केवल बकवास है, बनावट है। लेकिन धीमे-धीमे मैंने उसकी खुली हुई बातों से महसूस किया कि उसे अवश्य ही अज़ीज़ से प्रेम है। उसका जब भी पत्र आया, जानकी उसे पढ़कर ज़रूर रोई। फ़िल्म कम्पनियों की दौड़-धूप का कोई नतीजा न निकला। लेकिन एक दिन जानकी को यह मालूम करके बहुत खुशी हुई कि उसका अन्देशा गलत था। दिन वाकई ऊपर हो गये थे लेकिन वह बात जिसका उसे खटका था, नहीं थी।

जानकी को पूना आये बीस दिन हो चुके थे। अज़ीज़ को वह पत्र पर पत्र लिख रही थी, और अज़ीज़ के भी लम्बे-लम्बे प्रेमपत्र आ रहे थे। एक पत्र में अज़ीज़ ने मुझसे कहा था कि पूना में यदि जानकी के लिए कुछ नहीं होता तो मैं बम्बई में कोशिश करूँ, क्योंकि वहाँ बेशुमार स्टूडियो हैं। बात भी ठीक थी, लेकिन मैं संवाद लिखने में व्यस्त था इसलिए जानकी के साथ बम्बई जाना बहुत मुश्किल था। फिर भी मैंने पूना से अपने मित्र सैयद को, जो एक फ़िल्म में हीरो का पार्ट अदा कर रहा था, टेलीफ़ोन किया।

दुर्भाग्य से वह उस समय स्टूडियो में मौजूद नहीं था। ऑफ़िस में नारायण खड़ा था। उसे जब मालूम हुआ कि मैं पूना से बोल रहा हूँ तो टेलीफ़ोन ले लिया और ज़ोर से चिल्लाया—‘‘हैलो मंटो, नारायण स्पीकिंग फ्रॉम दिस एण्ड...कहो, क्या बात है। सैयद इस वक्त स्टूडियो में नहीं है। घर में बैठा रज़िया से आखिरी हिसाब-किताब कर रहा है...’’

मैंने पूछा—‘‘क्या मतलब ?’’

नारायण ने जवाब दिया—‘‘खटपट हो गयी है उनमें। रज़िया ने एक आदमी से टाँका मिला लिया है।’’

मैंने कहा—‘‘लेकिन यह हिसाब-किताब कैसा हो रहा है ?’’

नारायण बोला—‘‘बड़ा कमीना है यार, सैयद—उससे कपड़े ले रहा है जो उसने खरीद के दिये थे—खैर, छोड़ो इस बात को; बताओ बात क्या है ?’’

मैंने उससे कहा—‘‘बात यह है कि पेशावर से मेरे एक प्रिय मित्र ने एक स्त्री यहाँ भेजी है जिसकी इच्छा फ़िल्मों में काम करने की है।’’

जानकी मेरे पास ही खड़ी थी। मुझे लगा कि मैंने उचित तरीके से उचित शब्दों में अपनी बात उसके सामने नहीं रखी। मैं कुछ बोलने ही वाला था कि नारायण की ऊँची आवाज़ मेरे कानों में पड़ी—‘‘स्त्री ? पेशावर की स्त्री, अच्छा, भेजो उसको जल्दी—देखो, हम भी कौम का पठान है।’’

मैंने कहा—''बकवास न करो नारायण। सुनो, कल दक्षिणी ट्रेन से मैं इन्हें भेज रहा हूँ—सैयद या तुम कोई भी उसे स्टेशन पर लेने आ जाना—कल दक्षिणी ट्रेन से, याद रहे।''

नारायण की आवाज़ आयी—''पर हम उसे पहचानेंगे कैसे ?''

मैंने जवाब दिया—''वह खुद तुम्हें पहचान लेगी—लेकिन देखो, कोशिश करके उसे किसी-न-किसी जगह ज़रूर रखवा देना।''

तीन मिनट गुज़र गये। मैंने टेलीफ़ोन बन्द किया और जानकी से कहा— ''कल दक्षिणी ट्रेन से तुम बम्बई चली जाना, सैयद और नारायण के फ़ोटो मैं तुम्हें दिखाता हूँ। लम्बे-तगड़े खूबसूरत जवान हैं, तुम्हें पहचानने में दिक्कत न होगी।''

मैंने एलबम में जानकी को सैयद और नारायण के अलग-अलग फ़ोटो दिखलाए। वह देर तक उन्हें देखती रही। मैंने नोट किया कि सैयद का फ़ोटो उसने ज़्यादा ध्यान से देखा।

एलबम एक ओर रखकर मेरी आँखों में आँखें न डालने की डगमगाई कोशिश करते हुए उसने मुझसे पूछा—

''दोनों कैसे आदमी हैं ?''

''क्या मतलब ?''

''मतलब यह है कि दोनों कैसे आदमी हैं ?—मैंने सुना है कि फ़िल्मों में अक्सर बुरे आदमी होते हैं।''

उसके कथन में एक टोह लेने वाली गम्भीरता थी।

मैंने कहा—''यह तो दुरुस्त है, लेकिन फ़िल्मों में नेक आदमियों की ज़रूरत ही कहाँ होती है।''

''क्यों ?''

''दुनिया में दो प्रकार के आदमी हैं। एक प्रकार उन आदमियों का है जो अपने घावों से दर्द का अन्दाज़ करते हैं। दूसरा प्रकार उनका है जो दूसरों के घाव देखकर दर्द का अन्दाज़ करते हैं—तुम्हारा क्या खयाल है, कौन-से प्रकार के आदमी घाव के दर्द और उसकी जलन को सही तौर पर अनुभव करते हैं ?''

उसने कुछ देर सोचने के बाद जवाब दिया—''वे जिनके घाव लगे होते हैं।''

मैंने कहा—''बिलकुल ठीक, फ़िल्मों में असल की-सी नकल वही

उतार सकता है जिसका असलियत से परिचय हो। असफल प्रेम में दिल कैसे टूटता है, यह असफल प्रेमी ही अच्छी तरह से बता सकता है। वह स्त्री जो ज़मीन पर कपड़ा डालकर पाँच वक्त नमाज़ पढ़ती है और मुहब्बत-प्रेम को सूअर के बराबर समझती है, कैमरे के सामने किसी पुरुष के साथ क्या खाक प्रेम प्रकट करेगी।''

उसने फिर सोचा—''इसका मतलब यह हुआ कि फ़िल्म लाइन में घुसने से पहले स्त्री को सब चीज़ें जाननी चाहिए।''

मैंने कहा—''यह ज़रूरी नहीं। फ़िल्म लाइन में आकर भी वह ये चीज़ें जान सकती है।''

उसने मेरी बात पर ध्यान न दिया और जो पहला सवाल किया था फिर उसे दुहराया—''सैयद साहब और नारायण साहब कैसे आदमी हैं ?''

''तुम विस्तार से पूछना चाहती हो ?''

''विस्तार से आपका क्या मतलब ?''

''यह कि दोनों में से आपके लिए कौन बेहतर रहेगा ?''

जानकी को मेरी यह बात बुरी लगी।

''कैसी बातें करते हैं आप ?''

''जैसी तुम चाहती हो।''

''हटाइए भी, यह कहकर वह मुस्कुराई। मैं अब आपसे कुछ नहीं पूछूँगी।''

मैंने मुस्कुराते हुए कहा—''जब पूछोगी तो मैं नारायण की सिफ़ारिश करूँगा।''

''क्यों ?''

''इसलिए कि वह सैयद के मुकाबले में अच्छा आदमी है।'' मेरा अब भी यह खयाल है, सैयद कवि है—एक बहुत निर्दय किस्म का कवि। मुर्गी पकड़ेगा तो उसे काटने की बजाय उसकी गर्दन मरोड़ देगा। गर्दन मरोड़कर उसके पर नोचेगा, पर नोचने के बाद उसका शोरबा निकालेगा। शोरबा पीकर, उसकी हड्डियाँ चबाकर वह बड़े आराम और शान्ति से एक कोने में बैठकर उसी मुर्गी की मौत पर एक कविता लिखेगा जो उसके आँसुओं में भीगी होगी।

शराब पियेगा तो कभी वह बहकेगा नहीं, मुझे इससे बहुत तकलीफ़ होती है, क्योंकि शराब का मतलब ही मर जाता है। प्राय: बहुत धीमे-धीमे बिस्तर

से उठेगा। नौकर चाय की प्याली बनाकर लाएगा। यदि रात की बची हुई रम सिरहाने पड़ी है तो उसे चाय में उँड़ेलेगा और उस मिक्सचर को एक-एक घूँट करके ऐसे पियेगा जैसे उसमें स्वाद का नाम भी नहीं।

शरीर पर कोई फोड़ा निकला है और खतरनाक हालत में पहुँच गया है। लेकिन मजाल है जो वह उसकी ओर ध्यान दे। पीप निकल रही है, गल-सड़ रहा है, नासूर बनने का खतरा है, लेकिन सैयद कभी किसी डॉक्टर के पास नहीं जायेगा। आप उससे कुछ कहेंगे तो यह जवाब देगा—''अक्सर बीमारियाँ आदमी के शरीर में बैठ जाती हैं। जब मुझे यह घाव तकलीफ़ नहीं देता तो इलाज की क्या ज़रूरत है,'' और वह यह कहते हुए घाव की ओर देखेगा।

एक्टिंग वह सारी उम्र नहीं कर सकेगा। इसलिए कि वह कोमल भावनाओं से लगभग खाली है। मैंने उसे एक फ़िल्म में देखा जो हीरोइन के गानों के कारण बहुत व्याकुल हुआ था। एक जगह उसे अपनी प्रेमिका का हाथ अपने हाथ में लेकर प्रेमालाप करना था। खुदा की कसम, उसने उसका हाथ अपने हाथ में इस प्रकार लिया जैसे कुत्ते का पंजा पकड़ा जाता है। मैं उससे कई बार कह चुका हूँ कि एक्टर बनने का खयाल अपने दिल से निकाल दो। अच्छे कवि हो, घर बैठो और कविताएँ लिखा करो। लेकिन उसके दिमाग पर अभी तक एक्टिंग की धुन सवार है।

नारायण मुझे बहुत पसन्द है, स्टूडियो की ज़िन्दगी के जो नियम उसने अपने लिए बना रखे हैं, मुझे अच्छे लगते हैं।

एक्टर जब तक एक्टर है उसे शादी नहीं करनी चाहिए। शादी करे तो तुरन्त फ़िल्म को छोड़कर दूध-दही की दुकान खोल ले। यदि प्रसिद्ध एक्टर रहा हो तो काफ़ी आमदनी हो जाया करेगी।

कोई एक्ट्रेस तुम्हें भैया या भाई कहे तो तुम तुरन्त उसके कान में कहो कि आपकी अँगिया का क्या माप है।

किसी एक्ट्रेस पर तुम्हारी तबियत आ गयी है तो हवाई किले बाँधने में समय बर्बाद न करो। उससे एकान्त में मिलो और कहो—''मैं भी मुँह में जुबान रखता हूँ। यदि यकीन न आये तो अपनी जुबान निकालकर दिखा दो।''

यदि कोई एक्ट्रेस तुम्हारे हिस्से में आ जाए तो उसकी आमदनी में से एक पैसा भी न लो। एक्ट्रेसों के पतियों और भाइयों के लिए यह पैसा हलाल है।

इस बात का खयाल रखना कि एक्ट्रेस के गर्भ से तुम्हारी कोई सन्तान न हो। हाँ, स्वराज मिलने के बाद तुम उस किस्म की सन्तान पैदा कर सकते हो।

याद रखो, एक्टर की भी आदत होती है। उसे रेज़र और कंघी से सँवारने की बजाय कभी-कभी धर्म-रहित तरीके से भी सँवारने की कोशिश किया करो। उदाहरण के लिए कोई नेक काम करके।

स्टूडियो में सबसे ज़्यादा इज़्ज़त पठान चौकीदार की करो। सुबह स्टूडियो में आते समय उसे सलाम करना लाभदायक होगा, यहाँ नहीं तो दूसरी दुनिया में जहाँ फ़िल्म कम्पनियाँ नहीं होंगी।

शराब और एक्ट्रेसों की आदत न डालो। बहुत सम्भव है किसी दिन कांग्रेस गवर्नमेंट लहर में आकर दोनों चीज़ें वर्जित कर दे।

सौदागर—मुसलमान सौदागर हो सकता है लेकिन एक्टर—हिन्दू एक्टर या मुस्लिम एक्टर नहीं हो सकता।

झूठ न बोलो।

ये सब बातें नारायण के दस नियमों में हैं और ये उसने अपनी नोट-बुक में लिख रखी हैं जिनसे उसके कैरेक्टर का अच्छी तरह अनुमान हो सकता है। लोग कहते हैं कि वह उन सब पर अमल नहीं करता, लेकिन यह सच्चाई नहीं।

सैयद और नारायण के बारे में जो मेरे विचार थे, मैंने जानकी के पूछे बगैर सब बता दिये और अन्त में उससे साफ़ शब्दों में कह दिया—''यदि तुम इस लाइन में आ गयीं तो किसी-न-किसी पुरुष का सहारा तुम्हें लेना ही पड़ेगा। नारायण के बारे में मेरा विचार है कि वह अच्छा दोस्त साबित होगा।''

मेरी राय उसने सुन ली और बम्बई चली गयी। दूसरे दिन प्रसन्नचित्त वापस आयी क्योंकि नारायण ने अपने स्टूडियो में एक साल के लिए पाँच सौ रुपये माहवार पर उसे नौकर रख लिया था। यह नौकरी उसे कैसे मिली, देर तक उसके बारे में बातचीत होती रही।

जब और कुछ सुनने को न रहा तो मैंने उससे पूछा—''सैयद और नारायण दोनों से तुम्हारी मुलाकात हुई, उनमें से किसको तुमने ज़्यादा पसन्द किया?

जानकी के होंठों पर हल्की मुस्कुराहट पैदा हुई। अर्थपूर्ण दृष्टि से मेरी ओर देखते हुए उसने कहा—''सैयद साहब को,'' यह कहकर वह एकदम गम्भीर हो गयी—''सआदत साहब, आपने क्यों इतने पुल बाँधे थे नारायण की तारीफ़ों के?''

मैंने पूछा—''क्यों?''

''बड़ा ही वाहियात है—शाम को बाहर कुर्सियाँ डालकर सैयद साहब और वह शराब पीने के लिए बैठे तो बातों-बातों में मैंने नारायण भैया कहा। अपना मुँह मेरे कान के पास लाकर उसने मुझसे पूछा—'तुम्हारी अँगिया का क्या साइज़ है?' भगवान जाने मेरे तन-बदन में आग लग गयी—कैसा लचर आदमी है,'' जानकी के माथे पर पसीना आ गया।

मैं ज़ोर-ज़ोर से हँसने लगा।

उसने तेज़ी से कहा—''आप क्यों हँस रहे हैं?''

''उसकी बेवकूफ़ी पर,'' यह कहकर मैंने हँसना बन्द कर दिया। थोड़ी देर नारायण को बुरा-भला कहने के बाद जानकी ने अज़ीज़ के लिए चिन्तित भाव की बातें शुरू कर दीं। कई दिनों से उसका पत्र नहीं आया था इसलिए तरह-तरह के खयाल उसे सता रहे थे—कहीं उन्हें फिर जुकाम न हो गया हो—अँधाधुँध साइकिल चलाते हैं, कहीं कोई दुर्घटना न हो गयी हो, पूना ही न आ रहे हों, क्योंकि जानकी को विदा करते समय उन्होंने कहा था, 'एक दिन मैं चुपचाप तुम्हारे पास चला आऊँगा।'

बातें करने के बाद जब उसकी भावुकता कम हुई तो उसने अज़ीज़ की तारीफ़ शुरू कर दी। घर में बच्चों का बहुत खयाल रखते हैं। हर रोज़ सुबह उनको कसरत करवाते हैं और नहला-धुलाकर स्कूल पहुँचाने जाते हैं। बीबी बिलकुल फूहड़ है, इसलिए सम्बन्धियों से मेलजोल उन्हें ही रखना पड़ता है। एक बार जानकी को टाइफाइड हो गया था तो बीस दिन तक लगातार—बीस दिन तक नर्सों की भाँति उसकी सेवा करते रहे, आदि-आदि।

दूसरे दिन उचित तरीके और शब्दों में मुझे धन्यवाद देकर वह बम्बई चली गयी जहाँ उसके लिए एक नयी और चमकीली दुनिया के दरवाजे खुल गये थे।

पूना में मुझे लगभग दो महीने कहानी के संवाद लिखने में लग गये। अपना पैसा वसूल करके मैंने बम्बई का रुख किया जहाँ मुझे एक नया कॉन्ट्रेक्ट मिल रहा था। मैं सुबह पाँच बजे के लगभग अँधेरी पहुँचा, जहाँ एक मामूली बँगले में सैयद और नारायण दोनों इकट्ठे रहते थे। बरामदे में पहुँचा तो दरवाज़ा बन्द पाया। मैंने सोचा, 'सो रहे होंगे तकलीफ़ नहीं देनी चाहिए।' पिछली ओर एक दरवाज़ा है जो नौकरों के लिए अक्सर खुला रहता है। मैं उसमें होकर

अन्दर घुसा। रसोईघर और साथ वाला कमरा जिसमें खाना खाया जाता है, बहुत ही गंदा था। सामने वाला कमरा मेहमानों के लिए सुरक्षित था। मैंने उसका दरवाज़ा खोला और अन्दर घुसा। कमरे में दो पलँग थे, एक पर सैयद, उसके साथ कोई और रज़ाई ओढ़े सो रहा था।

मुझे बहुत नींद आ रही थी। दूसरे पलँग पर मैं कपड़े उतारे बिना लेट गया। पाँयते कम्बल पड़ा था, वह मैंने टाँगों पर डाल लिया। सोने का इरादा कर ही रहा था कि सैयद के पीछे से एक चूड़ियों वाला हाथ निकला और पलँग के पास रखी हुई कुर्सी की ओर बढ़ने लगा। कुर्सी पर लट्ठे की सफ़ेद सलवार लटक रही थी।

मैं उठकर बैठ गया—सैयद के साथ जानकी लेटी थी, मैंने कुर्सी से सलवार उठाई और उसकी ओर फेंक दी। नारायण के कमरे में जाकर मैंने उसे जगाया। रात के दो बजे उसकी शूटिंग खतम हुई थी। मुझे दुःख हुआ कि व्यर्थ ही उस बेचारे को जगाया लेकिन वह मुझसे बातें करना चाहता था। किसी खास समस्या पर नहीं, बस यही कुछ बेहूदा बातों के लिए। इसलिए सुबह नौ बजे तक हम बेहूदा बकवास में लगे रहे जिसमें जानकी का भी नाम बार-बार आता था।

मैंने जब अँगिया वाली बात छेड़ी तो नारायण बहुत हँसा। हँसते-हँसते उसने कहा—‘‘सबसे मज़ेदार बात तो यह है कि जब मैंने उसके कान के पास मुँह लगाकर पूछा—तुम्हारी अँगिया का क्या साइज़ है तो उसने बता दिया, कहा, ‘चौबीस’ इसके बाद अचानक मेरे सवाल की बेहूदगी का अनुभव हुआ और मुझे कोसना शुरू कर दिया—बिलकुल बच्ची है। लेकिन मंटो, वह बड़ी वफ़ादार स्त्री है।’’

मैंने पूछा—‘‘यह तुमने कैसे जाना ?’’

नारायण मुस्कुराया—‘‘स्त्री जो एक बिलकुल अजनबी आदमी को अपनी अँगिया का साइज़ बता दे धोखेबाज़ बिलकुल नहीं हो सकती।’’

विचित्र बात थी, लेकिन नारायण ने बड़ी गम्भीरता के साथ यकीन दिलाया कि जानकी बड़ी अच्छी स्त्री है। उसने कहा—‘‘मंटो, तुम्हें मालूम नहीं वह सैयद की कितनी सेवा कर रही है। ऐसे आदमी की देखभाल जो परले दर्जे का बेपरवाह हो, आसान काम नहीं, लेकिन मैं जानता हूँ कि जानकी उस मुश्किल को बड़ी आसानी से निभा रही है—स्त्री होने के साथ-साथ वह

एक सहृदय आया भी है। सुबह उठकर उस लापरवाह को आधा घंटा जगाने में बिताती है, उसके दाँत साफ़ कराती है, कपड़े पहनाती है, नाश्ता कराती है और रात को जब वह रम पीकर बिस्तर पर लेटता है तो सब दरवाज़े बन्द करके उसके साथ लेट जाती है—और जब स्टूडियो में किसी से मिलती है तो केवल सैयद की बातें करती है। सैयद साहब अच्छे आदमी हैं। सैयद साहब का पुलओवर तैयार हो गया है। सैयद साहब के लिए पेशावर से पोठोहारी सैंडिल मँगवाई हैं। सैयद साहब के सिर में आज हल्का-हल्का दर्द है, एस्प्रो लेने जा रही हूँ। सैयद साहब ने आज मुझ पर एक और शे'र कहा...और जब मुझसे मुठभेड़ होती है तो अँगिया वाली बात याद करके त्यौरी चढ़ा लेती है।''

मैं लगभग दस दिन सैयद और नारायण का मेहमान रहा। उस बीच सैयद ने जानकी के बारे में मुझसे कोई बात न की। शायद इसलिए कि उसका मामला काफ़ी पुराना हो चुका था। हाँ, जानकी से काफ़ी बातें हुईं। वह सैयद से बहुत खुश थी। लेकिन उसे उसकी बेपरवाह तबियत का बहुत दुःख था। ''सैयद साहब अपनी सेहत का बिलकुल खयाल नहीं रखते, बहुत बेपरवाह हैं। हर वक्त सोचना जो हुआ, इसलिए किसी बात का खयाल ही नहीं रहता। आप हँसेंगे, लेकिन मुझे हर रोज़ उनसे पूछना पड़ता है कि आप संडास गये थे या नहीं।''

नारायण ने मुझसे जो कुछ कहा था, ठीक निकला। जानकी हर वक्त सैयद की देखभाल में व्यस्त रहती थी। मैं दस दिन अँधेरी के बँगले में रहा। उन दस दिनों में जानकी की भरपूर सेवा ने मुझे बहुत प्रभावित किया। लेकिन यह खयाल बार-बार आता रहा कि अज़ीज़ का क्या हुआ—जानकी को उसका भी तो बहुत खयाल रहता था, क्या सैयद को पाकर वह उसको भूल चुकी थी?

मैंने उस सवाल का जवाब जानकी ही से पूछ लिया होता, यदि कुछ दिन और मैं वहाँ ठहरता। जिस कम्पनी से मेरा कॉन्ट्रेक्ट होने वाला था उसके मालिक से मेरी किसी बात पर बिगड़ गयी थी और मैं दिमागी परेशानी दूर करने के लिए पूना चला गया।

दो ही दिन गुज़रे होंगे कि बम्बई से अज़ीज़ का तार आया कि मैं आ रहा हूँ—पाँच-छह घंटे के बाद वह मेरे पास था और दूसरे रोज़ सवेरे जानकी मेरे कमरे पर दस्तक दे रही थी।

अज़ीज़ और जानकी अब एक-दूसरे से मिले तो उन्होंने देर से बिछुड़े हुए

प्रेमी-प्रेमिकाओं की-सी भावुकता प्रकट न की। मेरे और अज़ीज़ के सम्बन्ध प्रारम्भ से ही बहुत गम्भीर व अच्छे रहे। शायद इसी वजह से वे दोनों चुप रहे।

अज़ीज़ का खयाल था कि होटल में जमा जाये, लेकिन मेरा दोस्त जिसके यहाँ मैं ठहरा था, आउटडोर शूटिंग के लिए कोल्हापुर गया हुआ था। इसलिए मैंने अज़ीज़ और जानकी को अपने साथ ही रखा। तीन कमरे थे। एक में जानकी सो सकती थी, दूसरे में अज़ीज़। यों तो मुझे उन दोनों को एक ही कमरा देना चाहिए था, लेकिन अज़ीज़ से मैं इतना खुला नहीं था। इसके अलावा उसने जानकी से अपने सम्बन्ध को मुझ पर प्रकट भी नहीं किया था।

रात को दोनों सिनेमा देखने चले गये। मैं साथ न गया इसलिए कि मैं फ़िल्म के लिए एक नयी कहानी लिखना शुरू करना चाहता था। दो बजे तक मैं जागता रहा, उसके बाद सो गया। एक ताली मैंने अज़ीज़ को दे दी थी। इसलिए मैं उनकी ओर से निश्चिन्त था।

रात को चाहे मैं बहुत देर तक काम करूँ, साढ़े तीन और चार बजे के बीच एक बार ज़रूर जागता हूँ और उठकर पानी पीता हूँ। आदत के अनुसार उस रात को भी पानी पीने के लिए उठा। संयोगवश जो कमरा मेरा था यानी जिसमें मैंने अपना बिस्तर जमाया हुआ था, अज़ीज़ के पास था और उसमें मेरी सुराही पड़ी थी।

यदि मुझे ज़ोर से प्यास न लगी होती तो अज़ीज़ को तकलीफ़ नहीं देता। लेकिन ज्यादा व्हिस्की पीने के कारण मेरा गला बिलकुल सूख रहा था, इसलिए पुकारना ही पड़ा। थोड़ी देर के बाद दरवाज़ा खुला। जानकी ने आँखें मलते-मलते दरवाज़ा खोला और कहा—‘‘सआदत साहब।’’ और जब मुझे देखा तो एक हल्की-सी ‘ओह’ उसके मुँह से निकल गयी। अन्दर पलँग पर अज़ीज़ सो रहा था। मैं ज़ोरों से मुस्कुरा दिया, जानकी भी मुस्कुराई और उसके तीखे होंठ एक कोने की ओर सिकुड़ गए। मैंने पानी की सुराही ली और चला आया।

सुबह उठा तो कमरे में धुआँ जमा था। बावर्चीखाने में जाकर देखा तो जानकी कागज़ जला-जलाकर अज़ीज़ के नहाने के लिए पानी गरम कर रही थी। आँखों से पानी बह रहा था, मुझे देखकर वह मुस्कुराई और अँगीठी में फूँक मारती हुई कहने लगी—‘‘अज़ीज़ साहब ठंडे पानी से नहाएँ तो उन्हें जुकाम हो जाता है। मैं पेशावर में नहीं थी तो एक महीना बीमार रहे और रहते भी क्यों नहीं जब दवा ही पीनी छोड़ दी थी। आपने नहीं देखा, कितने दुबले हो गये हैं!’’

और अज़ीज़ नहा-धोकर जब किसी काम के लिए बाहर गया तो जानकी ने मुझसे सैयद के नाम तार लिखने को कहा—''मुझे कल यहाँ पहुँचते ही उन्हें तार भेजना था—कितनी गलती हुई मुझसे, उन्हें बहुत परेशानी हो रही होगी।''

चार दिन बीत गये। जानकी ने सैयद को पाँच तार भेजे पर उसकी ओर से कोई जवाब न आया। वह बम्बई जाने का इरादा कर रही थी कि अचानक शाम को अज़ीज़ की तबियत खराब हो गयी। मुझसे सैयद के नाम एक और तार लिखवाकर वह सारी रात अज़ीज़ की सेवा-सुश्रूषा में व्यस्त रही। मामूली बुखार था लेकिन जानकी को बेहद परेशानी थी। मेरा खयाल है कि उस परेशानी के कारणों में सैयद की चुप्पी एक थी। वह मुझसे उस बीच कई बार कह चुकी थी—''सआदत साहब, मेरा खयाल है सैयद साहब ज़रूर बीमार हैं, नहीं तो मुझे मेरे तारों और पत्रों का जवाब ज़रूर लिखते।''

पाँचवें दिन शाम को अज़ीज़ की मौजूदगी में सैयद का तार आया, जिसमें लिखा था, 'मैं बहुत बीमार हूँ, फ़ौरन चली आओ।' तार आने से पहले जानकी मेरी किसी बात पर ज़ोर-ज़ोर से हँस रही थी, लेकिन जब उसने सैयद की बीमारी की खबर सुनी तो एकदम चुप हो गयी। अज़ीज़ को यह चुप्पी बहुत बुरी लगी क्योंकि जब उसने जानकी से कुछ कहा तो उसके कहने में कड़वाहट थी। मैं उठकर चला गया।

शाम को जब वापस आया तो जानकी और अज़ीज़ कुछ इस तरह अलग-अलग बैठे थे जैसे उनमें काफ़ी झगड़ा हो चुका है। जानकी के गालों पर आँसू की धारा का निशान था। मैं जब घर में घुसा तो इधर-उधर की बातों के बाद जानकी ने अपना हैंडबैग उठाया और अज़ीज़ से कहा, ''मैं जाती हूँ लेकिन बहुत जल्दी वापस आ जाऊँगी।''

फिर मेरी ओर मुड़कर कहा, ''सआदत साहब, इनका खयाल रखिएगा, अभी तक बुखार दूर नहीं हुआ है।''

मैं स्टेशन तक उसके साथ गया। यही नहीं, पॉकेट से टिकट खरीदकर उसे गाड़ी में बिठाया और घर चला आया। अज़ीज़ को हल्का-हल्का बुखार था। हम दोनों देर तक बातें करते रहे लेकिन जानकी का ज़िक्र न आया।

तीसरे दिन सुबह साढ़े पाँच बजे के करीब मुझे बाहर का दरवाज़ा खुलने की आवाज़ आयी, उसके बाद जानकी की। जल्दी-जल्दी शब्दों को ऊपर-नीचे

करती हुई वह अज़ीज़ से पूछ रही थी कि उसकी तबियत अब कैसी है और उसकी गैरमौजूदगी में उसने बाकायदा दवा ली थी या नहीं। अज़ीज़ की आवाज़ मेरे कानों तक न पहुँची लेकिन आधे घंटे के बाद जबकि नींद से मेरी आँखें मुँद रही थीं तो अज़ीज़ की दबी-दबी क्रोधपूर्ण बातों का स्वर सुनाई दिया। समझ में तो कुछ न आया लेकिन इतना पता चल गया कि वह जानकी से अपनी नाराज़गी दिखला रहा था।

प्रात: दस बजे अज़ीज़ ने ठंडे पानी से स्नान किया और जानकी का गरम किया हुआ पानी वैसे ही गुसलखाने में पड़ा रहा। जब मैंने जानकी से इस बात का ज़िक्र किया तो उसकी आँखों में आँसू आ गये।

नहा-धोकर अज़ीज़ बाहर चला गया। जानकी कमरे में पलँग पर लेटी रही। दोपहर को तीन बजे के करीब जब मैं उसके पास गया तो मालूम हुआ कि उसे बहुत तेज़ बुखार है। डॉक्टर बुलाने के लिए बाहर निकला तो अज़ीज़ इक्के में सामान रखवा रहा था। मैंने पूछा, ''कहाँ जा रहे हो,'' तो उसने मेरे साथ हाथ मिलाया और कहा, ''बम्बई—इंशा अल्लाह फिर मुलाकात होगी,'' यह कहकर वह इक्के में बैठा और चला गया। मुझे यह बताने का मौका न मिला कि जानकी को बहुत तेज़ बुखार है।

डॉक्टर ने जानकी को अच्छी तरह देखा और मुझे बताया कि उसे ब्रोन्कायटिस है; यदि सावधानी न रखी तो निमोनिया हो जाने का डर है। डॉक्टर नुस्खा देकर चला गया और जानकी ने अज़ीज़ के बारे में पूछा। पहले तो मैंने सोचा कि उसे न बताऊँ लेकिन छिपाने से कुछ फ़ायदा नहीं था इसलिए मैंने कह दिया कि वह चला गया। यह सुनकर उसे बहुत दु:ख हुआ। देर तक वह तकिये में सिर देकर रोती रही।

दूसरे दिन सुबह ग्यारह बजे के करीब जबकि जानकी का बुखार एक डिग्री कम था और तबियत भी कुछ अच्छी थी तो बम्बई से सैयद का तार आया जिसमें बड़े साफ़ शब्दों में लिखा था, 'याद रहे कि तुमने अपना वादा पूरा नहीं किया।' मैं बहुत मना करता रहा लेकिन वह तेज़ बुखार ही में पूना एक्सप्रेस से बम्बई रवाना हो गयी।

पाँच-छह दिन बाद नारायण का तार आया, 'एक ज़रूरी काम है, तुरन्त बम्बई चले आओ।' मेरा खयाल था कि किसी प्रोड्यूसर से उसने मेरे कॉन्ट्रेक्ट की बात की होगी, लेकिन बम्बई पहुँचकर मालूम हुआ कि जानकी की हालत

नाज़ुक है। ब्रोन्कायटिस बिगड़कर निमोनिया में बदल गया था। इसके अलावा वह जब पूना से बम्बई पहुँची थी तो अँधेरी जाने के लिए चलती ट्रेन में चढ़ने की कोशिश करते हुए गिर पड़ी थी, जिसके कारण उसकी दोनों जाँघें बुरी तरह छिल गयी थीं।

जानकी ने उस शारीरिक कष्ट को बड़ी बहादुरी से सहा लेकिन जब वह अँधेरी में पहुँची और सैयद ने उसके बँधे हुए सामान की ओर इशारा करते हुए कहा—''मेहरबानी करके यहाँ से चली जाओ,'' तो उसे बहुत ही आत्मिक क्षोभ हुआ। नारायण ने मुझे बताया, ''सैयद के मुँह से ये बर्फ़ जैसे शब्द सुनकर वह एक क्षण के लिए बिलकुल पत्थर हो गयी। मेरा खयाल है कि उसने थोड़ी देर यह ज़रूर सोचा होगा कि मैं गाड़ी के नीचे आकर क्यों न मर गई।... सआदत, तुम कुछ भी कहो, सैयद स्त्री से जैसा व्यवहार करता है वह बिलकुल कापुरुषों जैसा है...बेचारी को बुखार था। चलती ट्रेन से गिर पड़ी थी और वह भी उस शाहजादे के पास जल्दी पहुँचने की कोशिश में...लेकिन उसने इन बातों का विचार ही नहीं किया और एक बार फिर उसने कहा—मेहरबानी करके यहाँ से चली जाओ...उसके कथन में मंटो किसी भावुकता का नाम भी न था—बस ऐसा था जैसे मोनोटाइप मशीन से अखबार की एक लाइन ढलकर बाहर निकल आयी हो। मुझे बहुत दुःख हुआ। इसलिए मैं वहाँ से उठकर चला गया—शाम को जब वापस आया तो जानकी मौजूद नहीं थी, लेकिन सैयद पलँग पर बैठा रम का गिलास सामने रखे एक कविता लिखने में व्यस्त था—मैंने उससे कोई बात न की और अपने कमरे में चला गया। दूसरे दिन स्टूडियो से मालूम हुआ कि जानकी एक एक्स्ट्रा लड़की के घर खतरनाक हालत में पड़ी हुई है...मैंने स्टूडियो के मालिक से बात की और उसे हॉस्पिटल भिजवा दिया। कल से वहीं है। बताओ अब क्या किया जाये। मैं तो उसे देखने जा नहीं सकता इसलिए कि वह मुझसे घृणा करती है।—तुम जाओ, और देख आओ कि किस हालत में है।''

मैं हॉस्पिटल गया तो उसने सबसे पहले अज़ीज़ और सैयद के बारे में पूछा। जो व्यवहार उन दोनों ने उसके साथ किया था उसको देखते हुए उसके पवित्र हृदय ने मुझे बहुत प्रभावित किया था। उसकी हालत नाज़ुक थी। डॉक्टर ने मुझे बताया कि दोनों फेफड़ों में सूजन है और जान को खतरा है। लेकिन मुझे

आश्चर्य है कि जानकी इतनी बड़ी तकलीफ़ हिम्मत से सह रही है।

हॉस्पिटल से लौटा और स्टूडियो में नारायण को तलाश किया तो मालूम हुआ कि वह सुबह ही से कहीं गायब है। शाम को जब वह घर वापस आया तो उसने मुझे तीन छोटी-छोटी शीशियाँ दिखाईं जिनका मुँह रबड़ से बन्द था—''जानते हो यह क्या है ?''

मैंने कहा—''मालूम नहीं—इंजेक्शन-से लगते हैं।''

नारायण मुस्कुराया—''इंजेक्शन ही हैं। लेकिन पेंसिलिन के।'' मुझे बड़ा आश्चर्य हुआ क्योंकि पेंसिलिन उस समय बहुत ही कम तादाद में बनती थी। अमरीका और इंग्लैंड में ही प्रयोग होती थी और थोड़ी-थोड़ी मिलिट्री हॉस्पीटलों को बाँट दी जाती थी। इसलिए मैंने नारायण से पूछा—''यह तो बड़ा दुर्लभ पदार्थ है, तुम्हें कैसे प्राप्त हो गई ?''

उसने मुस्कुराकर जवाब दिया—''बचपन में घर की तिज़ोरी खोल कर रुपये चुराना मेरे बायें हाथ का खेल था—आज सीधे हाथ से मिलिट्री हॉस्पीटल का रेफ्रीजरेटर खोलकर मैंने ये तीन बल्ब चुराये हैं...चलो, जल्दी करो, जानकी को हॉस्पिटल से होटल में ले चलें।''

टैक्सी लेकर मैं हॉस्पिटल गया और जानकी को उस होटल में ले गया जिसमें नारायण दो कमरों का पहले ही बन्दोबस्त कर चुका था।

जानकी ने कई बार धीमी आवाज़ में पूछा कि मैं उसे हॉस्पिटल से होटल में क्यों लाया हूँ। हर बार मैंने यही जवाब दिया—''तुम्हें मालूम हो जायेगा।''

और जब उसे मालूम हुआ यानी नारायण सिरिंज हाथ में लिये उसे टीका लगाने के लिए कमरे में आया तो उसने घृणा से एक ओर मुँह फेर लिया और मुझसे कहा—''सआदत साहब, इससे कहिए कि चला जाये यहाँ से।''

नारायण मुस्कुराया—''जानेमन, गुस्सा थूक दो—यहाँ तुम्हारी जान का सवाल है।''

जानकी को तैश आ गया। कमज़ोरी होने पर भी उठकर बैठ गयी। ''सआदत साहब, मैं जाती हूँ यहाँ से या आप इस हरामज़ादे को बाहर निकालिए।''

नारायण ने उसे धक्का देकर लिटा लिया और मुस्कुराते हुए कहा, ''यह हरामज़ादा तुम्हें इंजेक्शन लगाकर ही रहेगा—खबरदार जो तुमने चूँ-चपड़ की।''

यह कहकर उसने एक हाथ से मज़बूती के साथ जानकी की बाँह पकड़ी, सिरिंज मुझे देकर उसने स्पिरिट में रुई भिगोई और उसकी बाँह साफ़ की। उसके बाद रुई मुझे देकर उसने सिरिंज की रुई उसकी बाँह की नाड़ी में घुसा दी। वह चीखी, लेकिन पेंसिलिन उसके शरीर में जा चुकी थी।

जब नारायण ने जानकी की बाँह अपने मज़बूत हाथों से अलग की तो उसने रोना शुरू कर दिया। नारायण ने उसकी बिलकुल परवाह न की और स्पिरिट लगी हुई रुई से इंजेक्शन वाला हिस्सा पोंछकर दूसरे कमरे में चला गया।

पहला इंजेक्शन रात के नौ बजे दिया गया था, दूसरा तीन घंटे के बाद देना था। नारायण ने मुझे बताया, ''अगर तीन से साढ़े तीन घंटे हो गये तो पेंसिलिन का असर बिलकुल बेकार हो जायेगा,'' इसलिए वह जागता रहा। लगभग 11.30 बजे स्टोव जलाया, सिरिंज उबाली और उसमें दवा भरी।

जानकी खरखराहट भरी साँस ले रही थी। आँखें बन्द थीं। नारायण ने दूसरी बाँह को स्पिरिट से साफ़ किया और सिरिंज की सूई अन्दर घुसा दी। जानकी के होंठों से पतली-सी चीख निकली। नारायण ने दवा जिस्म के अन्दर भेजकर सूई बाहर निकाली और स्पिरिट से ही इंजेक्शन वाली जगह साफ़ करते हुए मुझसे कहा, ''अब तीसरा तीन बजे।'' मुझे मालूम नहीं तीसरा और चौथा इंजेक्शन कब दिया, लेकिन जब नींद खुली तो स्टोव जलने की आवाज़ आ रही थी और नारायण होटल के बैरे से बर्फ़ के लिए कह रहा था क्योंकि उसे पेंसिलिन को ठंडा रखना था।

नौ बजे पाँचवाँ इंजेक्शन देने के लिए जब हम दोनों जानकी के कमरे में गए तो वह आँखें खोले लेटी थी। उसने नफ़रत भरी निगाहों से नारायण की ओर देखा, लेकिन मुँह से कुछ नहीं कहा। नारायण मुस्कुराया, ''क्यों जानेमन, क्या हाल है ?''

जानकी चुप रही। नारायण उसके पास खड़ा हो गया। ''ये इंजेक्शन जो तुम्हें दे रहा हूँ, इश्क के इंजेक्शन नहीं, तुम्हारा निमोनिया दूर करने के इंजेक्शन हैं जो मैंने मिलिट्री हॉस्पिटल से बड़ी सफ़ाई से चुराए हैं—लो, अब ज़रा जल्दी लेट जाओ और कूल्हे पर से सलवार ज़रा नीचे सरका दो—कभी लिया है यहाँ इंजेक्शन ?'' यह कहकर उसने जानकी के कूल्हे पर एक जगह गोश्त के अन्दर अँगुली गड़ाई। जानकी की आँखों में मूक घृणा पैदा हुई।

जब उसने करवट बदली तो नारायण ने कहा—''शाबाश!'' इससे पहले

कि जानकी कोई चूँ-चपड़ करे, नारायण ने एक हाथ से उसकी सलवार नीचे खिसकाई और मुझसे कहा—''स्पिरिट लगाओ।''

जानकी ने टाँगें चलानी शुरू कीं तो नारायण ने कहा—''जानकी, टाँगें-वाँगें मत चलाओ—मैं इंजेक्शन लगा के रहूँगा।''

मतलब यह कि पाँचवाँ इंजेक्शन दे दिया गया, पन्द्रह और शेष थे जो नारायण को हर तीन घंटे के बाद देने थे और यह पैंतालीस घंटे का काम था।

यद्यपि पाँच इंजेक्शनों से जानकी को कोई प्रत्यक्ष लाभ दिखाई नहीं देता था, लेकिन नारायण को पेंसिलिन के गुण का पूरा भरोसा था और उसे पूरी-पूरी आशा थी कि वह बच जायेगी। हम दोनों बहुत देर तक नयी दवा के बारे में बातचीत करते रहे। ग्यारह बजे के लगभग नारायण का नौकर मेरे नाम एक तार लेकर आया। वह पूना से आया था। एक फ़िल्म कम्पनी ने मुझे तुरन्त बुलाया था इसलिए मुझे जाना पड़ा।

दस-पन्द्रह दिनों के बाद कम्पनी ही के काम से मैं बम्बई आया। काम खत्म करके जब मैं अँधेरी पहुँचा तो सैयद से मालूम हुआ कि नारायण अभी तक होटल ही में है। होटल बहुत दूर शहर में था इसलिए रात को वहीं अँधेरी में रहा।

सुबह आठ बजे वहाँ पहुँचा। नारायण के कमरे का दरवाज़ा खोला तो एकदम आँखों के सामने कुछ हुआ, जानकी मुझे देखते ही रज़ाई के अन्दर घुस गयी और नारायण ने जो उसके साथ लेटा था, मुझे वापस जाते देखकर कहा—''आओ मंटो...मैं हमेशा दरवाज़ा बन्द करना भूल जाता हूँ—आओ यार आओ...बैठो इस कुर्सी पर—लेकिन वह जानकी की सलवार दे देना।''

खाली बोतलें, खाली डिब्बे

यह बात आज भी मुझे हैरत में डालती है कि खासतौर पर खाली बोतलों और खाली डिब्बों से कुँवारे मर्दों को इतनी दिलचस्पी क्यों होती है ? मर्दों से मेरा आशय उन मर्दों से है जिनको आमतौर पर शादी में कोई दिलचस्पी नहीं होती।

यूँ तो इस किस्म के मर्द आमतौर पर सनकी व अजीबोगरीब आदतों के मालिक होते हैं, लेकिन यह बात समझ में नहीं आती कि उन्हें खाली बोतलों और डिब्बों से क्यों इतना प्यार होता है ? परिन्दे और जानवर अक्सर इन लोगों के पालतू होते हैं। यह मिलान समझ में भी आ सकता है कि तनहाई में इनका कोई तो साथी होना चाहिए। लेकिन खाली बोतलें और खाली डिब्बे इनकी क्या दिलजोई कर सकते हैं।

सनक और अजीबोगरीब आदतों की वजह ढूँढ़ना कोई मुश्किल नहीं। कुदरती ख्वाइशों की खिलाफ़त ऐसे बिगाड़ पैदा कर सकती है लेकिन इसकी मनोवैज्ञानिक बारीकियों में जाना अलबत्ता बहुत मुश्किल है।

मेरे एक अज़ीज़ हैं। उम्र आपकी इस वक्त पचास के करीब-करीब है। आपको कबूतर और कुत्ते पालने का शौक है और इसमें कोई अजीबोगरीब नहीं। लेकिन आपको मर्ज़ है कि बाज़ार से हर रोज़ दूध की बालाई खरीद लाते हैं। चूल्हे पर रखकर उसका रोगन निकालते हैं और इस रोगन में अपने लिए अलग से सालन तैयार करते हैं। इनका खयाल है कि इस तरह खालिस घी तैयार होता है।

पानी पीने के लिए अपना घड़ा अलग रखते हैं। उसके मुँह पर हमेशा मलमल का टुकड़ा बँधा रहता है ताकि कोई कीड़ा-मकोड़ा अन्दर न चला

जाए मगर हवा बराबर दाखिल होती रहे। पाखाना जाते वक्त सब कपड़े उतार कर एक छोटा-सा तौलिया बाँध लेते हैं और लकड़ी की खड़ाऊँ पहन लेते हैं। अब कौन इनकी बालाई के घड़े की मलमल, अंग के तौलिये और लकड़ी की खड़ाऊँ के मनोवैज्ञानिक विश्वास का हल करने बैठे ?

मेरे एक कुँवारे दोस्त हैं। देखने में बड़े ही नॉर्मल इन्सान। हाईकोर्ट में रीडर हैं। आपको हर जगह से, हर वक्त बदबू आती रहती है। चुनांचे उनका रूमाल सदा उनकी नाक से चिपका रहता है। आपको खरगोश पालने का शौक है।

एक और कुँवारे हैं। आपको जब मौका मिले नमाज़ पढ़ना शुरू कर देते हैं। लेकिन इसके बावजूद आपका दिमाग बिलकुल सही है।

दुनिया की सियासत में आपकी नज़र बहुत गहरी है। तोतों को बातें सिखाने में महारत रखते हैं।

मिलिट्री के एक मेजर हैं—बड़ी उम्र के और दौलतमंद। आपको हुक्के जमा करने का शौक है। गुड़गुड़िया, पेचवान, चमोड़े—मतलब कि हर किस्म का हुक्का उनके पास मौजूद है। आप कई मकानों के मालिक हैं। मगर होटलों में एक कमरा किराये पर लेकर रहते हैं। बटेरें आपकी जान हैं।

एक कर्नल साहब हैं—रिटायर्ड। बहुत बड़ी कोठी में अकेले दस-बारह छोटे-बड़े कुत्तों के साथ रहते हैं। हर ब्राण्ड की ह्विस्की इनके यहाँ मौजूद रहती है। हर रोज़ शाम को चार पैग पीते हैं और अपने साथ किसी-न-किसी लाड़ले कुत्ते को भी पिलाते हैं।

मैंने अब तक जितने विवाह-विमुखों का ज़िक्र किया है, इन सबको थोड़ा-बहुत खाली बोतलों और डिब्बों से दिलचस्पी है। मेरे, दूध की मलाई से खालिस घी तैयार करने वाले अज़ीज़ घर में जब कोई खाली बोतल देखें तो उसे धो-धाकर अपनी अलमारी में सज़ा देते हैं कि ज़रूरत के वक्त काम आयेगी। हाईकोर्ट के रीडर जिनको हर जगह हर वक्त बू आती रहती है, सिर्फ़ ऐसी बोतलें और डिब्बे जमा करते हैं जिनके बारे में वह अपनी पूरी तसल्ली कर लें कि अब उनसे बू आने की कोई गुंजाइश नहीं है। जब मौका मिले, नमाज़ पढ़नेवाले, खाली बोतलें आबदस्त के लिए और टीन के खाली डिब्बे वजू के लिए दर्जनों की तादाद में जमा रखते हैं। उनके खयाल के मुताबिक ये दोनों चीज़ें सस्ती और पाकीज़ा रहती हैं। किस्म-किस्म के हुक्के जमा करने

वाले मेजर साहब को खाली बोतलें और खाली डिब्बे जमा करके उनको बेचने का शौक है। और रिटायर्ड कर्नल साहब को सिर्फ़ ह्विस्की की खाली बोतलें जमा करने का।

आप कर्नल साहब के घर जायें तो एक छोटे साफ़-सुथरे कमरे में कई शीशे की अल्मारियों में आपको ह्विस्की की खाली बोतलें सजी हुई नज़र आयेंगी।

पुराने से पुराने ब्राण्ड की ह्विस्की की खाली बोतल भी आपको उनके इस अनुपम संग्रह में मिल जायेगी। जिस तरह लोगों को टिकट और सिक्के जमा करने का शौक होता है—उसी तरह उनको ह्विस्की की खाली बोतलें जमा करने और उनकी नुमाइश करने का शौक नहीं बल्कि सनक है।

कर्नल साहब का कोई अज़ीज़-रिश्तेदार नहीं। कोई है तो इसका मुझे पता नहीं। दुनिया में एकदम अकेले हैं। लेकिन वह अकेलापन बिलकुल महसूस नहीं करते—दस-बारह कुत्ते हैं। उनकी देखभाल वे इस तरह करते हैं जिस तरह स्नेही बाप अपनी औलाद की करते हैं। सारा दिन उनका इन पालतू हैवानों के साथ गुज़र जाता है। फुर्सत के वक्त अल्मारियों में अपनी चहेती बोतलें सँवारते रहते हैं।

आप पूछेंगे खाली बोतलें, ये खाली डिब्बे क्यों साथ लगा दिए हैं? क्या यह ज़रूरी है कि एकान्त पसन्द मर्दों को खाली बोतलों के साथ-साथ खाली डिब्बों के साथ भी दिलचस्पी हो? और फिर डिब्बे और बोतलें, सिर्फ़ खाली क्यों? भरी हुई क्यों नहीं? मैं आपसे शायद पहले भी अर्ज़ कर चुका हूँ कि मुझे खुद इस बात की हैरत है। यह और इस किस्म के और बहुत-से सवाल अक्सर मेरे दिमाग में पैदा हो चुके हैं। कोशिश करने पर भी मैं जवाब हासिल नहीं कर सकता।

खाली बोतलें और खाली डिब्बे खालीपन की निशानी हैं। और खाली की कोई सही समानता एकान्त पसन्द मर्दों से शायद यही हो सकती है कि खुद इनकी ज़िन्दगी में खालीपन हो सकता है लेकिन फिर यह सवाल पैदा होता है कि क्या वे इस रिक्तता को एक और रिक्तता से पूरा करते हैं? कुत्तों, बिल्लियों, खरगोशों और बन्दरों के बारे में आदमी समझ सकता है कि वे खाली ज़िन्दगी की कमी एक हद तक पूरी कर सकते हैं, कि वे दिल बहला सकते हैं। नाज़-नखरे कर सकते हैं। दिलचस्प कामों के उपयुक्त हो सकते हैं। प्यार

का जवाब भी दे सकते हैं। लेकिन खाली बोतलें और डिब्बे दिलचस्पी का क्या सामान पेश कर सकते हैं ?

बहुत सम्भव है आपको नीचे की घटनाओं में इन सवालों का जवाब मिल जाये—

दस वर्ष पहले जब मैं बम्बई गया तो वहाँ एक मशहूर फ़िल्म कम्पनी की एक फ़िल्म लगभग बीस हफ़्तों से चल रही थी—हीरोइन पुरानी थी—लेकिन हीरो नया था जो इश्तहारों में छपी हुई तस्वीरों में नौजवान दिखाई देता था— अखबारों में उसकी एक्टिंग की तारीफ़ पढ़ी तो मैंने यह फ़िल्म देखी। अच्छी- खासी थी। कहानी ध्यान देने वाली थी। और उस नये हीरो का काम भी इस लिहाज से काबिले-तारीफ़ था कि उसने पहली बार कैमरे का सामना किया था।

पर्दे पर किसी एक्टर या एक्ट्रेस की उम्र का अन्दाज़ा लगाना आमतौर पर मुश्किल होता है क्योंकि मेकअप जवान को बूढ़ा और बूढ़े को जवान बना देता है। मगर यह नया हीरो बिना किसी शंका के नौजवान था—कॉलेज के छात्र की तरह तरोताज़ा व चाक-चौबन्द। खूबसूरत तो नहीं था मगर उसके गठे हुए जिस्म का प्रत्येक अंग अपनी जगह सही और उपयुक्त था।

इस फ़िल्म के बाद उस एक्टर की मैंने और कई फ़िल्में देखीं। अब वह मंझ गया था। चेहरे के हाव-भाव का बच्चों जैसा भोलापन उम्र और तजुबें की सख्ती में बदल गया था। उसकी गिनती अब चोटी के कलाकारों में होने लगी थी।

फ़िल्मी दुनिया में स्केंडल आम होते हैं। आये दिन सुनने में आता है कि फलाँ एक्टर का फलाँ एक्ट्रेस के साथ सम्बन्ध हो गया है। फलाँ एक्ट्रेस फलाँ एक्टर को छोड़कर फलां डायरेक्टर के पहलू में चली गयी है। लगभग हर एक्टर और एक्ट्रेस के साथ कोई-न-कोई रोमांस जल्दी या देर में लिपट जाता है। लेकिन इस हीरो की ज़िन्दगी जिसका मैं ज़िक्र कर रहा हूँ, इन बखेड़ों से पाक थी। मगर अखबारों में इसकी चर्चा नहीं थी। अखबारों ने भूले से भी इस हैरत का इज़हार नहीं किया था कि फ़िल्मी दुनिया में रहकर रामस्वरूप की ज़िन्दगी भौतिक वासनाओं से पाक है।

मुझसे सच पूछिए तो इस बारे में कभी गौर नहीं किया था इसलिए कि मुझे एक्टर और एक्ट्रेसों की निजी ज़िन्दगी से कोई दिलचस्पी नहीं थी। फ़िल्म देखी। उसके विषय में अच्छी या बुरी राय कायम की और बस। लेकिन जब

रामस्वरूप से मेरी मुलाकात हुई तो मुझे उसके बारे में बहुत-सी दिलचस्प बातें मालूम हुईं। यह मुलाकात उसकी पहली फ़िल्म देखने के आठ वर्ष बाद हुई।

शुरू-शुरू में तो वह बम्बई से बहुत दूर एक गाँव में रहता था। मगर अब फ़िल्मी क्रिया-कलाप बढ़ जाने के कारण उसने शिवाजी पार्क में समुद्र के किनारे एक बीच के दर्जे का फ़्लैट ले रखा था। उससे मेरी मुलाकात उसके फ़्लैट में हुई थी जिसके चार कमरे थे, बावर्चीखाने समेत।

इस फ़्लैट में जो परिवार रहता था, उसमें आठ प्राणी थे। खुद रामस्वरूप, उसका नौकर जो कि बावर्ची भी था, तीन कुत्ते, दो बन्दर और एक बिल्ली। रामस्वरूप और उसका नौकर अविवाहित थे। बन्दर और एक बन्दरिया दोनों अक्सर जालीदार पिंजरों में बन्द रहते थे।

इन आधा दर्जन हैवानों के साथ रामस्वरूप को बहुत मुहब्बत थी। नौकर के साथ भी उसका सलूक बहुत अच्छा था मगर उसमें भावनाओं का दखल बहुत कम था। लगे-बँधे काम थे जो नियत समय पर मशीन की-सी बेजान नियमितता के साथ जैसे अपने आप हो जाते थे। इसके अलावा ऐसा मालूम होता था कि रामस्वरूप ने अपने नौकर को अपनी ज़िन्दगी के तमाम तौर-तरीकों पर पर्चे लिखकर दे दिए थे जो उसने याद कर लिये थे।

अगर रामस्वरूप कपड़े उतारकर नेकर पहनने लगे तो नौकर फ़ौरन तीन-चार सोडे और बर्फ़ के फ़्लास्क शीशेवाली तिपाई पर रख देता था। इसका यह मतलब था कि साहब रम पीकर अपने कुत्तों के साथ खेलेंगे। और जब किसी का टेलीफ़ोन आयेगा तो कह दिया जायेगा कि साहब घर पर नहीं हैं।

रम की बोतल या सिगरेट का डिब्बा जब खाली होगा तो उसे फेंका या बेचा नहीं जायेगा बल्कि सावधानी से उस कमरे में रख दिया जायेगा जहाँ खाली बोतलों और डिब्बों के अम्बार लगे हैं।

कोई औरत मिलने के लिए आयेगी तो उसे दरवाज़े से ही यह कहकर वापस कर दिया जायेगा कि रात साहब की शूटिंग थी इसलिए सो रहे हैं। मुलाकात करने वाली शाम को या रात को आये तो उससे यह कहा जाता है कि साहब शूटिंग पर गये हैं।

रामस्वरूप का घर लगभग वैसा ही था जैसा कि आम तौर पर अकेले रहने वाले अविवाहित मर्दों का होता है। यानी वह सलीका, करीना और रख-रखाव गायब था जो भौतिक आकांक्षाओं में खास होता है। सफ़ाई थी मगर

उसमें खुर्रापन था। पहली बार जब मैं उसके फ़्लैट में दाखिल हुआ तो मुझे बहुत अधिक यह महसूस हुआ कि मैं चिड़ियाघर के उस हिस्से में दाखिल हो गया हूँ जो शेर, चीते और दूसरे हैवानों के लिए निश्चित होता है क्योंकि वैसी ही बू आ रही थी।

एक कमरा सोने का था, दूसरा बैठने का, तीसरा खाली बोतलों और डिब्बों का, उसमें रम की वे तमाम बोतलें और सिगरेट के वे तमाम डिब्बे मौजूद थे जो रामस्वरूप ने पीकर खाली किए थे। कोई तरतीब नहीं थी। बोतलों पर डिब्बे, डिब्बों पर बोतलें औंधी-सीधी पड़ी थीं। एक कोने में कतार है तो दूसरे कोने में अम्बार। गर्द जमी हुई है। और बासी तम्बाकू और बासी रम की मिली-जुली तेज़ बू आ रही है।

मैंने जब पहली बार यह कमरा देखा तो बहुत हैरान हुआ। अनगिनत बोतलें और डिब्बे थे। सब खाली। मैंने रामस्वरूप से पूछा—''क्यों भई, यह क्या सिलसिला है?''

मैंने कहा, ''यह कबाड़ख़ाना।''

उसने सिर्फ़ इतना कहा, ''जमा हो गया है।''

यह सुनकर मैंने बोलते हुए सोचा—''इतना कूड़ा जमा होने में कम से कम सात-आठ वर्ष चाहिए।''

मेरा अन्दाज़ा गलत निकला। मुझे बाद में मालूम हुआ कि उसका यह ज़ख़ीरा पूरे दस वर्ष का था। जब वह शिवाजी पार्क में रहने आया था तो वे तमाम बोतलें उठवाकर अपने साथ ले आया था जो उसके पुराने मकान में जमा हो चुकी थीं। एक बार मैंने उससे कहा—''स्वरूप, तुम ये बोतलें और डिब्बे बेच क्यों नहीं देते?—मेरा मतलब है, अव्वल तो साथ-साथ बेचते रहना चाहिए—पर अब की इतना अम्बार जमा हो चुका है और जंग के कारण दाम भी अच्छे मिल सकते हैं, मैं समझता हूँ तुम्हें यह कबाड़ख़ाना उठवा देना चाहिए।''

उसने जवाब में सिर्फ़ इतना कहा—''हटा दिया यार—कौन इतनी बार बक-बक करे।''

इस जवाब से तो यही ज़ाहिर होता था कि उसे खाली बोतलों और डिब्बों से कोई दिलचस्पी नहीं, लेकिन मुझे नौकर से मालूम हुआ कि अगर उस कमरे में कोई बोतल या डिब्बा इधर का उधर हो जाये तो रामस्वरूप कयामत बरपा देता था।

औरत से उसे कोई दिलचस्पी नहीं थी। मेरी उससे बहुत बेतकल्लुफ़ी हो गयी थी। बातों-बातों में मैंने कई बार उससे पता किया—''क्यों भाई, शादी कब करोगे?'' और हर बार इस किस्म का जवाब मिला—''शादी करके क्या करूँगा?'' मैंने सोचा, 'वाकई रामस्वरूप शादी करके क्या करेगा? क्या वह अपनी बीबी को खाली बोतलों और डिब्बों वाले कमरे में बन्द कर देगा। या सब कपड़े उतारकर, निकर पहनकर, रम पीकर उसके साथ खेला करेगा?' मैं उससे शादी-ब्याह का ज़िक्र तो अक्सर करता था मगर दिमाग पर ज़ोर देने के बावजूद उसे किसी औरत में रुचि लेते न देख सका।

रामस्वरूप से मिलते-मिलते कई वर्ष बीत गये। इस दौरान कई बार मैंने उड़ती-उड़ती यह बात सुनी कि उसे एक एक्ट्रेस से जिसका नाम शीला था, इश्क हो गया है। मुझे इस अफ़वाह पर बिलकुल यकीन न आया। अव्वल तो रामस्वरूप से इसकी आशा ही नहीं थी, दूसरे शीला से किसी भी समझ-बूझ वाले नौजवान को इश्क नहीं हो सकता था क्योंकि वह इस कदर संवेदनाहीन थी कि दिल की मरीज़ मालूम होती थी। शुरू-शुरू में जब वह एक-दो फ़िल्मों में आयी थी तो किसी कदर सहनीय थी मगर बाद में तो वह बिलकुल बेकैफ़ और बेरंग हो गयी थी और तीसरे दर्जे की फ़िल्मों के लिए सीमित होकर रह गयी थी।

मैंने सिर्फ़ एक बार शीला के बारे में रामस्वरूप से पूछा तो उसने मुस्कुराकर कहा, ''मेरे लिए क्या यही रह गयी थी?''

इसी दौरान उसका सबसे प्यारा कुत्ता स्टालिन निमोनिया का शिकार हो गया। रामस्वरूप ने दिन-रात बड़े दिल से उसका इलाज किया मगर वह तन्दुरुस्त न हुआ। उसे उसकी मौत से बहुत सदमा हुआ। कई दिन उसकी आँखें शोकपूर्ण रहीं और जब उसने एक दिन बाकी कुत्ते किसी दोस्त को दे दिए तो मैंने खयाल किया कि उसने स्टालिन की मौत के सदमे के कारण ऐसा किया है। वरना वह इनकी जुदाई कभी सहन नहीं करता।

लेकिन कुछ समय के बाद उसने बन्दर और बन्दरिया को भी विदा कर दिया तो मुझे किसी कदर हैरत हुई। लेकिन मैंने सोचा कि उसका दिल अब और किसी मौत का सदमा सहन करना नहीं चाहता। अब वह निकर पहनकर रम पीते हुए सिर्फ़ अपनी बिल्ली नरगिस से खेलता था। वह भी उससे बहुत प्यार करने लगी थी। क्योंकि रामस्वरूप का सारा मनोरंजन अब इसी के लिए सीमित हो गया था।

अब उसके घर से शेर-चीतों की बू नहीं आती थी। सफ़ाई में कुछ सीमा तक नज़र आने वाला सलीका और करीना भी पैदा हो चला था। उसके चेहरे पर हल्का-सा निखार आ गया था। मगर यह सब कुछ इस कदर आहिस्ता-आहिस्ता हुआ था कि उसके प्रारम्भिक बिन्दु का पता लगाना बहुत मुश्किल था।

दिन गुज़रते गये। रामस्वरूप की ताज़ी फ़िल्म रिलीज़ हुई तो मैंने उसकी कलाकारी में नयी ताज़गी देखी। मैंने उसे बधाई दी तो वह मुस्कुराया—‘‘लो, ह्विस्की पियो।’’

मैंने ताज्जुब से पूछा—‘‘ह्विस्की ?’’

ह्विस्की इसलिए कि वह सिर्फ़ रम पीने का आदी था।

पहली मुस्कुराहट को होंठों में ज़रा सिकोड़ते हुए उसने जवाब दिया, ‘‘रम पी-पीकर तंग आ गया हूँ।’’

मैंने उससे कुछ और न पूछा।

अगले रोज़ जब उसके पास शाम को गया, तो वह कमीज़-पाजामा पहने रम—नहीं ह्विस्की पी रहा था। देर तक हम ताश खेलते और ह्विस्की पीते रहे। इस दौरान मैंने नोट किया कि ह्विस्की का स्वाद उसकी जुबान और तालू पर ठीक नहीं बैठ रहा। क्योंकि घूँट भरने के बाद वह कुछ इस तरह मुँह बनाता था जैसे किसी बिना चखी चीज़ से उसका वास्ता पड़ा हुआ है। चुनांचे मैंने उससे कहा—‘‘तुम्हारी तबियत कबूल नहीं कर रही ह्विस्की ?’’

उसने मुस्कुराकर जवाब दिया—‘‘आहिस्ता-आहिस्ता कबूल कर लेगी।’’

रामस्वरूप का फ़्लैट दूसरी मंज़िल पर था। एक दिन मैं उधर से गुज़र रहा था कि देखा नीचे गैराज के पास खाली बोतलों और डिब्बों के अम्बार पड़े हैं। सड़क पर दो छकड़े खड़े हैं जिनमें तीन-चार कबाड़िये उनको लाद रहे हैं। मेरी हैरत की कोई सीमा न रही। क्योंकि यह खज़ाना रामस्वरूप के अलावा और किसका हो सकता था—आप यकीन जानिए, उसको जुदा होते देखकर मैंने अपने मन में एक अजीब किस्म का दर्द महसूस किया—दौड़ा-दौड़ा ऊपर गया। घंटी बजाई—दरवाज़ा खुला। मैंने अन्दर दाखिल होना चाहा तो नौकर ने सामान्य रूप से रास्ता रोकते हुए कहा—‘‘साहब, रात शूटिंग पर गये थे इस वक्त सो रहे हैं।’’

मैं हैरत और गुस्से से बौखला गया—कुछ बड़बड़ाया और चल पड़ा।

उसी दिन शाम को रामस्वरूप मेरे घर आया—उसके साथ शीला थी।

नयी बनारसी साड़ी में सजी हुई—रामस्वरूप ने उसकी तरफ़ इशारा करके मुझसे कहा—‘‘मेरी धर्मपत्नी से मिलो।’’

अगर मैंने ह्विस्की के चार पैग न पिए होते तो यकीनन यह सुनकर मैं बेहोश हो गया होता।

रामस्वरूप और शीला सिर्फ़ थोड़ी देर बैठे और चले गये। मैं देर तक सोचता रहा कि बनारसी साड़ी में शीला किसके समान लग रही थी—दुबले-पतले बदन पर हल्के बादामी रंग की साड़ी—किसी जगह फूली हुई किसी जगह दबी हुई—एकदम मेरी आँखों के सामने एक खाली बोतल आ गयी। बारीक कागज़ में लिपटी हुई।

शीला बिलकुल खाली औरत थी। लेकिन हो सकता है एक खालीपन ने दूसरे खालीपन को पूरा कर दिया हो।

इज़्ज़त के लिए

चुन्नीलाल ने अपनी मोटर साइकिल स्टॉल के पास रोकी और गद्दी पर बैठे-बैठे सुबह के ताज़ा अखबारों की सुखियों पर नज़र डाली। मोटर साइकिल रुकते ही स्टॉल पर बैठे हुए दोनों नौकरों ने उसे नमस्ते की थी। जिसका जवाब चुन्नीलाल ने अपने सिर को थोड़ा-सा हिलाकर दे दिया था। सुखियों पर सरसरी नज़र डालकर चुन्नीलाल ने एक बँधे हुए बंडल की तरफ़ हाथ बढ़ाया जो उसे फ़ौरन दे दिया गया। इसके बाद उसने अपनी बी.एस.ए. मोटर साइकिल का इंजन स्टार्ट किया और यह जा वह जा।

मॉडर्न न्यूज़ एजेंसी कायम हुए पूरे चार वर्ष हो चुके थे। चुन्नीलाल उसका मालिक था। लेकिन इन चार वर्षों में एक दिन भी स्टॉल पर नहीं बैठा था। वह हर रोज़ सुबह अपनी मोटर साइकिल पर आता। नौकरों को नमस्ते का जवाब सिर को थोड़ा हिलाकर देता। ताज़ा अखबारों की सुखियाँ एक नज़र देखता। हाथ बढ़ाकर बंडल लेता और यह जा वह जा।

चुन्नीलाल का स्टॉल मामूली स्टॉल नहीं था। हालाँकि अमृतसर में लोगों को अंग्रेज़ी और अमेरिकी रिसालों और पर्चों में कोई इतनी दिलचस्पी नहीं थी लेकिन मॉडर्न न्यूज़ एजेंसी हर अच्छी अंग्रेज़ी और अमेरिकी रिसाला मँगवाती थी बल्कि यूँ कहना चाहिए कि चुन्नीलाल मँगवाता था। हालाँकि उसे पढ़ने-वढ़ने का बिलकुल शौक नहीं था।

शहर में बहुत कम आदमी जानते थे कि मॉडर्न न्यूज़ एजेंसी खोलने में चुन्नीलाल का असली मकसद क्या था? यूँ तो उससे चुन्नीलाल की खासी आमदनी हो जाती थी, इसलिए वह करीब-करीब हर बड़े अखबार का एजेंट था। लेकिन समुद्र पार से जो अखबार और रिसाले आते, बहुत ही कम बिकते।

फिर भी हर हफ़्ते विलायत की डाक से मॉर्डन न्यूज़ एजेंसी के नाम कई खूबसूरत बंडल और पैकेट आते ही रहते। असल में चुन्नीलाल ये पर्चे बेचने के लिए नहीं बल्कि मुफ़्त बाँटने के लिए मँगवाता था। चुनांचे हर रोज़ सुबह-सवेरे वह इन्हीं पर्चों का बंडल लेने आता था जो उसके नौकरों ने बाँधकर रख छोड़ा होता था।

शहर के जितने बड़े अफ़सर थे वे चुन्नीलाल के परिचित थे। कुछ का परिचय सिर्फ़ यहीं तक सीमित था कि हर हफ़्ते उनके यहाँ जो अंग्रेज़ी और अमेरिकी पर्चे आते हैं शहर में कोई मॉर्डन न्यूज़ एजेंसी है, उसका मालिक चुन्नीलाल है, वह पर्चे भेजता है और बिल कभी रवाना नहीं करता। कुछ ऐसे भी थे जो उसको बहुत अच्छी तरह जानते थे। मिसाल के तौर पर उनको मालूम था कि चुन्नीलाल का घर बहुत ही खूबसूरत है। है तो छोटा-सा मगर बहुत ही नफ़ीस (सुन्दर) तरीके से सजा है। एक नौकर है रामा। बड़ा साफ़-सुथरा और सौ फ़ीसदी नौकर। समझदार, मामूली-सा इशारा समझने वाला। जिसको सिर्फ़ अपने काम से मतलब है। दूसरे क्या करते हैं, क्या नहीं करते उससे उसकी कोई दिलचस्पी नहीं।

चुन्नीलाल घर पर मौजूद हो तब भी एक बात है, मौजूद न हो तब भी एक बात। मेहमान किस गर्ज़ से आया है यह उसको उनकी शक्ल देखते ही मालूम हो जाता है। कभी ज़रूरत महसूस नहीं होगी कि उससे सोडे बर्फ़ के लिए कहा जाये या पानी का ऑर्डर दिया जाये। हर चीज़ खुद-ब-खुद वक़्त पर मिल जायेगी और फिर ताँक-झाँक का कोई डर नहीं। इस बात का भी कोई खटका नहीं कि बात कहीं बाहर निकल जायेगी। चुन्नीलाल और उसका नौकर रामा—दोनों के होंठ दरिया का दरिया पीने पर भी खुश्क रहते थे।

मकान बहुत ही छोटा था। बम्बई स्टाइल का। यह चुन्नीलाल ने खुद बनवाया था। बाप के मरने पर उसे दस हज़ार रुपये मिले थे। जिनमें से पाँच हज़ार उसने अपनी छोटी बहन रूपा को दे दिए थे और जद्दी मकान भी और खुद अलग हो गया था। रूपा अपनी माँ के साथ उसमें रहती थी और चुन्नीलाल अलग अपने बम्बई स्टाइल के मकान में। शुरू-शुरू में माँ-बहन ने बहुत कोशिश की कि वह उनके साथ रहे। साथ न रहे तो कम-से-कम उनसे मिलता ही रहे। मगर चुन्नीलाल को इन दोनों में कोई दिलचस्पी नहीं थी। उसका यह मतलब नहीं कि उसे अपनी माँ और बहन से नफ़रत थी। दरअसल उसे शुरू ही

से इन दोनों में कोई मोह नहीं था। अलबत्ता बाप में ज़रूर दिलचस्पी थी कि वह थानेदार था। लेकिन जब वह रिटायर हुआ तो चुन्नीलाल ने उससे भी किनारा कर लिया। जिस वक्त उसे कॉलेज में किसी से कहना पड़ता कि उसके पिता रिटायर्ड पुलिस इन्स्पेक्टर हैं तो उसे बहुत कोफ़्त होती।

चुन्नीलाल को अच्छी पोशाक और अच्छे खाने का बहुत शौक था। तबियत में नफ़ासत थी। चुनांचे वे लोग जो उसके मकान में एक बार भी गये उसके सलीके की तारीफ़ अब तक करते हैं। एन.डब्ल्यू.आर. की एक नीलामी में उसने रेल के एक डिब्बे की एक सीट खरीदी थी। उसको उसने अपने दिमाग से बहुत ही उम्दा दीवान में बदलवा लिया था। चुन्नीलाल को वह इस कदर पसन्द था कि उसे अपने सोने के कमरे में रखवाया हुआ था।

शराब उसने कभी छुई नहीं थी लेकिन दूसरों को पिलाने का बहुत शौक था। ऐरे-गैरे को नहीं। खास से भी खास आदमियों को, जिनकी सोसाइटी में ऊँची पोज़ीशन हो, जो कोई रुतबा रखते हों। चुनांचे ऐसे लोगों को वह अक्सर दावत देता। दावत किसी होटल या कहवाखाने में नहीं, अपने घर में जो उसने खास अपने लिए बनवाया था।

ज्यादा पीने पर किसी की तबियत खराब हो जाये तो उसे कोई परेशानी न होती क्योंकि चुन्नीलाल के पास ऐसी चीज़ें हर वक्त मौजूद रहती थीं जिनसे नशा कम हो जाता है। डर के मारे कोई घर न जाना चाहे तो अलग से सजे-सजाये दो कमरे मौजूद थे। छोटा-सा एक हॉल भी था।

अक्सर ऐसा भी हुआ कि चुन्नीलाल के इस मकान में उसके दोस्त कई-कई दिन और कई-कई रातें अपनी सहेलियों समेत रहे लेकिन उसने उनको ज़रा भी खबर न होने दी कि वह सब कुछ जानता है। वैसे जब उसका कोई दोस्त उसकी इन मेहरबानियों का शुक्रिया अदा करता तो चुन्नीलाल सामान्य रूप से बेतकल्लुफ़ होकर कहता, ''क्या कहते हो यार, मकान तुम्हारा अपना है।''

सामान्य बातचीत में वह अपने दोस्तों के ऊँचे रुतबे को ध्यान में रखकर ऐसी बेतकल्लुफ़ी कभी न बरतता था।

चुन्नीलाल का पिता लाला गिरधारीलाल ठीक उस वक्त रिटायर हुआ जब चुन्नीलाल थर्ड डिवीज़न में एंट्रेंस पास करके कॉलेज में दाखिल हुआ। पहले तो यह था कि सुबह-शाम घर पर मिलनेवालों का ताँता बँधा रहता था।

डालियों पर डालियाँ आ रही हैं। रिश्वत का बाज़ार गर्म है। तनख्वाह तो बस सीधी बैंक में चली जाती थी। लेकिन रिटायर होने पर कुछ ऐसा पासा पलटा कि लाला गिरधारीलाल का नाम जैसे बड़े आदमियों के रजिस्टर ही से कट गया। यूँ तो जमा-पूँजी काफ़ी थी लेकिन लाला गिरधारीलाल ने 'बेकार न रह कुछ किया कर' का पालन करते हुए मकानों का सट्टा खेलना शुरू कर दिया। दो वर्षों में ही आधी से ज़्यादा जायदाद गँवा दी। फिर लम्बी बीमारी ने आ घेरा। इन तमाम घटनाओं का चुन्नीलाल के ऊपर अजीबोगरीब असर हुआ। लाला गिरधारीलाल का हाल पतला होने के साथ-साथ चुन्नीलाल के दिल में अपना पुराना ठाठ और अपनी पुरानी साख कायम रखने की इच्छा बढ़ती गयी और आखिर में उसके ज़हन ने आहिस्ता-आहिस्ता कुछ ऐसी करवट ली कि वह देखने में बड़े आदमियों के साथ का उठने-बैठने वाला, हम प्याला, हम निवाला था लेकिन असल में वह इनसे बहुत दूर था। उनके रुतबे से, उनकी शानोशौकत से अलबत्ता उसका यही रिश्ता था जो एक बुत का पुजारी से होता है या एक मालिक से गुलाम का।

हो सकता है कि चुन्नीलाल के अस्तित्व के किसी कोने में बहुत ही बड़ा आदमी बनने की इच्छा थी जो वहीं दब गयी और यह सूरत धारण कर गयी जो अब उसके दिलोदिमाग में थी। लेकिन यह ज़रूर है कि जो कुछ भी वह करता था उसमें अत्यन्त ऊँचे दर्जे की नि:स्वार्थता थी। कोई बड़ा आदमी उससे मिले न मिले, यही काफ़ी था कि वह उसके दिये हुए अमेरिकी और अंग्रेज़ी रिसाले एक नज़र देख लेता।

दंगे अभी शुरू नहीं हुए थे बल्कि यूँ कहना चाहिए कि बँटवारे की बात भी अभी नहीं चली थी कि चुन्नीलाल की बहुत दिनों की पुरानी मुराद पूरी होती नज़र आयी।

एक बहुत ही बड़े अफ़सर थे जिनसे चुन्नीलाल की जान-पहचान न हो सकी थी। एक दफ़ा उसके मकान पर शहर की सबसे खूबसूरत वेश्या का मुजरा हुआ। कुछ दोस्तों के साथ उस अफ़सर का शर्मीला बेटा हरबंस भी चला आया। चुनांचे जब चुन्नीलाल की उस जवान से दोस्ती हो गयी तो उसने समझा कि एक-न-एक दिन उसके बाप से भी जान-पहचान हो ही जायेगी।

हरबंस, जिसने ऐश की ज़िन्दगी में नया-नया कदम रखा था, बहुत ही अल्हड़ था। चुन्नीलाल खुद तो शराब नहीं पीता था लेकिन हरबंस का शौक

पूरा करने के लिए और उसे शराब पीने के सलीके सिखाने के लिए एक-दो बार उसे भी पीनी पड़ी लेकिन बहुत ही कम मात्रा में।

लड़के को शराब पीनी आ गयी तो उसका दिल किसी और चीज़ को चाहने लगा। चुन्नीलाल ने वह भी पेश कर दी और कुछ इस अन्दाज़ से कि हरबंस को झेंपने का मौका न दिया।

जब कुछ दिन बीत गये चुन्नीलाल को महसूस हुआ कि हरबंस ही की दोस्ती काफ़ी है। क्योंकि उसके द्वारा वह लोगों की सिफ़ारिशें पूरी करा लेता। वैसे तो शहर में चुन्नीलाल के असर व रसूख को हर आदमी मानता था लेकिन जब से हरबंस से उसकी जान-पहचान हुई थी उसकी धाक और भी ज़्यादा बैठ गयी थी।

लोग अक्सर यही समझते थे कि चुन्नीलाल अपने असर-व-रसूख से निजी फ़ायदा उठाता है, मगर यह हकीकत है कि उसने अपने लिए कभी किसी से सिफ़ारिश नहीं की थी। उसको शौक था दूसरों के काम करने और उन्हें अपना कृतज्ञ बनाने का। बल्कि यूँ कहिए कि उनके दिलोदिमाग पर कुछ ऐसे खयालात बिठाने का कि...भई कमाल है ! एक मामूली न्यूज़ एजेंसी का मालिक है लेकिन बड़े-बड़े हाकिमों तक उसकी पहुँच है...कुछ लोग यह समझते थे कि वह खुफिया पुलिस का आदमी है। जितने मुँह, उतनी बातें; लेकिन चुन्नीलाल हकीकत में जो कुछ था—वह बहुत ही कम आदमी जानते थे।

एक को खुश कीजिए तो बहुतों को नाराज़ करना पड़ता है। चुनांचे चुन्नीलाल के जहाँ एहसानमंद थे वहाँ दुश्मन भी थे। और इस ताक में रहते थे कि मौका मिले और उससे बदला लें।

दंगे शुरू होते ही चुन्नीलाल की व्यस्तताएँ ज़्यादा हो गयीं। मुसलमानों और हिन्दुओं दोनों के लिए उसने काम किया, लेकिन सिर्फ़ उन्हीं के लिए जिनका सोसाइटी में कोई दर्जा था। उसके घर की रौनक भी बढ़ गयी। करीब-करीब हर रोज़ कोई-न-कोई सिलसिला रहता। स्टोर रूम जो सीढ़ियों के नीचे था, बियर की खाली बोतलों से भर गया था।

हरबंस का अल्हड़पन अब बहुत हद तक दूर हो चुका था। अब उसे चुन्नीलाल की मदद की ज़रूरत न थी। बड़े आदमी का लड़का था। दंगों ने दस्तरखान बिछाकर नित नयी चीज़ें उसके लिए चुन दी थीं। चुनांचे करीब-करीब हर रोज़ वह चुन्नीलाल के मकान पर मौजूद होता।

रात के बारह बजे होंगे। चुन्नीलाल अपने कमरे में रेलगाड़ी की सीट से बनाए हुए दीवान पर बैठा अपनी पिस्तौल को अँगुली में घुमा रहा था कि दरवाज़े पर ज़ोर की दस्तक हुई। चुन्नीलाल चौंक पड़ा और सोचने लगा।

बलवाई...नहीं।...रामा...नहीं। वह तो कई दिनों से कफ़र्यू के कारण नहीं आ रहा था।

दरवाज़े पर फिर दस्तक हुई और हरबंस की सहमी हुई डरी हुई आवाज़ आयी। चुन्नीलाल ने दरवाज़ा खोला। हरबंस का रंग हल्दी के गोले की तरह ज़र्द था। होंठ तक पीले थे।

चुन्नीलाल ने पूछा, ''क्या हुआ ?''

''वह...वह...'' हरबंस के सूखे हुए गले में आवाज़ तक अटक गयी।

चुन्नीलाल ने उसको दिलासा दिया, ''घबराइए नहीं...बताइए क्या हुआ है ?'' हरबंस ने अपने खुश्क होंठों पर ज़ुबान फेरी, ''वह...वह...लहू...बन्द ही नहीं होता लहू।''

चुन्नीलाल ने समझा था कि शायद लड़की मर गयी है। चुनांचे यह सुनकर उसे निराशा-सी हुई क्योंकि वह लाश को ठिकाने लगाने की पूरी स्कीम अपने होशियार दिमाग में तैयार कर चुका था। ऐसे मौकों पर वह बहुत चौकस हो जाता था। मुस्कुराकर उसने हरबंस की तरफ़ देखा जोकि काँप रहा था।

''मैं सब कुछ ठीक कर देता हूँ। आप घबराइए नहीं।''

यह कहकर उसने उस कमरे का रुख किया जिसमें हरबंस लगभग सात बजे से एक लड़की के साथ जाने क्या करता रहा था। चुन्नीलाल ने एकदम बहुत-सी बातें सोचीं। डॉक्टर...नहीं बात बाहर निकल जायेगी। एक बहुत बड़े आदमी की इज़्ज़त का सवाल है। और यह सोचते हुए एक अजीबोगरीब-सा सन्तोष उसे महसूस हुआ कि वह एक बहुत बड़े आदमी की आबरू का रक्षक है।

रामा...कफ़र्यू के कारण कई दिनों से नहीं आ रहा था...बर्फ़...हाँ बर्फ़ ठीक है, रेफ्रिजरेटर मौजूद था...लेकिन सबसे बड़ी परेशानी चुन्नीलाल को यह थी कि वह लड़कियों और औरतों के ऐसे मामलों से बिलकुल बेखबर था। लेकिन उसने सोचा, 'कुछ भी हो, कोई-न-कोई उपाय निकालना ही पड़ेगा।'

चुन्नीलाल ने कमरे का दरवाज़ा खोला और अन्दर दाखिल हुआ। सागवान के स्प्रिंगोंवाले पलँग पर एक लड़की लेटी थी और सफ़ेद चादर खून में लिपटी

हुई थी। चुन्नीलाल को बहुत घिन आयी लेकिन वह आगे बढ़ा। लड़की ने एक करवट बदली और एक चीख़ उसके गले से निकली, ''भैया!''

चुन्नीलाल ने भिंची हुई आवाज़ में कहा, ''रूपा...'' और उसके दिमाग में ऊपर-तले सैकड़ों बातों का अम्बार लग गया। इनमें सबसे ज़रूरी बात यही थी कि हरबंस को पता न चले कि रूपा उसकी बहन है। चुनांचे उसने मुँह पर अँगुली रखकर खामोश रहने का इशारा किया और बाहर निकलकर मामले पर गौर करने के लिए दरवाज़े की तरफ़ बढ़ा।

दहलीज़ में हरबंस खड़ा था और उसका रंग पहले से भी ज्यादा जर्द था। होंठ बिलकुल बेजान हो गये थे। आँखों में दहशत थी, चुन्नीलाल को रू-ब-रू देखकर वह पीछे हट गया।

चुन्नीलाल ने दरवाज़ा भेड़ दिया। हरबंस की टाँगें काँपने लगीं।

चुन्नीलाल खामोश था। उसके चेहरे का कोई खत बिगड़ा हुआ नहीं था। असल में वह सारे मामले पर गौर कर रहा था। इतने गहरे मन से गौर कर रहा था कि वह हरबंस की मौजूदगी से बेखबर था। मगर हरबंस को चुन्नीलाल की असाधारण खामोशी में अपनी मौत दिखाई दे रही थी। चुन्नीलाल अपने कमरे की तरफ़ बढ़ा तो हरबंस ज़ोर से चीखा और दौड़कर चुन्नीलाल को एक धक्का देकर खुद उसमें दाखिल हो गया। उसने बहुत ही ज़ोर से काँपते हुए हाथों से रेलगाड़ी की सीट पर से पिस्तौल उठायी और बाहर निकलकर चुन्नीलाल की तरफ़ तान दी।

चुन्नीलाल फिर भी कुछ न बोला। वह अभी तक मामला सुलझाने में डूबा हुआ था। सवाल एक बहुत बड़े आदमी की इज़्ज़त का था।

पिस्तौल हरबंस के हाथ में कँपकँपाने लगी। वह चाहता था कि जल्दी फ़ैसला हो जाये लेकिन वह अपनी पोज़ीशन साफ़ करना चाहता था। चुन्नीलाल और हरबंस दोनों कुछ देर खामोश रहे...लेकिन हरबंस ज्यादा देर तक चुप न रह सका। उसके दिलोदिमाग में बड़ी हलचल मची हुई थी। चुनांचे एकदम उसने बोलना शुरू किया—

''मैं...मैं...मुझे कुछ मालूम नहीं...मुझे बिलकुल मालूम नहीं था कि यह...कि यह तुम्हारी बहन है...यह सारी शरारत उस मुसलमान की है...उस मुसलमान सब-इन्स्पेक्टर की...क्या नाम है उसका...क्या नाम है उसका...मुहम्मद तुफ़ैल...हाँ, हाँ मुहम्मद तुफ़ैल...नहीं नहीं...बशीर अहमद...नहीं-नहीं। बशीर

अहमद...नहीं-नहीं मुहम्मद तुफ़ैल...वही...वही मुहम्मद तुफ़ैल जिसकी तरक्की तुमने रुकवाई थी...उसने मुझे यह लड़की लाकर दी...और कहा कि मुसलमान है...मुझे मालूम होता तुम्हारी बहन है तो क्या मैं उसे यहाँ लेकर आता...तुम... तुम बोलते क्यों नहीं...तुम बोलते क्यों नहीं।'' और उसने चिल्लाना शुरू कर दिया, ''तुम बोलते क्यों नहीं। तुम मुझसे बदला लेना चाहते हो...लेकिन मैं कहता हूँ मुझे कुछ मालूम नहीं था—मुझे कुछ मालूम नहीं था...मुझे कुछ मालूम नहीं था।''

चुन्नीलाल ने आहिस्ता से कहा, ''घबराइए नहीं...आपके पिता जी की इज़्ज़त का सवाल है।''

लेकिन हरबंस चीख-चिल्ला रहा था। उसने कुछ न सुना और काँपते हुए हाथों से पिस्तौल दाग दी।

तीसरे दिन कफ़्यू ऑर्डर हटने पर चुन्नीलाल के दोनों नौकरों ने मॉडर्न न्यूज़ एजेंसी का स्टॉल खोला। ताज़ा अखबार अपनी-अपनी जगह पर रखे। चुन्नीलाल के लिए अखबारों और रिसालों का एक बंडल बाँधकर अलग रख दिया, मगर वह न आया।

कई राह चलते आदमियों ने ताज़ा अखबारों की सुर्खियों पर नज़र डालते हुए मालूम किया कि मॉडर्न न्यूज़ एजेंसी के मालिक चुन्नीलाल ने अपनी सगी बहन के साथ मुँह काला किया और बाद में गोली मारकर आत्महत्या कर ली।

सहाय

ऐसा मत कहो कि एक लाख हिन्दू और एक लाख मुसलमान मरे हैं—यह कहो कि दो लाख इन्सान मरे हैं—और यह इतनी बड़ी ट्रेजेडी नहीं कि दो लाख इन्सान मरे हैं। ट्रेजेडी असल में यह है कि मरने से मारने वाले किसी भी खाते में नहीं गये। एक लाख हिन्दू मारकर मुसलमानों ने यह समझा होगा कि हिन्दू मज़हब मर गया है। लेकिन वह ज़िन्दा है और ज़िन्दा रहेगा। इसी तरह एक लाख मुसलमान कत्ल करके हिन्दुओं ने बगलें बजाई होंगी कि इस्लाम खत्म हो गया है। मगर असलियत आपके सामने है कि इस्लाम पर एक हल्की-सी खराश भी नहीं आयी—वे लोग बेवकूफ़ हैं जो समझते हैं कि बन्दूकों से मज़हब शिकार किए जा सकते हैं—मज़हब, दीन, ईमान, धर्म, यकीन, विश्वास—वे जो कुछ भी हैं हमारे जिस्म में नहीं आत्मा में होते हैं—छुरे, चाकू और गोली से ये कैसे फना हो सकते हैं।

मुमताज़ उस दिन बहुत जोश से भरा था। हम सिर्फ़ तीन थे जो उसे जहाज़ पर छोड़ने के लिए आये थे। वह अनिश्चितकाल के लिए हमसे जुदा होकर पाकिस्तान जा रहा था—पाकिस्तान जिसके वजूद के बारे में हम में से किसी को वहम-व-गुमान भी न था।

हम तीनों हिन्दू थे। पश्चिमी पंजाब में हमारे रिश्तेदारों को माली और जानी नुकसान उठाना पड़ा था। गालिबन यही वजह थी कि मुमताज़ हमसे जुदा हो रहा था। जुगल को लाहौर से खत मिला कि दंगों में उसका चाचा मारा गया है तो उसको बहुत सदमा हुआ। चुनांचे इस सदमे के असर से बातों-बातों में एक दिन उसने मुमताज़ से कहा, ‘‘मैं सोच रहा हूँ कि हमारे मुहल्ले में दंगा शुरू हो जाये तो मैं क्या करूँगा?’’

मुमताज़ ने उससे पूछा—''क्या करोगे?''

जुगल ने बड़ी संजीदगी के साथ जवाब दिया—''मैं सोच रहा हूँ, बहुत मुमकिन है मैं तुम्हें मार डालूँ।''

यह सुनकर मुमताज़ बिलकुल खामोश हो गया और उसकी यह खामोशी लगभग आठ दिन बनी रही और उस वक्त टूटी जब उसने अचानक हमें बताया कि वह पौने चार बजे समुद्री जहाज़ से कराची जा रहा है। हम तीनों में से किसी ने उसके इस इरादे के बारे में बातचीत न की। जुगल को इस बात का बहुत एहसास था कि मुमताज़ की रवानगी का कारण उसका यह कथन है—''मैं सोच रहा हूँ, बहुत मुमकिन है, मैं तुम्हें मार डालूँ।'' शायद वह अभी तक यह सोच रहा था कि वह पक्का इरादा करके मुमताज़ को मार सकता है या नहीं—मुमताज़ को जो उसका जिगरी दोस्त था—यही वजह है कि वह तीनों में सबसे ज्यादा खामोश था। लेकिन अजीब बात है कि मुमताज़ गैरमामूली तौर पर बातूनी हो गया था। खासतौर पर रवानगी से कुछ घंटे पहले।

सुबह उठते ही उसने पीनी शुरू कर दी। असबाब-वगैरह कुछ इस ढंग से बाँधा और बँधवाया जैसे वह कहीं सैर व तफ़रीह के लिए जा रहा है। खुद ही बात करता था और खुद ही हँसता था। कोई और देखता तो समझता कि बम्बई छोड़ने में वह ऐसी खुशी महसूस कर रहा है जिसको बयान नहीं किया जा सकता। लेकिन हम तीनों अच्छी तरह जानते थे कि वह सिर्फ़ अपने जज्बात को छिपाने के लिए हमें और अपने आपको धोखा देने की कोशिश कर रहा है।

मैंने बहुत चाहा कि उसकी एकदम रवानगी के बारे में बात करूँ। इशारे से मैंने जुगल से भी कहा कि वह बात छेड़े। मगर मुमताज़ ने हमें कोई मौका ही नहीं दिया।

जुगल तीन-चार पैग पीकर और भी ज्यादा खामोश हो गया और दूसरे कमरे में लेट गया। मैं और बृजमोहन मुमताज़ के साथ रहे। उसे कई बिल अदा करने थे। डॉक्टरों की फ़ीसें देनी थीं—लॉण्ड्री से कपड़े लाने थे—ये सब काम उसने हँसते-हँसते किए। लेकिन जब उसने बाँके के होटल के बाज़ार वाली दुकान से एक पान लिया तो उसकी आँखों में आँसू आ गये। बृजमोहन के कन्धे पर हाथ रखकर वहाँ से चलते हुए उसने हौले से कहा—''याद है बृज, आज से दस वर्ष पहले जब हमारी हालत बहुत पतली थी, गोविन्द ने हमें एक रुपया उधार दिया था।''

रास्ते में मुमताज़ ख़ामोश रहा मगर घर पहुँचते ही उसने फिर बातों का न ख़त्म होने वाला सिलसिला शुरू कर दिया। ऐसी बातों का जिनका न सिर था न पैर लेकिन वे कुछ ऐसी दिलचस्प थीं कि मैं और बृजमोहन बराबर उनमें हिस्सा लेते रहे और जब रवानगी का वक्त करीब आया तो जुगल भी शामिल हो गया। लेकिन जब टैक्सी बन्दरगाह की तरफ़ बढ़ी तो सब ख़ामोश हो गये।

मुमताज़ की नज़रें बम्बई के लम्बे-चौड़े खुले बाज़ारों को अलविदा कहती रहीं। यहाँ तक कि टैक्सी अपनी मंज़िल पर पहुँच गयी—बेहद भीड़ थी। हज़ारों रिफ़्यूज़ी जा रहे थे। खुशहाल बहुत कम और बदहाल बहुत ज़्यादा। बेपनाह हुजूम था लेकिन मुझे ऐसा लगता था कि अकेला मुमताज़ जा रहा है। हमें छोड़कर ऐसी जगह जा रहा है जो उसकी देखी-भाली नहीं है। जो उसके समझने-बूझने पर भी अजनबी होगी। लेकिन यह मेरा अपना खयाल था। मैं नहीं कह सकता कि मुमताज़ क्या सोच रहा था।

जब केबिन में सारा सामान चला गया तो मुमताज़ हमें डैक पर ले गया—उधर जहाँ आसमान और समुद्र आपस में मिल रहे थे, मुमताज़ देर तक देखता रहा। फिर उसने जुगल का हाथ अपने हाथ में लेकर कहा—यह सिर्फ़ नज़र का धोखा है—आसमान और समुद्र का आपस में मिलन—लेकिन यह नज़र का धोखा कितना दिलकश है—यह मिलाप है।''

जुगल ख़ामोश रहा—शायद उस वक्त भी उसके दिलोदिमाग में उसकी यह कही हुई बात चुटकियाँ ले रही थी—''मैं सोच रहा हूँ, बहुत मुमकिन है मैं तुम्हें मार डालूँ।''

मुमताज़ ने जहाज़ के 'बार' से ब्राण्डी मँगवाई। क्योंकि वह सुबह से यही पी रहा था। हम चारों हाथ में गिलास लिये जंगले के साथ खड़े थे रिफ़्यूज़ी धड़ाधड़ जहाज़ में सवार हो रहे थे और करीब-करीब स्थिर समुद्र पर जल-पक्षी मँडरा रहे थे।

जुगल ने एकदम एक ही घूँट में अपना गिलास खत्म किया और बहुत ही भौंडे अन्दाज़ में मुमताज़ से कहा—''मुझे माफ़ कर देना मुमताज़—मेरा खयाल है मैंने उस रोज़ तुम्हें दुःख पहुँचाया था।''

मुमताज़ ने थोड़ा रुककर जुगल से सवाल किया—''जब तुमने कहा था मैं सोच रहा हूँ—बहुत मुमकिन है मैं तुम्हें मार डालूँ—क्या उस वक्त वाकई तुमने यही सोचा था—नेकदिली से इसी नतीजे पर पहुँचे थे।

जुगल ने हाँ में सिर हिलाया—''लेकिन मुझे अफ़सोस है।''

''तुम मुझे मार डालते तो तुम्हें ज़्यादा अफ़सोस होता,'' मुमताज़ ने बड़े दार्शनिक अन्दाज़ में कहा—''लेकिन सिर्फ़ उस सूरत में अगर तुमने गौर किया होता कि तुमने मुमताज़ को—एक मुसलमान को—एक दोस्त को नहीं बल्कि एक इन्सान को मारा है—वह अगर हरामज़ादा था तो उसकी हरामज़दगी को नहीं बल्कि खुद उसको मार डाला है—वह अगर मुसलमान था तो तुमने उसकी मुसलमानी को नहीं उसकी हस्ती को खत्म किया है—अगर उसकी लाश मुसलमानों के हाथ आती तो कब्रिस्तान में एक कब्र और बढ़ जाती, लेकिन दुनिया में एक इन्सान कम हो जाता।''

थोड़ी देर खामोश रहने और सोचने के बाद उसने फिर बोलना शुरू किया—''हो सकता है कि मेरे मज़हब वाले मुझे शहीद कहते। लेकिन खुदा की कसम अगर मुमकिन होता तो मैं कब्र फोड़कर चिल्लाना शुरू कर देता—मुझे शहादत का यह रुतबा कबूल नहीं—मुझे यह डिग्री नहीं चाहिए, जिसका इम्तहान मैंने दिया ही नहीं।—लाहौर में तुम्हारे चचा को एक मुसलमान ने मार डाला। तुमने यह बात बम्बई में सुनी और मुझे कत्ल कर दिया—बताओ तुम और मैं किस तगमे के काबिल हैं?—और लाहौर में तुम्हारा चचा और उसका कातिल किस इनाम का हकदार है—मैं तो यह कहूँगा कि मरनेवाले कुत्ते की मौत मारे गये और मारनेवालों ने बेकार—बिल्कुल बेकार अपने हाथ खून से रंगे।''

बातें करते-करते मुमताज़ बहुत ज़्यादा जज़्बाती हो गया। लेकिन उस ज़्यादती में खलूस बराबर का था। मेरे दिल पर खास तौर पर इस बात का बहुत असर हुआ कि मज़हब, दीन, ईमान, यकीन, धर्म आदि—ये जो कुछ भी हैं हमारे जिस्म की बजाय रूह में होते हैं। जिन्हें छुरे, चाकू और गोली से फना नहीं किया जा सकता। चुनांचे मैंने उससे कहा, ''तुम बिलकुल ठीक कहते हो।''

यह सुनकर मुमताज़ ने अपने खयालात का जायज़ा लिया और थोड़ी बेचैनी से कहा, ''नहीं, बिलकुल नहीं—मेरा मतलब है कि यह ठीक तो है लेकिन शायद मैं जो कुछ कहना चाहता हूँ अच्छी तरह अदा नहीं कर सका—मज़हब से मेरा मतलब, यह मज़हब नहीं, यह धर्म नहीं, जिनमें हममें से निन्यानवे फ़ीसदी फँसे हुए हैं—मेरा मतलब उस खास चीज़ से है जो एक इन्सान को दूसरे इन्सानों के मुकाबले में अलग हैसियत बख़्शती है—वह चीज़ जो इन्सान को हकीकत

में इन्सान साबित करती है—लेकिन यह चीज़ क्या है ?—अफ़सोस है कि मैं उसे हथेली पर रखकर नहीं दिखा सकता—'' यह कहते-कहते एकदम उसकी आँखों में चमक-सी पैदा हुई और उसने जैसे खुद से पूछना शुरू किया, ''लेकिन उसमें वह कौन-सी खास बात थी ?—कट्टर हिन्दू था—पेशा निहायत ही ज़लील लेकिन इसके बावजूद उनकी रूह कितनी रोशन थी ?''

मैंने पूछा, ''किसकी ?''

''एक भड़वैये की।''

हम तीनों चौंक पड़े। मुमताज़ के लहज़े में कोई तकल्लुफ़ नहीं था इसलिए मैंने संजीदगी से पूछा, ''एक भड़वैये की ?''

मुमताज़ ने हाँ में सिर हिलाया, ''मुझे हैरत है कि वह कैसा इन्सान था और ज्यादा हैरत इस बात की है कि आम लोगों के लिए वह एक भड़ था—औरतों का दलाल—लेकिन उसका ज़मीर बहुत साफ़ था।''

मुमताज़ थोड़ी देर के लिए रुक गया—जैसे वह पुरानी घटनाएँ अपने दिमाग में ताज़ा कर रहा हो—कुछ लम्हों के बाद उसने फिर बोलना शुरू किया, ''उसका पूरा नाम मुझे याद नहीं—कुछ सहाय था—बनारस का रहने वाला— बहुत ही सफ़ाई पसन्द। वह जगह जहाँ वह रहता था अगरचे बहुत ही छोटी थी मगर उसने बड़े सलीके से उसे अलग-अलग खानों में कर रखा था—पर्दे का वाजिब इन्तज़ाम था। चारपाइयाँ और पलँग नहीं थे। लेकिन गद्दे और गावतकिये मौजूद थे। चादरें और गिलाफ़ वगैरह हमेशा उजले रहते थे। नौकर मौजूद था मगर सफ़ाई वह खुद अपने हाथ से करता था।—सिर्फ़ सफ़ाई ही नहीं, हर काम—और सिर से बला कभी नहीं टालता था—धोखा और फ़रेब नहीं करता था—रात ज्यादा गुज़र गयी है और आस-पास से पानी मिली शराब मिलती है तो वह साफ़ कह देता था कि साहब अपने पैसे खराब न कीजिए—अगर किसी लड़की के बारे में उसे शक है तो वह छिपाता नहीं था—और तो और उसने मुझे यह भी बता दिया था कि वह तीन बरस के अर्से में बीस हज़ार रुपये कमा चुका है—हर दस में से ढाई कमीशन के ले-लेकर—उसे सिर्फ़ दस हज़ार और बनाने थे—मालूम नहीं सिर्फ़ दस हज़ार और क्यों, ज्यादा क्यों नहीं—उसने मुझसे कहा था कि तीस हज़ार रुपये पूरे करके वह वापस बनारस चला जायेगा और बज़्ज़ाज़ी की दुकान खोलेगा—यह भी नहीं कह सकता कि वह सिर्फ़ बज़्ज़ाज़ी की दुकान खोलने का ख्वाहिशमंद क्यों था।''

मैं यहाँ तक सुन चुका तो मेरे मुँह से निकला—''अजीबोगरीब आदमी था।'' बनावट है—एक बहुत बड़ा फ्रॉड है। कौन यकीन कर सकता है कि वह इन तमाम लड़कियों को जो उसके धंधे में शामिल थीं अपनी बेटियाँ समझता था। यह भी उस वक्त मेरी समझ से बाहर था कि उसने हर लड़की के नाम पर पोस्ट आफ़िस में सेविंग खाता खोल रखा था और हर महीने कुछ आमदनी वह वहाँ जमा कर आता था। और यह बात तो बिलकुल यकीन करने के काबिल नहीं थी कि वह दस-बारह लड़कियों के खाने-पीने का खर्च अपनी जेब से देता था। उसकी हर बात मुझे ज़रूरत से ज़्यादा बनावटी मालूम होती थी—एक दिन मैं उसके घर गया तो उसने मुझसे कहा, ''अमीना और सकीला दोनों छुट्टी पर हैं—मैं हर हफ़्ते इन दोनों को छुट्टी दे देता हूँ ताकि बाहर जाकर किसी होटल में माँस वगैरह खा सकें—यहाँ तो आप जानते हैं सब वैष्णव हैं—मैं यह सुनकर दिल-ही-दिल में मुस्कुराया कि मुझे बना रहा है—एक दिन उसने मुझे बताया कि अहमदाबाद की उस हिन्दू लड़की ने, जिसकी शादी उसने एक मुसलमान ग्राहक के साथ करा दी थी, लाहौर से खत लिखा है कि दाता साहब के दरबार में उसने एक मन्नत मानी थी, जो पूरी हुई। अब उसने सहाय के लिए मन्नत माँगी है कि जल्दी-से-जल्दी उसके तीस हज़ार पूरे हों और वह बनारस जाकर बज़ाज़ी की दुकान खोल सके—यह सुनकर तो मैं हँस पड़ा। मैंने सोचा, ''चूँकि मैं मुसलमान हूँ, इसलिए मुझे खुश करने की कोशिश कर रहा है।''

मैंने मुमताज़ से कहा, ''तुम्हारा खयाल गलत था।''

''बिलकुल—उसके कहने और करने में कोई फ़र्क नहीं था—हो सकता है उसमें कोई खामी हो। मुमकिन है उससे अपनी ज़िन्दगी में कई गलतियाँ हुई हों—मगर वह बहुत ही उम्दा इन्सान था।''

जुगल ने सवाल किया—''यह तुम्हें कैसे मालूम हुआ?''

''उसकी मौत पर।'' यह कहकर मुमताज़ कुछ देर के लिए खामोश हो गया। थोड़ी देर के बाद उसने उधर देखना शुरू किया जहाँ आसमान और समुद्र एक धुँधले-से आगोश में सिमटे हुए थे। ''दंगे शुरू हो चुके थे—मैं बहुत सुबह उठकर भिण्डी बाज़ार से गुज़र रहा था—क़र्फ्यू के बायस बाज़ार में आना-जाना बहुत ही कम था। ट्राम भी नहीं चल रही थी, टैक्सी की तलाश में चलते-चलते जब मैं जे.जे. हॉस्पिटल के पास पहुँचा तो फुटपाथ पर एक आदमी को मैंने एक बड़े से टोकरे के पास गठरी-सी बने हुए देखा—मैंने सोचा, 'कोई पाटीवाला

सो रहा है।'—लेकिन जब मैंने पत्थर के टुकड़ों पर खून के लोथड़े देखे तो मैं रुक गया। वारदात कत्ल की थी। मैंने सोचा, 'अपना रास्ता लूँ' मगर लाश में हरकत पैदा हुई—मैं फिर रुक गया। आस-पास कोई न था। मैंने झुककर उसकी तरफ़ देखा—मुझे सहाय का जाना-पहचाना चेहरा नज़र आया, मगर खून के धब्बों से भरा हुआ। मैं उसके पास फुटपाथ पर बैठ गया और गौर से देखा—उसकी सफ़ेद कमीज़ जो हमेशा बेदाग हुआ करती थी—लहू से लिथड़ी हुई थी—ज़ख्म शायद पसलियों के पास था। उसने हौले-हौले कराहना शुरू किया तो मैंने एहतियात से उसका कन्धा पकड़कर हिलाया जैसे किसी सोते को जगाया जाता है। एक-दो बार मैंने उसको अधूरे नाम से पुकारा। मैं उठकर जाने ही वाला था कि उसने अपनी आँखें खोलीं—देर तक वह उन अधखुली आँखों से टकटकी बाँधे मुझे देखता रहा—फिर एकदम उसके सारे बदन में फड़कन-पैदा हुई और उसने मुझे पहचानकर कहा, '...आप?...आप?'

''मैंने उससे तले-ऊपर बहुत-सी बातें पूछनी शुरू कर दीं। वह कैसे इधर आया, किसने उसको ज़ख्मी किया, कब से वह फुटपाथ पर पड़ा है—सामने हॉस्पिटल है, क्या मैं वहाँ खबर दूँ?

''उसमें बोलने की ताकत नहीं थी—जब मैंने सारे सवाल कर डाले तो कराहते हुए उसने बड़ी मुश्किल से ये शब्द कहे, 'मेरे दिन पूरे हो चुके हैं—भगवान को यही मंज़ूर था।'

''भगवान को जाने क्या मंज़ूर था, लेकिन मुझे मंज़ूर नहीं था कि मैं मुसलमान होकर, मुसलमान के इलाके में एक आदमी को जिसके बारे में मैं जानता था कि हिन्दू है, इस एहसास के साथ मरते देखूँ कि उसको मारनेवाला मुसलमान था और आखिरी वक्त में उसकी मौत के सिरहाने जो आदमी खड़ा था, वह भी मुसलमान था—मैं डरपोक तो नहीं, लेकिन उस वक्त मेरी हालत डरपोक से भी बुरी थी। एक तरफ़ यह डर समाया हुआ था कि मुमकिन है मैं पकड़ा जाऊँ, दूसरी तरफ़ यह डर था कि पकड़ा न गया तो पूछताछ के लिए धर लिया जाऊँगा। एक बार खयाल आया अगर, मैं उसे हॉस्पिटल ले गया तो क्या पता अपना बदला लेने की खातिर मुझे फँसा दे। सोचे मरना तो है ही, क्यों न इसे साथ लेकर मरूँ।—इस तरह की बातें सोचकर मैं जाने ही वाला था कि... बल्कि यूँ कहिए भागने ही वाला था कि सहाय ने मुझे पुकारा—मैं ठहर गया। न ठहरने के इरादे के बावजूद मेरे कदम रुक गये। मैंने उसकी तरफ़ इस अन्दाज़

से देखा जैसे उससे कह रहा हूँ...जल्दी करो मियाँ, मुझे जाना है।—उसने दर्द की तकलीफ़ से दोहरा होते हुए, बड़ी मुश्किल से अपनी कमीज़ के बटन खोले और अन्दर हाथ डाला। मगर जब कुछ और करने की उसकी हिम्मत न रही तो मुझसे कहा—'नीचे बण्डी है—इधर की जेब में कुछ ज़ेवर और बारह सौ रुपये हैं—यह...यह सुलताना का माल है...मैंने...मैंने एक दोस्त के पास रखा हुआ था...आज उसे...भेजने वाला था...क्योंकि...क्योंकि...आप जानते हैं खतरा बहुत बढ़ गया है...आप उसे...दे दीजिएगा और...कहिएगा फ़ौरन चली जाये... लेकिन...अपना खयाल रखिएगा।' ''

मुमताज़ खामोश हो गया। लेकिन मुझे ऐसा महसूस हुआ कि उसकी आवाज़ सहाय की आवाज़ में जो जे.जे. हॉस्पिटल के सामने फुटपाथ पर उभरी थी दूर उधर जहाँ आसमान और समुद्र एक धुँधले-से आगोश में सिमटे थे, मिल रही है।

जहाज़ ने व्हिसल दी तो मुमताज़ ने कहा—''मैं सुलताना से मिला, उसको ज़ेवर और रुपया दिया तो उसकी आँखों में आँसू आ गये।''

जब हम मुमताज़ को विदा करके नीचे उतरे तो वह डैक पर जंगले के साथ खड़ा था—उसका दाहिना हाथ हिल रहा था—मैंने जुगल को सम्बोधित किया, ''क्या तुम्हें ऐसा महसूस नहीं होता कि मुमताज़ सहाय की रूह को बुला रहा है—हमसफ़र बनाने के लिए ?''

जुगल ने सिर्फ़ इतना और कहा, ''काश ! मैं सहाय की रूह होता।''

तमाशा

दो-तीन रोज़ से हवाई जहाज़ स्याह उकाबों की तरह पर फैलाए खामोश फ़िज़ा में मँडरा रहे थे, जैसे वे किसी शिकार की तलाश में हों। सुर्ख आँधियाँ वक्त-बेवक्त किसी आने वाले खूनी हादसे का पैगाम ला रही थीं, सुनसान बाज़ारों में सशस्त्र पुलिस की गश्त एक अजीब भयावह समा पेश कर रही थी। वे बाज़ार, जो आज से कुछ अरसे पहले लोगों के हुजूम से भरे हुआ करते थे, अब किसी नामालूम ख़ौफ़ की वजह से सूने पड़े थे—शहर की फ़िज़ा पर एक रहस्यमयी खामोशी छायी हुई थी और भयानक ख़ौफ़ राज कर रहा था।

खालिद घर की खामोश और स्तब्ध फ़िज़ा से सहमा हुआ अपने वालिद के करीब बैठा बातें कर रहा था, ''अब्बा, आप मुझे स्कूल क्यों नहीं जाने देते ?''

''बेटा, आज, स्कूल में छुट्टी है।''

''मास्टर साहब ने तो हमें बताया ही नहीं, वह तो कल कह रहे थे कि जो लड़का आज स्कूल का काम खत्म करके अपनी कापी नहीं दिखलाएगा, उसे सख्त सज़ा दी जायेगी।''

''वह बतलाना भूल गये होंगे।''

''आपके दफ़्तर में छुट्टी होगी ?''

''हाँ, हमारा दफ़्तर भी आज बन्द है।''

''चलो अच्छा हुआ, आज आपसे कोई अच्छी-सी कहानी सुनूँगा।''

ये बातें हो रही थीं कि तीन-चार जहाज़ चीखते हुए उनके सिर पर से गुज़र गये। खालिद उनको देखकर बहुत भयभीत हो गया। वह तीन-चार रोज़ से इन जहाज़ों को गौर से देख रहा था, मगर किसी नतीजे पर नहीं पहुँच सका।

वह हैरान था कि ये जहाज़ सारा दिन धूप में क्यों चक्कर लगाते रहते हैं। वह उनकी रोज़ाना की गतिविधि से तंग आकर बोला, ''अब्बा, मुझे इन जहाज़ों से सख्त खौफ़ मालूम हो रहा है। आप इनको चलानेवालों से पहले कह दें कि वे हमारे घर से न गुज़रा करें।''

''खौफ़? कहीं पागल तो नहीं हो गये खालिद!''

''अब्बा, ये जहाज़ बहुत खौफ़नाक हैं। आप नहीं जानते ये किसी-न-किसी दिन हमारे घर पर गोला फेंक देंगे। कल सुबह मामा अम्मीजान से कह रहे थे कि इन जहाज़वालों के पास बहुत-से गोले हैं। अब्बा, अगर उन्होंने इस किस्म की कोई शरारत की तो याद रखें, मेरे पास भी एक बन्दूक है, वही जो आपने मुझे पिछली ईद पर लाकर दी थी।''

खालिद के अब्बा ने अपने लड़के के गैर मामूली साहस पर हँसते हुए कहा, ''मामा तो पागल हैं, मैं उनसे दरयाफ़्त करूँगा कि वह घर में ऐसी बात क्यों करते हैं। इत्मीनान रखो, वे ऐसी बात कभी नहीं करेंगे।''

अपने वालिद से रुख़्सत होकर खालिद अपने कमरे में चला गया और हवाई बन्दूक निकालकर निशाने लगाने का अभ्यास करने लगा ताकि किसी रोज़, हवाई जहाज़वाले गोले फेंकें, तो उसका निशाना न चूक जाये और वह पूरी तरह बदला ले सके। काश! प्रतिशोध का यही नन्हा जज्बा हर शख्स में पैदा हो जाये।

इसी अरसे में जबकि एक नन्हा बच्चा अपना बदला लेने की फ़िक्र में डूबा हुआ तरह-तरह से मंसूबे बाँध रहा था, घर के दूसरे हिस्से में खालिद का अब्बा अपनी बीबी के पास बैठा हुआ मामा को हिदायत कर रहा था कि वह आगे से घर में इस किस्म की कोई बात न करें जिससे खालिद को दहशत हो। मामा और बीबी को इस किस्म की ताकीद करके वह अभी बड़े दरवाजे से बाहर जा रहा था कि खादिम एक भयानक खबर लाया कि शहर के लोग बादशाह के मना करने पर भी शाम के करीब एक आम जलसा करने वाले हैं। और यह आशा की जाती है कि कोई-न-कोई दुर्घटना ज़रूर पेश आकर रहेगी।

खालिद का अब्बा यह खबर सुनकर बहुत खौफ़जदा हुआ। अब उसे यकीन हो गया कि माहौल का गैरमामूली सुकून, जहाज़ों की उड़ान, बाज़ारों में सशस्त्र पुलिस की गश्त, लोगों के चेहरों पर उदासी का आलम और खूनी आँधियों की आमद किसी खौफ़नाक हादसे के आसार थे। वह हादसा किस

किस्म का होगा यह खालिद के अब्बा की तरह किसी को भी मालूम नहीं था। मगर फिर भी सारा शहर किसी नामालूम खौफ़ से लिपटा हुआ था। बाज़ार जाने के खयाल को तर्क करके खालिद का अब्बा अभी कपड़े भी नहीं बदल पाया था कि जहाज़ों का शोर बुलन्द हुआ। वह सहम गया। उसे लगा, जैसे सैकड़ों इन्सान एक-सी आवाज़ में दर्द की मार से कराह रहे हैं। खालिद जहाज़ों का शोरगुल सुनकर अपनी हवाई बंदूक सँभालता हुआ कमरे से बाहर दौड़ आया और उन्हें गौर से देखने लगा, ताकि वे जिस वक्त गोला फेंकने लगें, तो वह अपनी हवाई बन्दूक की मदद से उन्हें नीचे गिरा दे। इस वक्त इस छह साला बच्चे के चेहरे पर मज़बूत इरादा और दृढ़ निश्चय के लक्षण प्रकट थे जो कम हकीकत बन्दूक का खिलौना हाथ में थामे एक वीर सिपाही को शर्मिन्दा कर रहा था। मालूम होता था कि वह आज इस चीज़ को, जो उसे अरसे से खौफ़ज़दा कर रही थी, मिटाने पर तुला हुआ है। खालिद के देखते-देखते एक जहाज़ से कुछ चीज़ गिरी, जो कागज़ के छोटे-छोटे टुकड़ों के समान थी—गिरते ही वे टुकड़े हवा में पतंगों की तरह उड़ने लगे। इनमें से चन्द खालिद के मकान की छत पर भी गिरे। खालिद भागता हुआ ऊपर गया और कागज़ उठाकर अपने वालिद के पास ले गया।

''अब्बाजी! मामा सचमुच झूठ बक रहे थे, जहाज़वालों ने तो गोलों की बजाय ये कागज़ फेंके हैं।''

खालिद के बाप ने वह कागज़ लेकर पढ़ना शुरू किया तो रंग ज़र्द हो गया—होने वाले हादसे की तस्वीर अब उसे साफ़ तौर पर नज़र आने लगी। उस इश्तहार में साफ़ लिखा था कि बादशाह किसी को जलसा करने की इजाज़त नहीं देता और अगर उसकी मर्ज़ी के खिलाफ़ कोई जलसा किया गया तो अंजाम की ज़िम्मेदार स्वयं जनता होगी। अपने वालिद को इश्तहार पढ़ने के बाद इस कदर हैरान देखकर खालिद ने घबराते हुए पूछा, ''इस कागज़ में यह तो नहीं लिखा कि वे हमारे घर पर गोले फेंकेंगे ?''

''खालिद, इस वक्त तुम जाओ...जाओ, अपनी बन्दूक के साथ खेलो।''

''मगर इसमें लिखा क्या है ?''

''लिखा है आज शाम को एक तमाशा होगा।''

खालिद के बाप ने गुफ़्तगू को अधिक बढ़ाने के डर से झूठ बोलते हुए कहा, ''तमाशा होगा।''

''फिर तो हम भी चलेंगे न ?''

''क्या कहा ?''

''क्या इस तमाशे में आप मुझे नहीं ले चलेंगे ?''

''ले चलेंगे, अब जाओ, जाकर खेलो।''

''कहाँ खेलूँ ? बाज़ार में आप मुझे जाने नहीं देते। मामा मुझसे खेलते नहीं। मेरा सहपाठी भी तो आजकल यहाँ नहीं आता। अब आप ही बताएँ, मैं खेलूँ तो किससे खेलूँ! शाम के वक्त तमाशा देखने तो ज़रूर चलेंगे न ?'' किसी जवाब का इन्तज़ार किए बगैर खालिद कमरे से बाहर चला गया और अलग-अलग कमरों में आवारा फिरता हुआ अपने वालिद की बैठक में पहुँचा जिसकी खिड़कियाँ बाज़ार की तरफ़ खुलती थीं। खिड़की के करीब जाकर वह बाज़ार की तरफ़ देखने लगा तो क्या देखता है कि बाज़ार में दुकानें बन्द हैं, मगर आना-जाना जारी है। लोग जलसे में शामिल होने के लिए जा रहे थे। वह सख्त हैरान था कि दुकानें क्यों बन्द रहती हैं। इस मसले के हल के लिए उसने अपने नन्हे दिमाग पर बहुत ज़ोर दिया, मगर कोई नतीजा न निकाल सका। बहुत सोच-विचार के बाद उसने सोचा कि लोगों ने यह तमाशा देखने की खातिर, जिसके इश्तहार जहाज़ बाँट रहे थे, दुकानें बन्द कर रखी हैं। अब उसने खयाल किया कि वह कोई निहायत ही दिलचस्प तमाशा होगा, जिसके लिए तमाम बाज़ार बन्द हैं। इस खयाल ने खालिद को बहुत बेचैन कर दिया और वह उस वक्त का बेकरारी से इन्तज़ार करने लगा जब अब्बा उसे तमाशा दिखाने ले चलेंगे।

वक्त गुज़रता गया...वह खूनी घड़ी करीबतर आती गयी।

तीसरे पहर का वक्त था। खालिद, उसका बाप और माँ सहन में चुप बैठे एक-दूसरे की तरफ़ खामोश निगाहों से ताक रहे थे। हवा सिसकियाँ भरती हुई चल रही थी। तड़-तड़ की आवाज़ सुनते ही खालिद के बाप के चेहरे का रंग कागज़ की तरह सफ़ेद हो गया। ज़बान से मुश्किल से इतना ही कह सका, ''गोली!''

खालिद की माँ भयातिरेक से एक शब्द भी मुँह से न निकाल सकी। गोली का नाम सुनते ही ऐसा मालूम हुआ जैसे उसकी छाती में गोली उतर रही है। खालिद इस आवाज़ को सुनते ही अपने वालिद की अँगुली पकड़कर कहने लगा, ''अब्बाजी, चलो चलें! तमाशा तो शुरू हो गया है।''

''कौन-सा तमाशा ?'' खालिद के बाप ने अपने खौफ़ को छिपाते हुए कहा।

‘‘वही तमाशा, जिसके इश्तहार आज सुबह जहाज़ बाँट रहे थे...खेल शुरू हो गया है, तभी तो इतने पटाखों की आवाज़ सुनाई दे रही है।’’

‘‘अभी बहुत वक्त बाकी है। तुम शोर मत करो—अब जाओ, मामा के पास जाकर खेलो।’’ खालिद यह सुनते ही बावर्चीखाने की तरफ़ रवाना हो गया मगर वहाँ मामा को न पाकर अपने वालिद की बैठक में जाकर खिड़की से बाज़ार की तरफ़ देखने लगा। बाज़ार आमदोरफ़्त बन्द हो जाने की वजह से साँय-साँय कर रहा था। दूर फ़ासले से कुत्तों की दर्दनाक चीखें सुनाई दे रही थीं। कुछ क्षणों के बाद इन चीखों में इन्सानों की दर्दनाक आवाज़ें शामिल हो गयीं। खालिद किसी को कराहते सुनकर बहुत हैरान हुआ। अभी वह इस आवाज़ की जुस्तजू के लिए कोशिश कर ही रहा था कि चौक में उसे एक लड़का दिखाई दिया जो चीखता-चिल्लाता भागता चला आ रहा था। खालिद के कमरे के ठीक सामने वह लड़का लड़खड़ाकर गिरा और गिरते ही बेहोश हो गया। उसकी पिंडली पर गहरा ज़ख्म था जिससे फव्वारें की तरह खून निकल रहा था। यह दृश्य देखकर खालिद बहुत खौफ़ज़दा हुआ। भागकर अपने वालिद के पास आया और कहने लगा, ‘‘अब्बा! अब्बा! बाज़ार में एक लड़का गिरा पड़ा है। उसकी टाँग से बहुत खून निकल रहा है।’’

खालिद का बाप यह सुनते ही खिड़की की तरफ़ गया और देखा कि वाकई एक नौजवान बाज़ार में औंधे मुँह पड़ा है। बादशाह के खौफ़ के कारण किसी में इतना साहस नहीं था कि उस लड़के को सड़क पर से उठाकर सामने वाली दुकान के पट्टे पर लिटा दे।

‘‘अब्बा, इस लड़के को किसी ने पीटा है ?’’

खालिद का बाप हाँ में सिर हिलाता कमरे के बाहर चला गया।

अब खालिद कमरे में अकेला रह गया। वह सोचने लगा कि इस लड़के को इतने बड़े ज़ख्म से कितनी तकलीफ़ हुई होगी, जबकि एक दफ़ा उसे चाकू चुभने से ही तमाम रात नींद नहीं आयी थी। उसका बाप और उसकी माँ तमाम रात उसके सिरहाने बैठे रहे थे। इस खयाल के आते ही उसे ऐसा मालूम होने लगा कि जैसे वह ज़ख्म खुद उसकी पिंडली में है और उसमें बहुत तेज़ दर्द है। वह एकदम रोने लगा।

खालिद के रोने की आवाज़ सुनकर, उसकी माँ दौड़ती-दौड़ती आयी और उसको गोद में लेकर पूछने लगी, ‘‘मेरे बच्चे रो क्यों रहे हो ?’’

‘‘अम्मी, उसे किसी ने मारा है।’’

‘‘शरारत की होगी उसने!’’

‘‘मगर स्कूल में तो छड़ी से सज़ा देते हैं। लहू तो नहीं निकालते।’’

‘‘छड़ी ज़ोर से लग गयी होगी।’’

‘‘तो फिर क्यों इस लड़के को इस कदर मारा है। एक रोज़ जब मास्टर साहब ने मेरे कान खींचकर सुख॔ कर दिए तो अब्बाजी ने हैडमास्टर के पास शिकायत की थी न!’’

‘‘इस लड़के का मास्टर बहुत बड़ा आदमी है।’’

‘‘अल्लाह मियाँ से भी बड़ा?’’

‘‘नहीं, उनसे छोटा है।’’

‘‘तो, फिर वह अल्लाह मियाँ के पास शिकायत करेगा?’’

‘‘अब देर हो गयी है, चलो सोयें।’’

‘‘अल्लाह मियाँ मैं दुआ करता हूँ कि तू उस मास्टर को जिसने इस लड़के को पीटा है, अच्छी तरह सज़ा दे और उस छड़ी को छीन ले जिसके इस्तेमाल से खून निकल आता है...मैंने पहाड़े याद नहीं किए इसलिए मुझे डर है कि कहीं वही छड़ी मेरे उस्ताद के हाथ न आ जाये। अगर तुमने मेरी बात न मानी तो फिर मैं भी तुमसे नहीं बोलूँगा!’’ सोते वक्त खालिद दिल में दुआ माँग रहा था।

❑❑❑